1932 상하이

강신덕 김성숙 장편소설

초 판 1 쇄   2020년 4월 29일
펴 낸 이   임종세
펴 낸 곳   신북스

출 판 등 록   2019년 11월 11일 제 396-2019-000181 호
주   소   10401 경기도 고양시 일산동구 중앙로 1275번길 60-30 라페스타B B동 4층 401-23호
전 자 우 편   spysick@shinbooks.com
홈 페 이 지   **www.shinbooks.com**
모바일 팩스   0504-326-2880
편   집   조윤형
디 자 인   팬디자인
ⓒ 강신덕·김성숙 2020

ISBN 979-11-968692-0-5 03810

* 이 도서의 국립중앙도서관 출판예정도서목록(CIP)은 서지정보유통지원시스템 홈페이지
 (http://seoji.nl.go.kr)와 국가자료공동목록시스템(http://www.nl.go.kr/kolisnet)에서 이용하실 수 있습니다.
 (CIP 제어번호 : CIP2020014645)

1932 상하이

오자키 호츠미는 그곳에 있었다

강신덕 김성숙 장편소설

차 례

1

2

3

4

1

쇼와 7년 4월 29일 금요일

쇼와 7년 4월 30일 토요일

쇼와 7년 5월 2일 월요일

쇼와 7년 5월 3일 화요일

쇼와 7년 5월 4일 수요일

-

W에게 - 1932년 2월 2일

-

황푸 부두

코튼클럽

네오살바르산

은제 담뱃갑

쇼와 7년 4월 29일 금요일

"오자키, 자네 괜찮나? 자네 괜찮냐고!"

조금 전까지만 해도 수화기를 귀에 바짝 대고 고함을 내지르던 고노 지국장이 넋이 나간 채 서 있는 나를 보자마자 통화를 잠시 멈추고는 놀란 낯빛으로 재차 물었다.

"전 괜찮습니다. 사실 한쪽 고막이 나간 것 같아요. 그나저나 요시모토와는 연락이 닿았습니까?"

지국장이 뭐라고 웅얼거렸지만, 사무실 전체에서 울려대는 전화 벨 소리와 분주한 타자 소리에 묻혀 알아들을 수가 없었다.

4월 29일 정오를 조금 지난 시각. ≪아사히 신문≫ 상하이 지국 사무실은 조금 전 발생한 홍커우 공원 폭파 현장보다 훨씬 더 비현실적인 풍경이었다. 지국의 구성원 모두가 일사불란하게 행동하는 듯했지만, 한 명 한 명 뜯어보면 우왕좌왕하고 있었고 동작은 마임을 하듯 끊겼다.

내가 양 소매에 내려앉은 허연 재를 털어내려 시선을 아래로 떨구는 순간 누군가의 손이 나의 오른 어깨를 움켜쥐고 흔들었다. 고개를 쳐들어 돌아보니 신참 사진기자 요시모토였다.

그때였다. 마치 귀에 고인 물이 빠져나가듯 뻥 뚫리는가 싶더니 분절된 음성이 귓속으로 파고들었다.

"오자키 선배, 우창소학교에서도 터졌어요."

나는 그를 노려보며 소리쳤다.

"젠장, 자네 도대체 어디에 있었나?"

쇼와 7년 4월 30일 토요일

"이봐 오자키, 우린 국적도 다르고 일터도 다르지만 이제는 생과 사를 함께 한 동지가 됐네."

일본 영사관 3층에 들어서자 회색 원피스를 입은 ≪프랑크푸르트 자이퉁≫의 아그네스 스메들리가 반가운 얼굴로 다가오며 말을 건넸다.

평소 같았으면 서로 농을 주고받으며 시답잖은 논쟁으로 이끌어갈 만큼 그녀와의 대화를 즐기던 나였지만, 순간 여느 때보다 과장되게 그녀의 손을 잡아 흔들면서 대화의 주제를 바꿨다.

"뭐 좀 새롭게 나온 거 없어?"

그러자 그녀는 내 팔을 기자실로 잡아끌었다. 브리핑 룸은 발 디딜 틈이 없었다.

잠시 후, 영사관 경찰대 수사과장과 경시정 그리고 특무대 부소장이 단에 올랐다. 웅성거리던 소리가 잦아들자 경시정이 입을 열었다.

"어제 23시에 발표한 내용에 덧붙여 추가로 확인 조사된 사안만 간략히 전달하겠습니다. 어제 11시 50분 현장에서 일본군 헌병대로 연행된 범인, 조선인 윤봉길과 그의 배후에 관해서는 현재 조사 중입니다. 다음은 사상자 현황입니다. 오늘 06시 14분, 푸동 소재 상하이 종합병원에서 치료받던 가와바타 사다지 거류민단장이 사망하였습니다. 시라카와 요시노리 총사령관은 시내 모 병원에서 응급 수술을 받았으나 현재 대단히 위중한 상태입니다. 항간에 떠도는 시라카와 장군의 사망설은 사실이 아닙니다. 제3함대 사령관 노무라

기치사부로 제독과 제9사단장 우에다 겐키치 중장 그리고 주중국 공사 시게미쓰 마모루는 생명에 지장은 없는 상태로 현재 치료 중입니다. 보안상의 이유로 병원명은 알려드릴 수 없습니다. 이상이 현재까지의 상황입니다."

나는 취재 수첩에 경시정의 발표 내용을 받아 적으면서 주위를 둘러보았다. 기자들은 별로 건질 것이 없다는 듯한 표정이었다.

옆에 앉아 있던 아그네스가 먼저 질문하려던 다른 기자의 손짓에 아랑곳없이 벌떡 일어서서 돌발적으로 물었다.

"지금 발표하신 내용이 전부입니까? 현장 근처에 있던 몇몇 목격자의 증언에 의하면 어제 홍커우 공원 폭파 사건이 발생한 시각, 근처에 있는 우창소학교에서도 총성과 폭발이…."

지금까지는 지극히 사무적인 표정으로 사건 경과 보도문을 읽던 경시정이 자못 과장된 어조로 단호하게 말을 끊었다.

"확인되지 않은 사안입니다."

공적인 자리에서 누군가가 자신의 말을 끊으면 분을 삭이지 못하는 아그네스가 지지 않겠다는 듯이 질문을 이었다.

"또 다른 목격담에 의하면 천장절 행사 경비 집행과 각부 요인 경호를 맡았던 특무대원 일부가 사건 발생 직전 우창소학교로 이동했다고 하던데 사실입니까?"

"현재 상하이 일본 영사관 소속 특무대와 경찰대 그리고 상하이 방위군은 홍커우 공원 폭파 사건 현행범의 배후를 색출하고 체포하기 위해 최선을 다하고 있습니다. 오늘 이 자리에 모인 내외 언론의 기자 여러분께 부탁드립니다. 확인되지 않은 정보로 인한 오보에 유의해주시고, 수사본부에서 공식 발표한 정보를 바탕으로 기사를 작성하여주십시오."

몇몇 기자가 경쟁하듯 손을 쳐들자, 경시정이 부소장에게 다가가 귓속말을

14

주고받더니 기자단을 향해 손을 내리라는 제스처를 취했다.

"오늘 브리핑은 이것으로 마치겠습니다. 사상자 명단과 사건에 관한 보도자료는 조속히 배포하겠습니다. 이상입니다."

장내의 웅성거림과 비난을 뒤로하고 서둘러 기자실을 빠져나가는 특무대 부소장과 경시정의 뒷모습을 물끄러미 바라보던 나의 머릿속으로 한 얼굴이 스쳤다.

"근데 말야, 아그네스, 왜 특무대 소장 다나카 류세이가 보이지 않지? 원래 이런 자리에는 항상 부소장이 아닌 그가 나섰잖아. 혹시 사상자 명단 다시 들어왔어?"

아그네스가 눈을 반짝이며 고개를 끄덕거렸다.

"그렇지. 당연히 이런 자리에는 그가 나섰어야지."

쇼와 7년 5월 2일 월요일

"오자키, 그런 일은 단연코 없었다고 당국에서 밝히지 않았나?"

고노 지국장은 손사래를 쳤다.

"왜 이러십니까, 지국장님. 아시잖아요, 우창소학교 총격 사건에 관한 제보가 지국에 접수되고 있습니다. 요시모토 기자도 증언하고 있고요."

내 말에 고노는 마뜩잖게 나를 바라보며 뜸을 들였다.

"이봐, 오자키. 그런 이야기는 다시 하지 말게. 설사 그 제보와 목격담이 사실이라고 해도 현 상황에서는 피해자도 가해자도 드러나지 않는 사건을 취재할 여력도, 그리고 인력도 없네. 가서 홍커우 공원 폭탄 테러 배후와 시라카와 사령관의 동정에 관해서 좀 더 살피게. 제발 더 이상 날 괴롭히지 말라고."

"도대체 누구입니까, 한때 도쿄 본사를 주름잡던 사회부 에이스를 이렇게 찍어 누르는 실체가?"

고노는 한 뼘 몸을 빼며 답했다.

"그만, 제발 그만하게. 나 역시 자네가 절대 포기하지 않을 거란 걸 아네. 한 가지만 경고하지. 특무대에서 자네를 상하이 공산주의자들과 어울린다는 이유로 적색 리스트에 올려놓았더군. 그래서 자네의 동태 하나하나가 특무대의⋯."

고노의 말이 채 끝나기도 전에 나는 과장되게 고개를 내저으며 말했다.

"지국장님이 방금 언급한 그 기관의 수장이 천장절 행사 때부터 보이질 않아요. 사상자 명단에도 없구요. 저는 단지 다나카의 생사 여부를 다른 기자들보다 더 빨리 알고 싶을 뿐입니다."

"그렇다고 해서 자네에게 지면을 할애할 리는 절대 없어. 쓸데없는 짓 그만 두고 본사의 지침을 따르게."

한번 훈계를 시작하면 그 끝을 가늠할 수 없는 고노의 잔소리를 뒤로한 채 나는 그대로 출입문을 열고는 손을 흔들었다.

"이봐, 오자키! 거기 서!"

쇼와 7년 5월 3일 화요일

"오자키, 어서 돌아가게. 난 아무것도 확인해줄 게 없어."

영사관 공보실의 주무관이자 정부기관지 ≪유니온 프레스≫의 실무를 담당하고 있는 쇼타하루는 포마드를 잔뜩 찍어 바른 머리카락을 습관처럼 매만지면서 특유의 허스키한 음색으로 말했다.

상하이 주재 동료 취재원들 사이에 '악어새'로 불리는 쇼타하루는 오사카 소재 작은 언론사 출신으로, 출세를 위해서라면 수단과 방법을 가리지 않는 인물로 악명이 자자했다.

시시껄렁한 지방지 출신의 기자가 오늘의 위치까지 올라온 데에는 현재 행방이 묘연한 특무대 소장 다나카 류세이의 입김이 한몫했다는 소문이 파다했다. 그는 다나카가 던져주는 정보를 발판 삼아 이권을 챙겼으며, 그 보답으로 다나카의 가려운 곳을 긁어주는 해결사 노릇을 했다. 그를 아는 대부분의 동료 기자들은 공적인 업무를 제외하고는 그를 기피했고, 그 역시 본분을 망각한 채 언론사 관계자들과의 관계를 깐깐하게 가져갔다.

하지만 쇼타하루는 나에게만큼은 호의적이었다. 내가 오사카 지국 사회부 기자로 첫 발을 내디딜 무렵 그를 처음 만났고, 우리는 사츠마와리 시절을 함께 겪은 출입처 동기였다.

"자네가 마지막으로 다나카 소장을 본 것이 언제였나?"

수많은 사람들에게 같은 질문을 들었을 이 가엾은 '악어새'는 주위를 한번 둘러보고 나의 눈길을 회피한 채 가뜩이나 낮은 목소리를 더욱 내리깔았다.

18

"나도 천장절 행사 전날 보고는 그 이후 연락 두절이야. 젠장, 도대체 나에게 뭘 원하는 거야? 나도 지금 당국과 기자 나부랭이들 사이에 끼여서 아주 죽을 지경이라고."

내가 오랫동안 지켜본 쇼타하루는 비록 변절을 했을지언정 비속어를 섞어가며 자기 속내를 드러내는 녀석은 아니었다. 나는 그를 좀 더 추궁했다.

"잘 들어, 쇼타하루. 지금 누구보다 다나카의 행방에 대해 속 썩는 이가 있다면 그건 바로 자네일 거야. 다나카가 터준 탄탄대로에 갑자기 바리케이드가 놓인 느낌일 테지."

그 말을 잠자코 듣던 쇼타하루가 버럭 멱살을 잡고 회색 페인트가 벗겨진 차가운 벽으로 나를 밀쳤다. 그의 등 뒤로 동료 몇몇이 보였다.

쇼타하루는 사무실 모두가 들을 수 있게 큰 소리로 욕설을 내뱉었다. 그러고는 충혈된 눈으로 나를 쏘아보며 나지막하게 속삭였다.

"오자키, 넌 기피 대상이야. 다시는 사무실로 찾아오지 말게. 나도 다나카 소장의 생사 여부나 행방에 대해선 아무것도 들은 게 없어. 다만, 네가 다나카를 애타게 찾고 있듯이 그날 이후 사건 현장 주변에서 사라진 자신의 트럭을 수소문하고 있다는 한 미국인 군납업자 이야기를 들었네."

쇼타하루는 힘이 잔뜩 들어간 손을 느슨하게 풀면서 재빨리 돌아섰다.

난 콜록거리며 허리를 굽히고 물었다.

"그 양키 업자가 누구인가?"

"벤슨 스나이더. 나머지는 미국 영사관에 가서 물어보게."

나는 인사도 없이 정면을 향해 걷는 쇼타하루의 뒷모습을 보며 혼잣말을 뱉었다.

"고맙네. 누가 뭐래도 자넨 좋은 녀석이야."

쇼와 7년 5월 4일 수요일

"주소 잘 받아 적어. 황푸 로드 21. 벤슨 공사. 미국산 통조림 및 기타 식음료를 해군 육전대에 납품하고 있는 군납업자라더군."

쇼타하루에게 들은 단서를 아그네스에게 귀띔하자 그녀는 평소 친분이 있던 미국 영사관 직원 헬렌 포스터 양을 통해 사라져버린 트럭을 수배하고 있다는 한 미국인 사업가에 관한 정보를 내게 알려주었다. 책상 위에는 요시모토가 촬영한 기사화되지 못한 사진들이 널려 있었다.

천장절 당일 요시모토는 신사에서 시작된 마츠리 행렬을 촬영한 후 홍커우 공원 행사장에 오기로 예정되어 있었으나 우창소학교 부근에서 차가 고장 나버리는 바람에 총격 사건을 접할 수 있었다.

나는 사회면을 채울 적당한 단신 기사를 마감 시간에 맞춰 송고하고, 주소가 적힌 쪽지를 챙겨 사무실을 나섰다.

대형 여객선들이 닻을 내린 번드 부두는 하역한 물건을 나르는 짐꾼들과 하선한 사람들이 뒤엉켜 걷기조차 힘들었다.

선착장 쪽으로 길게 늘어선 크고 작은 창고들과 무역회사 사무실들 사이에 빨간색 알파벳을 양각해놓은 직사각형 간판이 눈에 들어왔다. 석양이 내려앉은 골목 초입에서부터 걸음을 재촉해 상점 앞에 다다르자 마침 한 소년이 셔터를 내리고 있었다. 내가 다가서자 소년은 강한 중국식 억양이 섞인 영어로 말했다.

"오늘 영업은 끝났습니다."

"벤슨 씨를 만나러 왔는데….”

"글쎄요, 저는 잘 모르겠습니다.”

나는 어물쩍 자리를 뜨려는 소년의 앞을 막아섰다.

"근처에서 국수나 함께 먹을까?”

소년은 처음에는 단호히 거부했으나 재차 강권하자 나를 한번 물끄러미 쳐다보고는 어쩔 수 없다는 듯이 고개를 끄덕였다.

나는 소년을 데리고 번드 뒤편에 있는 정갈한 국숫집으로 들어섰다. 소년은 입구에 들어서면서 자리에 앉을 때까지 나에 대한 경계심을 늦추지 않았다.

잠시 후, 저민 고기를 얹은 메밀국수가 나왔다. 소년은 국수에 고추기름을 끼얹어 쓱쓱 비볐다.

나는 단정한 짧은 머리에 눈망울이 선해 보이는 소년을 유심히 바라보다가 물었다.

"영어를 꽤 잘하네, 학교에서 배웠니?”

소년이 수줍게 웃으며 답했다.

"학교에 다닌 적은 없어요. 벤슨 사장님과 매니저 루이에게 배운 것이 전부예요.”

"믿을 수 없겠는데, 혼자 공부한 실력이 이 정도라니.”

"더 열심히 해서 루이 씨처럼 '콤프라도'가 되는 게 꿈이에요.”

소년의 입에서 콤프라도라는 말이 불쑥 나오자 나는 조금 당황스러웠다. 상하이에서 사업을 하는 서양인들은 모두 콤프라도라고 불리는 광동인 매니저를 고용했다. 능숙한 영어와 세련된 매너로 무장한 이들은 백인 고용주에게 상류층 중국인과 중간 상인을 대하는 법에서부터 부두 노동자, 심지어는 고급 매춘부를 다루는 법까지 알려주며 거래를 알선했다.

하지만 이들의 역할은 서양 사람들의 이익과 착취 구조에 봉사하는 매판 상

21

인 노릇을 벗어나지 못했다.

"장담하건대 넌 콤프라도 정도가 아니라 대단한 광동 사업가가 될 재목이야."

나의 이 말에, 그동안 낯을 가리던 소년이 경계를 풀며 환한 미소를 지었다. 나는 이어서 물었다.

"상점에서는 벤슨 씨와 매니저 루이 그리고 너, 이렇게 셋이 일하니?"

"미스터 칼린 씨라고 한 분 더 계세요."

"미스터 칼린?"

내가 낯선 이의 이름을 되묻자 소년은 갑자기 웃음기를 걷어내고 말없이 그릇을 비웠다.

그러고는 잠시 후 화제를 바꿨다.

"벤슨 씨는 오늘 저녁 아메리칸 클럽에 가신다고 했어요."

푸초 로드 초입에 위치한 아메리칸 클럽의 로비에서는 검은색 테일코트를 맞춰 입은 신사들이 모여 열띤 논쟁을 벌이고 있었다. 일본과 중국간의 휴전 협정 조항에 관한 조율이 막바지에 이르렀다는 소식이 상하이 전역에 퍼지고 있었고, 조계지의 외국인들은 전쟁으로 입은 피해 보상의 책임 소재를 두고 언성을 높이던 때였다.

로비에서 잠시 갈팡질팡하는 사이 구면인 텍사스 정유사의 피터 웨인스틴 지사장이 나를 발견하고 아는 척을 해 왔다.

"오자키 기자가 여기는 어쩐 일이시오?"

그의 인사에는 일본인을 적대시하는 어조가 섞여 있었다.

로비에서 토론을 벌이던 신사들이 일제히 우리를 보았다.

"벤슨 스나이더 씨를 찾고 있습니다."

웨인스틴은 못마땅한 표정으로 프런트에 서 있는 접객원을 호출했다.

잠시 후 나는 접객원을 따라 검붉은 벨벳 커튼과 대리석 기둥이 길게 늘어선 복도를 지나 이중문에 빗장까지 채워진 방으로 들어갔다.

초면인 벤슨 스나이더는 혼자서 앉기에는 다소 버거워 보이는 소파에 몸을 비스듬히 기댄 채 다리를 꼬고 있었다. 탁자에는 독한 몰트위스키가 담긴 잔이 놓였고, 그 옆 재떨이에는 거의 반쯤 타 들어간 궐련이 홈에 걸쳐진 채로 독한 연기를 천장으로 올려보내고 있었다.

그는 악수를 나눌 여력도 없는 듯 쇠락해 보였다.

"무슨 일로 나를 찾으시는지?"

그의 눈은 총기를 잃었고 말투는 어눌했다.

"갑자기 사라진 어떤 사람을 찾고 있습니다."

벤슨은 재떨이 홈에서 궐련을 빼내 한 모금 깊이 빨고는 회색 연기를 '후' 뱉어낸 후 말을 이었다.

"번지수를 잘못 찾은 것 같군. 당신 같은 일본인 정보계가 수차례 찾아왔지만 다 빈손으로 돌아갔소."

"듣자 하니 벤슨 씨도 무엇을 애타게 찾고 있다는 이야기를 들었습니다."

그는 초점 없는 눈동자로 나를 바라보며 물었다.

"내가 찾는 것이, 당신이 찾는 그 사람과 어떤 연관성이 있다는 거요?"

나는 그가 앉아 있는 소파로 다가가 허리를 굽혔다.

"이봐요, 벤슨 씨. 우연인지 몰라도 적어도 당신이 찾는 그 무엇이 내가 찾고 있는 그 사람과 동일 시간, 동일 장소에 함께 있었다는 증언이 있습니다."

벤슨의 손가락에 맥없이 걸려 있던 꽁초 끝의 담뱃재가 부러지듯 양탄자에 떨어졌다.

"찾고 있는 사람이 조슈아, 혹시 조슈아 칼린이오?"

W에게

1월 30일, 주중 공사 시게마쓰가 요시자와 외상에게 보낸 '외무통신 62호와 63호'는 상하이 전신전화국이 아닌 '일광 대 정보 송수신총국'이라는 제3의 장소에서 송출된 것으로 확인되었다. 이 기관은 다나카 류세이가 상하이 전쟁을 일으키기 전에 비밀리에 만든 것으로, 총국의 위치와 규모 및 그 역할에 대해서는 자세한 내용을 파악 중이다.

1월 31일로 예정되어 있던 남만주철도회사 남중국 연구위원회 회합은 무기한 연기되었다.

1월 31일, 발효된 3일간의 휴전 기간에 상하이에 입항한 상선과 크루즈의 명단은 다음과 같다.

- 상선 명단 -

1. 오션 앤드 코스트 라이너스(Ocean and Coast Liners) 6085
   : **1월 31일 황푸 부두 입항**
2. 리버 스티머(River Steamer) 1789 : **1월 31일 황푸 부두 입항**
3. 머계스틱(Magestic) 33201 : **2월 1일 황푸 부두 입항**
4. 세일링 베슬(Sailing Vessel) 414 : **2월 1일 황푸 부두 입항**
5. 런치스(Lanches) 910 : **2월 2일 황푸 부두 입항**
6. 인랜드 스티머(Inland steamer) : 14025 : **2월 2일 황푸 부두 입항**

- 크루즈 명단 -

1. 벨젠랜드 : 북 아일랜드(S. S. Belgenland: Nothern Island)
   : **1월 31일 우송항 입항**
2. 프랑코니아 : 영국(R. M. S. Franconia: Britain) : **2월 1일 황푸항 입항**
3. 레졸루트 : 미국(S. S. Resolute: America) : **2월 1일 황푸항 입항**
4. 엠프리스 브리튼 : 영국(Empress Britain: Britain) : **2월 2일 우송항 입항**

벨젠랜드와 엠프리스 브리튼은 우송항에 정박하고 나머지 배들은 황푸 부두에 정박함

첨부 : 〈외무통신〉 62, 63호, 〈황푸 부두 지적도〉

1932년 2월 2일
Otto

24

황푸 부두

"조슈아! 딴 곳으로 새지 말고, 따로 할 얘기가 있어."

황푸강에 막 정박한 머제스틱호의 부기관사 앤디가 기관실을 벗어나려는 조슈아를 향해 소리쳤다. 아마도 말라카 해협을 지날 때 열병에 걸려 승선하지 못한 삼등기관사 요고스의 자리에 조슈아를 추천하겠다는 얘기일 것이다.

거대한 공간을 집어삼킬 듯 울려대던 엔진 소리가 멈춘 기관실은 마치 적요 속에 묻혀버린 고대 도시를 연상시켰다. 다들 홍커우의 싸구려 댄스 홀로 몰려가고, 북적거리던 선실은 텅 비었다.

조슈아는 이등항해사 테드 실버의 바랜 일기장을 벙커 밑에서 꺼내 더플백에 넣었다. 테드 실버. 그가 남긴 것은 낡고 해진 이 일기장과 그 속에 끼워둔 약간의 급료 그리고 회사에서 받은 보상금 정도가 전부였다.

황푸 로드 21. 벤슨 공사

조슈아는 구겨진 종이에 적힌 주소를 확인하고는, 어둑한 계단을 올라 중갑판으로 통하는 육중한 쇠문을 열었다. 배 후미로 연결된 선적실은 황푸강을 향해 열려 있었다.

황푸 부두는 수심이 깊지 않아 큰 배들은 황푸강의 중앙에 정박한 채 바지선을 이용해 하역작업을 해야만 했다.

조슈아가 타고 온 블루 스타 라인의 미국 상선 머제스틱호에서도 웃통을 벗어

던진 말레이 선원들이 마르세유에서 선적한 와인과 코냑 상자들을 부지런히 바지선으로 내렸다. 조슈아는 컨테이너 사이를 빠져나와 배 후미로 다가섰다.

정강이까지 올라오는 여름 바지에 밀짚모자를 쓴 노인이 대나무로 엮은 지붕 달린 작은 삼판선을 쿨렁거리는 선미 철판 앞으로 바짝 들이댔다. 일꾼들의 체취와 썩은 부유물의 악취 그리고 향신료 내음이 뒤섞인 불쾌한 공기가 코끝으로 몰려왔다. 조슈아는 메고 있던 더플백을 던지며 훌쩍 삼판선으로 뛰어올랐다.

황푸강에는 크고 작은 상선과 여객선들이 다양한 국적의 국기를 휘날리며 정박 중이었다. 조슈아를 태운 삼판선은 복잡한 황푸강을 빠져나와 번드 부두에 다다랐다.

노인이 조슈아가 건넨 운임이 과분한 듯 고개를 주억거리는 사이, 맨발의 인력거꾼들이 마치 먹이를 발견한 하이에나처럼 달려들었다.

"혹시 벤슨 스나이더 씨이신가요?"

조슈아의 물음에, 트럭에 막 오르려던 사내는 돌아보며 고개를 끄덕이기만 했다.

"마르세유에서 전보를 보냈던 조슈아 칼린입니다. 테드 실버 씨 일로 찾아왔어요."

"두 달 전에 전보를 받기는 했던 것 같은데…."

벤슨은 기억을 더듬는 듯 말끝을 흐렸다.

"테드 실버 씨가 사망했습니다."

조슈아는 사무적인 어투로 말을 이었다.

"직계가족이 없는 이런 경우에는 항해계약서에 기재된 보증인에게 유품을 인계하는 것이 고인이 근무했던 블루 스타 라인의 규정입니다. 회사에서는…."

말이 채 끝나기도 전에 벤슨은 트럭에 올라 시동을 걸고 운전석 옆자리 문을 열었다.

"시간이 없으니, 일단 타게나."

잠시 주저하던 조슈아는 내키지 않는 표정으로 차에 올랐다.

트럭이 야적장을 벗어나자 역한 냄새가 코를 찔렀다. 조슈아는 오후의 햇살을 받아 부글부글 거품을 내뱉으며 하천을 떠다니는 정체불명의 부유물들을 차창을 통해 바라보았다.

번드 초입의 가든 브리지는 중국 피란민 행렬과 진입하는 차량이 서로 뒤엉켜 혼잡했다. 벤슨의 트럭이 경적을 울리며 피란민들 사이를 재빠르게 빠져나갔다.

벤슨 공사 트럭이 이번에는 서행하며 국제 조계지 검문소를 통과하려는 차량 뒤편에 다가섰다. 매캐한 연기와 희뿌연 먼지가 차창 틈새로 스며들었다.

"그런데 자네는 어쩌다가 중서부 억양이 입에 붙었나?"

낯선 곳에서 미국인을 만나면 열이면 열 조슈아에게 하는 질문이다. 중서부지방 사투리가 강한 영어를 구사하는 동양인을 만난다는 건 드문 일이기 때문이다.

"위스콘신 출신입니다."

조슈아가 짧게 대답했다.

벤슨 공사 트럭이 앞서가던 차량을 따라가다 서기를 반복했다. 그사이 요란한 사이렌을 울리며 앰뷸런스에 이어 소방차가 열을 지어 달려갔다.

벤슨이 손을 뻗어 라디오 주파수를 맞추자 먼지 낀 스피커에서 뉴스가 흘러나왔다.

"…무라이 일본 영사와 우태채 상하이 시장이 배석한 가운데, 중·일 양측 대표인 카이팅쿠오 19로군 장군과 시오자와 부제독이 임시 휴전에 전격 합의했습니다. 미·불·영, 3국 영사의 적극적인 중재로 마련된 회담 자리에서 중·일 양측은 오늘 정오를 기점으로 서로에 대한 적대행위와 공습을 중지하기로 했습니다…."

벤슨은 뉴스에 신경을 곤두세우고 있었지만, 조슈아는 무심히 차창 밖으로 펼쳐지는 일본인 조계지 거리를 바라보았다.

트럭은 쓰촨베이로를 지나 홍커우 공원 방향으로 달려가고 있었고, 좌측으로 거대한 회색 건물이 도로 전체에 그림자를 드리우며 위협적으로 다가왔다. 때마침 라디오에서는 뉴스가 끝나고 예상치 못한 경쾌한 음악이 노후한 스피커를 통해 흘러나왔다.

벤슨 공사 트럭은 다시 비포장도로를 내달렸다. 차량의 보닛 언저리에서 뿌연 흙먼지가 바퀴를 따라 엉겨 붙었다.

비포장도로가 끝나는 곳에 상하이 주둔 일본 해군기지의 정문이 있었다. 벤슨이 신분증과 함께 해군기지 식당에서 받은 주문장을 문을 지키는 위병에게 건네고는 한동안 다물고 있던 입을 열었다.

"지난가을 미제 깡통을 헐값에 컨테이너째로 받아 창고에 썩히고 있었는데, 여기 주방에서 미트로프와 햄을 비롯한 각종 미제 통조림을 납품해달라고 성화였지. 전쟁은 우리 같은 사람이 전혀 예상치도 못한 기회를 제공하기도 한다네."

조슈아는 이 사내가 왜 굳이 처음 보는 자신에게 이런 말을 늘어놓는지 의아했지만 달리 관심도 없었기에 애써 대꾸하지 않았다.

부대 안에 들어선 트럭이 낮은 둔덕을 올라가자 푸른 지붕에 하얀 벽돌로 외관을 치장한 아담한 이층 건물이 나타났다.

벤슨은 트럭 후미를 출입문 계단에 바짝 대고 짐칸에 적재한 상자 한 개를 내려 받쳐 들고는 건물 막사 안으로 사라졌다.

조슈아는 조수석 차창 밖으로 팔을 내려뜨린 채 붉게 적신 서녘 하늘 아래, 게양대 끝에서 펄럭이는 욱일승천기를 물끄러미 바라보았다.

코튼클럽

　화려한 번드의 조명이 닿지 않는 뒷골목에 들어서자 '상하이 코튼클럽'이라는 간판이 조슈아의 눈에 들어왔다. 클럽 입구에는 시카고 출신의 재즈 밴드 '제레미 홀러웨이와 홋시톳시 갱'의 포스터가 붙어있었다.

　입구 옆에 비스듬히 서 있던 한 사내가 불도 붙이지 않은 담배를 물고 조슈아에게 다가왔다. 그는 엉망으로 취해 있었다.

　"성냥 좀 빌립시다."

　조슈아는 비틀거리는 사내의 팔을 잡고 자신이 물고 있던 담배 불씨를 그의 담배에 옮겼다.

　"고맙소."

　사내는 역한 알코올 내음을 풍기며 자신의 상의 주머니에 아무렇게나 꽂혀 있던 명함을 꺼내 조슈아에게 건네고는 휘청거리며 클럽 안으로 들어갔다. 조슈아는 별 생각 없이 받은 명함을 네온사인에 비춰 보았다.

　아사히신문 상하이 지국 취재기자 오자키 호츠미

　"조슈아, 하마터면 못 알아볼 뻔했어."

　클럽 앞에서 서성이던 벤슨이 조슈아를 안내하며 클럽 안으로 들어섰다. 그는 오늘 낮 머제스틱호 선원들이 머무는 테라스 호스텔에 조슈아를 내려주면서 늦은 밤 코튼클럽에서 다시 만나자고 했었다.

클럽 안에서는 자욱한 담배 연기 사이로 한 동양계 여가수가 트럼펫 연주에 맞추어 최신곡 〈디가 디가 두〉를 열창하고 있었다.

벤슨이 낮게 속삭였다.

"이곳은 각 조계지 주재원들과 기자들의 아지트일세. 겉으로는 모두 웃고 있지만 속으로는 잔뜩 날을 세우고 있지."

바의 스툴에 걸터앉으며 벤슨이 물었다.

"호스텔은 묵을 만하던가?"

"하루에 1불 50센트. 세 끼 식사에 빨래까지 해주는 조건이죠. 방도 깨끗하고 다 좋은데, 일주일에 세 번 예배에 참석해야 하는 규정이 있더라고요."

벤슨은 아리송한 미소를 입꼬리에 흘렸다.

"마침 가게 다락방이 비었는데 호스텔이 불편하거든 언제든지 와서 지내게."

"감사합니다. 세 끼 식사보다는 자유로운 시간이 더 끌리는데요."

둘이 대화를 이어가는 동안 잠시 무대를 비웠던 여가수가 다시 등장해 새로운 노래를 시작했다. 여가수의 노래에 맞춰 색소폰 연주자가 묵직한 솔로를 토해내자 커플들이 홀 위로 나와 서로의 몸을 밀착했다.

조슈아가 여가수를 바라보며 벤슨에게 물었다.

"매력적인 목소리를 지녔군요. 상하이 출신인가 보죠?"

벤슨이 심드렁하게 고개를 가로저었다.

"조선에서 왔다더군. 여기서는 '라라'라고 부르네만."

스트레이트로 들이킨 버번 한 모금이 조슈아의 식도를 타고 뜨겁게 내려갔다. 벤슨이 말을 이었다.

"먼 길을 찾아온 자네에겐 미안한 일이지만 난 테드의 유품을 받을 수 없네."

"무슨 말씀이신지…."

"그의 일기장은 받겠네만 급료와 보상금은 자네가 알아서 처리하게. 나와는 아무 상관 없는 일이니…."

어색해진 분위기를 지우려고 벤슨은 어깨를 한 번 으쓱해 보였다. 그러고
는 검지를 대각선 쪽으로 뻗어 한 사내를 가리켰다. 연회색 연미복 안에 코발
트색 커머밴드를 두른 그 사내 곁에는 조금 전까지 무대에서 노래하던 여가수
라라가 앉아 있었다.

"다나카 류세이. 참 밥맛없는 인간이지. 그녀가 왜 하필 저런 놈이랑…."

조슈아는 무심히 다나카를 바라본 후 그의 시선이 향한 쪽으로 눈길을 돌렸
다. 다나카는 스탠딩 석에 몸을 기댄 한 남자를 뚫어지게 응시하고 있었는데,
클럽 내에 중국 전통 장삼을 차려입은 사람은 그 남자밖에 없어서 유난히 도
드라져 보였다.

조슈아의 눈길을 이번에는 벤슨이 따라잡았다.

"저 중국인은 왕쮜린이라고 하는 《민국일보》 기자야. 다나카 류세이에게
는 눈엣가시 같은 존잰데 최근 살생부에 올랐다는 소문이 돌고 있네."

조슈아가 고개를 갸웃하고는 살짝 웃었다.

"모두… 저와는 상관없는 일이네요."

본격적인 쇼 타임이 지나가고 무대에서는 제레미 홀로웨이 밴드가 손님들의
열화와 같은 앙코르 요청에 답례하고 있었다. 피날레를 장식하고 끝나가는 저
무대처럼, 벤슨 스나이더를 만나기 위해 마르세유에서 상하이로 이어졌던 조슈
아의 여정도 이렇게 끝이 나고 있었다. 조슈아는 그만 이 자리를 뜨고 싶었다.

그가 남은 술잔을 비우는 사이 왕쮜린이라는 사내가 긴 장삼 자락을 휘저으
며 출구를 향해 발걸음을 옮기는 것이 보였다. 왕쮜린이 문 뒤로 사라지고 제레
미의 엔딩 멘트가 끝나갈 즈음, 클럽 입구 계단 쪽에서 '탕'하는 총성과 함께 날
카로운 비명이 들렸다. 이윽고 텁텁한 화약 냄새가 문틈을 비집고 들어와 홀 안
으로 스며들었고, 클럽 안의 사람들은 우왕좌왕하며 놀란 가슴을 진정시키지

31

못한 채 이리저리 피신하기 시작하면서 홀은 아수라장이 되었다. 그때 갑자기 밖에서 호객행위를 하던 소년이 문을 걷어차고 뛰어 들어와 절규하듯 소리쳤다.

"왕쮀린 기자가 총에 맞았다!"

네오살바르산

중일전쟁이 재개되자 야간 통행증이 없는 대부분의 선원들은 싸구려 호스텔에 발이 묶인 채 무료한 시간을 보내야 했다. 달리 할 일이 없던 조슈아도 저녁 식사를 마치고 비좁은 방에 누워 테드가 남긴 약간의 급료와 보상금 처리에 골몰하고 있었다. 때마침 벤슨 스나이더에게 연락이 왔다.

"하역하지 않은 의약품들이 머제스틱호에 남아 있다는 것이 사실인가?"

"홍콩에 내릴 약품이 좀 있을 겁니다."

벤슨이 잠시 뜸을 들이다 말을 꺼냈다.

"혹시 매독 주사액, 네오살바르산을 좀 구할 수 있겠나?"

조슈아는 뜬금없는 벤슨의 요청에 잠시 망설이다 대답했다.

"그런 일이라면 선장과 상의해봐야 합니다."

"내일 아메리칸 클럽으로 나올 수 있겠나? 만나서 할 얘기가 있네."

요란하게 벨이 울리고, 누군가 복도에 서서 전화기를 잡고 있는 그의 등을 툭 치며 지나갔다.

"조슈아, 예배 시간이라고."

선원들이 와자지껄 복도를 따라 몰려갔다.

"도대체 배는 언제 출항하는 거지? 이렇게 기도나 드리고 있을 바에야 상하이에 머물 이유가 없잖아."

"나가봐야 이만한 데도 없다고. 설마 여기서 쫓겨나고 싶은 건 아니겠지?"

동료들의 잡담을 뒤로하고 조슈아가 전화번호부 귀퉁이에 적어놓은 주소를 찢어 주머니에 넣었다.

207, 푸조 로드, 아메리칸 클럽

난징로를 따라 늘어선 활엽수에 걸린 홍등의 붉은빛이 아침 햇살에 뭉그러 졌다. 곧 다가올 임신년을 위해 백화점과 상가들은 잔나비 문양의 휘장을 경쟁하듯 내걸었고 금으로 만든 원숭이상이 유태인 보석상의 진열대에서 행인들을 유혹했다.

조슈아는 무심한 표정으로 난징로를 지나 시의회 건물 방향으로 걸어갔다. 거리를 조금 벗어나자 갈 곳 없는 피란민과 부랑자들이 시청 광장에 가득했다. 조슈아는 눈동자에 생기라고는 남아 있지 않은 피란 인파를 헤치고 푸조 로드로 접어들었다. 길 끝에 위치한 붉은 벽돌 건물의 계양대에선 성조기가 펄럭였다.

조슈아가 아메리칸 클럽 안에 들어서자마자 한 중년의 백인 여자가 다가와 안내문을 건넸다.

"조슈아 칼린 씨인가요?"

조슈아는 벤슨에게 용무가 있음을 알리며 여성이 준 안내문을 훑었다.

구하라! 얻을 것이요.

두드리라! 열릴 것이다.

희망의 문 '그레이스 홈' 후원 조찬 기도회

그녀가 말을 이었다.

"잠시만 기다려주시겠습니까? 피치 선교사께서 조찬 기도회가 끝난 후 꼭 만나고 싶어 하십니다."

조슈아는 낯선 이름의 선교사가 만남을 청한다고 하니 잠시 의아해했지만 벤슨을 기다리는 동안 달리 할 일이 있는 것도 아니어서 일단 응접실에 마련된 의자에 앉았다.

…기적을 믿으시나요? 당신은 한 명의 창녀가 매춘굴을 빠져나와 '그레이스 홈'에 안전하게 들어갈 수 있는 확률이 얼마나 된다고 보십니까? 그것은 수많은 낮과 밤이 교차하는 시간 중 잠시 태양과 지구와 달이 일직선이 되는 순간처럼 어려운 일이랍니다. 그런데 이런 일을 어떻게 설명해야 할까요? 그렇게 어렵고 희귀한 일이 우리 '희망의 문' 앞에서 매일 일어나고 있다는 사실을 말입니다….

조슈아는 안내문에 적힌 나머지 구절을 읽으면서 전날 밤 벤슨이 급히 네오살바르산을 찾았던 이유가 짐작됐다.

기도회가 끝나자 사업가로 보이는 한 무리의 미국인들이 로비와 연결된 계단으로 몰려 내려왔다. 잠시 후 벤슨이 희끗희끗한 머리의 미국인과 함께 나타났다.

"미스터 피치, 이쪽이 조슈아 칼린입니다."

조슈아는 사전 설명이나 양해 없이 이곳으로 그를 호출한 벤슨을 쳐다보며 선교사가 내민 손을 잡았다.

"머제스틱호 선원이시라고 들었습니다. 저는 '그레이스 홈'을 운영하는 피치 선교사입니다. 전쟁으로 의약품이 동이 난 데다 약 값이 터무니없이 올라 걱정이었는데 주님께서 우리의 기도를 들어주신 모양입니다."

은제 담뱃갑

중국 최대 명절인 춘절이 성큼 다가왔다. 사흘 밤낮으로 이어지던 포성도 멎고, 부두는 대목을 맞아 가금류와 야채를 싣고 온 짐배들로 부산했다.

"다들 전쟁으로 재미를 본다는데 의약품 얘기는 없던 걸로 합시다."

딕 스위프트 선장은 의약품을 실으려고 머제스틱호에 오른 벤슨에게 조슈아와 했던 약조와는 다른 소리를 내뱉고는 선적실 철문을 열어놓은 채 그대로 나가버렸다.

벤슨의 부탁으로 이 일을 알선한 조슈아는 당황스러웠다. 머제스틱호의 선장 딕 스위프트는 선적실에 있는 의약품의 일부를 벤슨에게 내주기로 어젯밤에 이야기가 된 상태였다.

조슈아가 난감해하자 벤슨은 그리 놀랄 일도 아니라는 듯 선장이 사라진 갑판으로 올라서며 조슈아에게 외쳤다.

"일꾼들 돌려보내지 말고 함께 바지선에서 대기하게."

전쟁으로 일본 면방적 공장들이 잇달아 폐업을 했고 광동인들의 공장이 몰려 있는 차페이마저 폭격을 당하자 실크와 면사를 취급하던 공급선들은 거의 빈 채로 상하이를 떠나야 했다. 오천 톤급 이상의 상선이 물건을 싣지 못하고 빈 배로 나갈 경우 입을 손해는 막심했다. 상하이의 호스텔에 임시로 머물고 있던 머제스틱호 선원들도 혹시나 전쟁의 여파로 임금을 제대로 받지 못할까 봐 노심초사했다.

잠시 후 벤슨 씨와 딕 스위프트 선장이 아무 일도 없었다는 듯이 함께 나타나 호방하게 웃으며 선적실로 왔다. 말레이시아 선원들은 기다렸다는 듯 선적실 한쪽에 쌓아둔 의약품을 운반하기 시작했고, 명절 대목에 빈손으로 돌아갈까 봐 전전긍긍하던 짐꾼들의 손이 바빠졌다.

조슈아가 의아해하며 벤슨에게 다가갔다.

"도대체 어떻게 된 거죠?"

벤슨은 넉살 좋게 담배를 피워 물며 설명을 했다.

"선실에 들어갔더니 선장이 갑자기 태도를 싹 바꾸더라고. 전쟁 탓에 항구 정박료에다 보험료까지 몇 곱절로 뛰었고 빈 배로 돌아가게 생겼으니 아주 죽겠다는 거야. 블루 스타 라인에서는 선원들 급료를 못 주겠다고 엄포를 놓았나 봐. 아주 내 앞에서 볼멘소리를 하더라고."

벤슨이 자초지종을 설명하는 사이 바지선 하나가 의약품을 싣고 부두 쪽으로 움직이기 시작했다.

"그러더니 다짜고짜 선적실을 채워달라는 거야. 약을 싸게 내줄 테니 선적 물품을 달라면서 통사정을 하더군. 간밤에 누군가 벤슨 공사에 물건이 많다고 선장에게 귀띔해주었나 봐."

벤슨이 담배 연기를 내뿜으며 지나가는 삼판선을 불러 세웠다.

"작년 가을부터 영 분위기가 심상치 않아서 실크 원사와 텍스타일 가공 면사를 홍커우 창고 몇 곳에 쟁이고 있었다네."

조슈아가 삼판선 위로 벤슨을 따라 훌쩍 뛰어내렸다. 작은 짐배는 이내 의약품을 운송하는 바지선을 앞지르며 부두로 나아갔다. 벤슨이 손끝으로 바짝 탄 담배꽁초를 강물 위에 던졌다.

"서둘러야겠어. 오늘 안에 창고 한 곳을 열어 물건을 내줘야 하네. 하필이면 춘절이 끼어서 일꾼들이 내일부터는 모두 쉴 테니."

활짝 열린 머제스틱호의 선적실 입구에서 벤슨 공사의 매니저 루이가 바지선에서 올리는 원사 다발에 인장을 찍고 번호표를 붙이고 있었다. 벤슨의 요청으로 조슈아는 인계된 실크 원사 다발을 컨테이너에 옮기고 봉인하는 과정을 확인했다. 의약품이 빠져나간 자리에 실크 원사를 실은 컨테이너가 차곡차곡 쌓였다.

선적 일은 금세 끝났고, 벤슨은 딕 스위프트 선장과 악수를 나눈 후 조슈아와 함께 선창으로 돌아가는 빈 바지선에 올랐다.

"조슈아, 그레이스 홈에 함께 가줄 수 있겠나? 하필 내일이 춘절이라 짐꾼이 모두 쉬는 바람에 일손이 필요하네. 일한 삯은 넉넉히 쳐주겠네."

벤슨과 조슈아가 탄 바지선이 부두에 접근하자 선창에 정박 중인 일본 경비정에서 한 여성이 벤슨을 향해 손을 흔드는 것이 눈에 들어왔다.

그녀는 각국 조계지의 참사관들과 기자단 틈에 섞여 있었는데, 너울을 덧씌운 모자가 자칫 해풍에 날아갈까 봐 몹시 조심하는 모습이었다.

"라라 양이 여기까지 웬일이오?"

벤슨이 '라라'라고 호명하자 경비정에 있던 사람들의 시선이 일제히 그녀를 향했다. 왕쭤린 기자의 죽음 이후 다나카와 그의 여자로 알려진 라라에 대한 이런저런 소문은 상하이 사교계를 중심으로 흉흉하게 떠돌고 있었다.

라라는 선착장 입구의 매표소를 바라보며 대답했다.

"매표소에서 배편을 구한 고객들에게 선내를 구경시켜준다는 안내문을 받고 왔는데…, 저렇게 문이 닫혔네요."

벤슨은 의외라는 듯 물었다.

"상하이를 떠나시나요?"

라라는 별다른 대꾸 없이 벤슨 곁에서 가까스로 균형을 잡고 있는 조슈아를 쳐다보았다. 눈치 빠른 벤슨이 거들었다.

"이 친구는 머제스틱호 선원 조슈아 칼린입니다."

조슈아가 그녀를 향해 목례를 하자 라라가 눈인사를 건네며 대담하게 물었다.

"홍콩을 거쳐 마르세유로 가는 배편이라고 들었어요. 괜찮으시면 머제스틱호 선내를 구경할 수 있는 영광을 저에게 주시겠어요?"

달리 거절의 빌미를 찾지 못한 조슈아가 우물쭈물하자 곁에 있던 벤슨이 재촉했다.

"사무실에 가 있을 테니 어서 숙녀분의 손을 잡아드리게."

벤슨은 부두로 훌쩍 뛰어 올라가고, 라라는 조슈아가 내민 손을 잡고 경쾌하게 바지선으로 넘어왔다. 배가 출렁이자 조슈아는 기우뚱한 그녀의 팔을 한 손으로 잡고 바닥에 떨어진 머플러를 주워 건넸다.

바지선을 타고 온 조슈아와 라라가 함께 머제스틱호의 갑판에 오르자 번드의 고층 빌딩들이 한눈에 들어왔다. 강 건너에는 푸동의 조선소가 손바닥에 올려놓은 듯 훤히 내려다보였다. 쏟아지는 따가운 오후의 볕이 상하이의 눅눅한 습기를 씻어 내렸다.

어디선가 불어온 부드러운 미풍이 라라의 이마에 살랑였다.

"상하이는 처음인가요?"

한결 기분이 좋아진 라라가 조슈아에게 물었다.

"그렇습니다."

"얼마나 계세요?"

"전쟁 때문에 출항이 지연되고 있긴 한데, 곧 떠날 겁니다."

조슈아가 몸을 돌려 갑판의 난간에 등을 기대고 라라를 마주 보았다.

"코튼클럽에서 당신의 노래를 들었어요. 혹시 이 배편으로 떠날 건가요?"

라라는 대답 대신 쓸쓸한 미소를 지으며 선미 쪽을 물끄러미 바라보았다. 머제스틱호의 갑판 끝을 훌쩍 질러 이즈모호의 거대한 함체가 위용을 드러냈다.

돛대 위에서 펄럭이는 욱일승천기가 부산하게 움직이고 있는 수병들을 독려하는 듯했다.

라라가 난간에 기대선 조슈아를 지나쳐 선미 쪽으로 나아갔다. 거함의 갑판 위에는 부지런히 움직이는 수병들 이외에 부동한 채 도열한 군인들이 가득했다. 라라는 신기한 듯 그 광경을 지켜보다 자신의 가방에 손을 넣어 은제 담뱃갑을 꺼냈다.

그 순간 갑자기 뱃머리 쪽에서 강한 바람이 선체에 부딪히며 라라의 모자를 날려 보냈다. 하지만, 라라는 어떠한 동요나 미동 없이 그대로 선미에 서 있었다. 조슈아는 그런 그녀의 뒷모습을 잠시 바라보다 천천히 몸을 움직여 갑판 위에 떨어진 모자를 주웠다.

2

쇼와 7년 5월 5일 목요일

-

W에게 - 1932년 2월 6일

-

조국을 잃어버린 사람들

호접화

쇼와 7년 5월 5일 목요일

"이봐 오자키, 뭔가 조금이라도 짐작 가는 거 있어?"

우기를 잔뜩 머금은 하늘에서는 금방이라도 비가 쏟아질 것만 같았다. 우중충한 기후 탓에 인적이 드문 가든 브리지 위에 베이지색 코트로 몸을 감싼 채 약속 시간보다 먼저 와 있었던 아그네스가 나를 보자마자 질문부터 던졌다. 나는 겸연쩍게 웃으면서 그녀에게 엄지와 검지로 동그라미를 만들어 보였다.

"글쎄, 다나카 류세이의 행방과 관련해 어느 정도 개연성이 있을지는 모르겠지만, 한 미국인에 대한 신상정보가 필요해. 그래서 미국인인 너에게 도움을 청한 거고."

조금씩 거세지는 빗줄기를 의식하며 총총걸음으로 일본 영사관을 지나 미국 영사관 앞에 다다르자 정문 앞에 늘어선 긴 행렬이 눈에 들어왔다. 커다란 나비 모양의 브로치에 회색 스카프를 두른 미 영사관 직원 헬렌 포스터 양이 민원인들의 맨 앞에 서서 우리를 기다리고 있었다.

아그네스는 평소 친분이 있는 그녀와 다소 부산스럽게 인사를 나누고는, 구면이지만 그녀와 말을 섞어본 적이 없는 나를 정식으로 소개했다. 우리는 헬렌의 안내로 미 영사관 1층 로비를 가로질러 독수리 모양의 황금색 손잡이가 인상적인 접객실로 들어섰다. 헬렌은 비스킷과 함께 내온 찻잔에 커피를 따르며 물었다.

"찾는 분이 있다고 들었어요."

"조슈아 칼린이라는 미국인입니다."

내가 대답하며 아그네스를 한 번 쳐다보자 이번에는 아그네스가 내 말을 받았다.

"헬렌 양. 사실 오자키와 나는 천장절 당일 이후 종적을 감춘 다나카 류세이 소장의 행방에 대해서 수소문하고 있었어요. 그날 홍커우 공원뿐 아니라 우창소학교라는 곳에서도….."

"잠깐만요."

헬렌이 갑자기 아그네스의 말을 가로막았다.

"조슈아 칼린이라고 하셨나요? 혹시 그 이름을 어디서 들었나요?"

커피를 한 모금 마시고, 이번에는 내가 대답했다.

"일본 군영에 미국산 통조림을 납품하는 벤슨 스나이더 씨에게 들었습니다. 다나카의 행방을 탐문하던 중에 우연히 들은 이름입니다."

헬렌이 양미간을 좁히며 다시 물었다.

"이 사람이 다나카 소장과 어떤 관계가 있다는 거죠?"

"천장절 당일 벤슨 공사 소유의 트럭과 함께 우창소학교 인근에서 감쪽같이 사라졌어요. 물론 홍커우 공원 폭파 사건 사상자 명단에도 없고요. 어느 누구도 폭파 당일 상하이에서 사라진 한 서양인에 관해 언급하지 않지요."

내가 말을 끝내자마자 헬렌이 나와 아그네스의 얼굴을 번갈아 쳐다보며 눈을 치켜올렸다.

"잠깐만요. 외모가 서양인이라는 건가요? 적어도 내가 아는 조슈아 칼린은 당신과 생김새가 비슷한 동양계 미국인입니다."

헬렌은 계속해서 말을 이었다.

"라라라는 여자의 비자를 발급받으려고 이곳을 찾아왔었죠."

아그네스가 놀란 듯 소리쳤다.

"코튼 클럽의 간판 여가수, 라라?"

나는 라라를 만나기 위해 클럽이 문을 닫을 시간에 맞추어 클럽에 들렀다.

"죄송합니다. 영업은 끝났습니다."

클럽에 들어서자 홀 한쪽 구석에서 졸고 있던 하얀 제복의 웨이터가 눈을 비비며 다가왔다. 손님들은 거의 다 빠지고 몇몇 취객들이 소파에 늘어져 있었다.

"라라 양을 만나러 왔습니다."

웨이터는 귀찮은 듯 툴툴거리며 무대 뒤로 나를 안내했다. 싸구려 향수와 백분 냄새로 뒤섞인 분장실에는 코르셋만 입은 댄싱 걸 서너 명이 거울 앞에서 화장을 지우고 있었다. 라라의 모습은 보이지 않았다.

"저, 혹시 라라 양이 퇴근했나요?"

나의 질문에 무희들은 미리 합을 맞춘 듯 고개를 내저으며 외쳤다.

"저희는 아무것도 몰라요."

그때, 또각거리는 하이힐 소리가 나며 거울 옆의 붉은색 벨벳 커튼이 젖혀졌다. 그리고 백러시아 출신의 택시 걸 소녀가 모습을 드러냈다.

"누군가 했더니 오자키 기자시네. 무슨 일로 라라를 찾는 거죠?"

소녀의 목소리는 피곤에 절어 있었다.

"정확히 말하면 그녀를 찾는 것이 아니라 그녀가 잘 아는 한 남자를 찾고

45

있소."

빨간 실크 기모노 가운을 코르셋 위에 걸친 소녀가 긴 다리를 드러내며 분장실 뒤편의 소파에 누웠다. 화장을 지운 무희들이 짐을 챙겨 분장실을 나갔다.

"한 남자라… 한 남자라. 도대체 누구를 말하는 거죠?"

나는 주머니에서 담배를 꺼내 소녀에게 권했다. 그러자 그녀는 몸을 바로잡은 채 자신의 손지갑에서 담뱃갑을 꺼냈다.

"저는 크레이븐만 피워요."

"그렇군요."

"체스터필드는 맛이 강해서. 그냥 이 담배가 맛도 부드럽고 향도 좋아요. 오래된 책에서 나는 냄새 같기도 하고…, 돌아가신 할아버지 냄새 같기도 하고."

소녀는 담배를 깊게 빨아들이더니 연기를 허공에 내뿜었다. 그러고는 본래의 화제로 돌아왔다.

"사실 저도 라라를 찾고 있어요. 어느 날부터 흔적도 없이 사라졌어요."

W에게

2월 3일, 시오자와 코이치 부제독을 대체하기! 위해 제3함대장 노무라 기치사부로 제독이 상하이로 급파되었다. 전쟁 발발 일주일 만에 시오자와 부제독에서 노무라 제3함대장으로 지휘권이 옮겨 가게 된 배경에 관심이 집중되고 있다. 해군성 내부 소식통에 의하면 이 일은 실체가 드러나지 않은 비선 조직을 통해 극비리에 진행되었다.

상하이 분쟁을 막후에서 조종한 다나카 류세이는 이번 지휘관 교체를 추진한 중심인물로 알려졌다. 노무라 제독은 파견과 동시에 49척으로 구성된 제3함대와 기존의 1파견함대, 1수뢰전대, 순양함 3척으로 구성된 3전대, 항공모함 가가, 호쇼 등을 보유한 1항공전대의 지휘권까지 모두 장악했다.

2월 3일부터 5일까지, 3일에 걸쳐 단행된 차페이 공단과 중국 민간인 거주지에 이르는 일본 전투기의 유례 없는 대공습과 소이탄 공격은 노무라 제독의 지휘 체계 아래 전격적으로 감행되었다.

별첨 : 〈제3함대 49척 구성 요강〉
　　　〈상하이 전쟁 공습에 출격한 일본 해군 폭격기, 경찰기, 전투기 명단〉

1932년 2월 6일
Otto

조국을 잃어버린 사람들

차가 흔들릴 때마다 뒷좌석에 앉은 라라와 다나카의 어깨가 서로 닿았다. 다나카는 오늘 밤 그녀가 불렀던 노래를 흥얼거리며 찬사를 늘어놓았다.

라라는 묵묵히 시선을 차창 밖으로 옮겼다. 무너진 석조 교각 아래 지붕을 씌운 짐배들이 널브러져 있었다. 얼마 전에도 그녀는 홍커우 선착상에 물건을 내린 빈 배를 타고 수초우천을 거슬러 조계지 외곽에 있는 집으로 돌아오곤 했다. 선상에서 생계를 잇는 사람들 속에 앉아 있으면 삶이 두렵거나 낯설지 않았다.

어느덧 차가 좁은 길목 앞에 다다르자 남루하고 지저분한 집들이 승용차 전조등에 민낯을 드러냈다. 차에서 내린 라라는 다나카에게 감사를 표했다. 차창 너머의 다나카는 고개 숙인 그녀를 연민 어린 눈길로 바라보았다. 잠시 후, 검은색 닷선 승용차는 수초우천을 따라 어두운 밤거리로 사라졌다.

장식장 하나 없는 비좁은 거실. 낮은 탁자를 사이에 두고 사내는 라라가 건넨 찻잔을 손으로 감쌌다. 컵을 움켜잡은 사내의 손가락 사이로 김이 오르고 재스민 차향이 방안을 가득 채웠다.

도심 어딘가에서 희미한 섬광 한 줄기가 공중에 치솟자 굉음과 함께 유리창이 흔들렸다. 이런 광경을 동요 없이 바라보던 사내가 입을 열었다.

"이번이 진짜 마지막이오. 한 번만 나를 믿고 도와주시오."

약간의 쇳소리와 비음이 섞인 사내의 목소리에는 애원과 강압이 혼재되어 있었다. 잠시 후 라라는 사내의 불편한 시선을 애써 피하며 옷장 속 깊이 숨겨

48

놓은 낡은 화통을 꺼냈다.

라라는 망연자실한 듯 폭음에 흔들리는 창밖을 내다보며 말없이 담배를 피워 물었다. 상하이로 떠나기 전날 밤, 할머니는 경주최씨 가문 대대로 내려온 예물을 팔아 마련한 자금과 함께 이 그림을 건네주었다. 라라는 어떤 고난과 역경이 닥치더라도 할머니가 전해준 유품에는 손을 대지 않았었다.

사내는 화통을 가슴에 품고 현관문을 나섰다. '쾅!'하고 문 닫는 소리가 그녀의 가슴을 때렸다.

라라는 사내가 떠난 후 한참을 미동도 없이 앉아 있었다. 창문 너머 번쩍이던 불꽃이 잦아들 무렵 그녀는 선반 위에 올려놓은 낡은 타자기를 내려 매우 사무적인 손동작으로 자판을 두드렸다. 탁탁…. 자판이 조합되어 하나의 활자가 완성될 때마다 그녀의 머릿속에 있던 기억들이 생생하게 되살아났다.

흐릿한 하늘 아래 바람이 거셌다. 사나운 먼지바람이 이는 가로수 길을 지나 러시안 마켓에 접어들자 혁명을 피해 망명한 러시아인들이 이곳저곳에서 좌판을 벌이고 있었다. 그들은 행인이 지나갈 때마다 큰소리로 호객을 하거나 터무니없는 가격을 부르며 흥정을 시작했다.

길 끝자락의 한 매대에서 중년의 러시아 여자가 지척에 서 있는 라라를 발견하고는 목청을 높여 장황한 설명을 늘어놓았다.

"이건 소피아 공주의 드레스예요. 파리에서 제작된 것이랍니다. 여기 어깨선을 보세요. 이렇게 정교하게 제작된 레이스 드레스는 정말 구하기 힘들어요."

그녀의 매대에는 정교한 수가 놓인 양산, 보석으로 장식된 구두, 진주와 오팔이 박힌 파티용 손지갑 등 휘황찬란했던 러시아 귀부인의 과거들이 가지런히 진열되어 있었다. 라라가 가늘고 긴 손가락으로 드레스를 가리키자 여자는 그것을 재빠르게 옷걸이에서 빼내어 건넸다.

"원하신다면 파리와 뉴욕에서 유행하는 최신 스타일로 수선 가능합니다."

여자가 "프란체스카! 프란체스카!" 하고 소리치자 길 건너편 땅바닥에 앉아 구슬을 만지작거리던 금발의 소녀가 달려왔다.

"프란체스카, 할머니한테 이 손님 좀 모셔다 드리렴. 마담, 이 아이가 수선집으로 안내해드릴 거예요."

아이를 따라가보니, 건물 사이 간이 지붕을 얹은 비좁은 공간에서 갸름한 얼굴의 노인이 쪼그리고 앉아 낡은 재봉틀을 쉼 없이 돌리고 있었다. 라라는 한 치의 흐트러짐도 없는 노인의 숙련된 재봉 솜씨에 감탄하며 수선이 끝난 드레스를 받아 들고 밖으로 나섰다.

큰길 건너편 헌책이 쌓여 있는 좌판에서 라라는 시집을 하나 집었다.

"세르게이 예세닌을 아시우?"

책을 팔던 러시아 노인이 말을 건넸다. 라라는 그제야 자신이 들고 있는 책이 예세닌의 시집이란 것을 알았다. 그녀의 입술에서 예세닌의 오래된 시구가 흘러나왔다.

"나는 알지 못한다, 그것이 빛인지 어둠인지? 무성한 숲속에서 노래하는 것이 바람인지 수탉인지? …꼭 끌어안고 싶다. 자작나무의 벌거벗은 가슴을."

라라는 오래전 그녀를 품에 안고 예세닌의 시를 읊던 서경주를 떠올렸다. 다 지나간 일이었다. 그들의 가슴이 사랑으로 뜨거웠던 그런 때가 있었다는 사실조차.

"예세닌의 시를 암송하는 숙녀를 이런 곳에서 만나다니…."

글자의 잔영에 사로잡힌 채 꽤 오랜 시간 동안 타지의 거리를 지켰을 노인의 고단한 얼굴에 잠시 화색이 돌았다.

라라는 마치 혼잣말을 하듯 나지막이 중얼거렸다.

"천재 시인이 너무 일찍 세상을 버린 게 안타까워요. 혁명과 사랑 그리고 멜

랑꼴리는 늘 함께 붙어 슬픈 운명을 희롱하나 봅니다.”

러시안 마켓의 장터 한쪽에서는 낡은 턱시도에 보타이를 맨 늙은 바이올리니스트가 빼어난 연주로 청중들의 넋을 빼놓고 있었다.

노인의 신들린 연주에 사람들의 탄성과 박수가 이어졌다. 몰려든 사람들은 저마다 자신들의 정보를 총동원해 지금은 길거리 악사로 전락한 예사롭지 않은 늙은이를 화제 삼았다.

“저분이 차르의 궁정 악장이었던 아야톨리요.”

“아야톨리는 니콜라이 황제가 쫓겨난 후 권총으로 자살했다던데.”

“그건 소문일 뿐이에요. 분명 저분이 맞아요.”

“저도 미란스키 극장에서 본 적이 있다니까요.”

연주가 막바지로 치달을 무렵 마호가니 테 안경을 착용하고 중절모를 눌러쓴 한 신사가 음악에 심취한 라라 옆에 무심히 다가섰다. 곡이 끝나자 박수와 함성이 쏟아졌고, 라라는 곁에 선 신사의 상의 주머니에 은제 담뱃갑을 슬쩍 찔러넣었다. 그러고는 인파를 헤치고 나아가 악사 앞에 놓인 낡은 바이올린 케이스에 지폐 한 장을 올려놓고 자리를 떴다.

호접화

다다미가 깔린 다실은 한쪽 벽에 기다란 족자가 걸려 있을 뿐 별다른 장식 없이 정갈했다. 이동식 풍로 위 주전자에서 하얀 김이 솟아오르고, 기모노를 입고 무릎을 꿇은 다나카는 차완을 데우고 물기를 닦으며 한껏 정성을 들이고 있었다. 다나카는 뽀얀 거품이 이는 찻잔을 라라와 윙카싱 앞에 놓으며 말했다.

"차를 배우면서 마음을 다스리는 법을 배웠지요."

라라는 왼손을 잔 밑에 받치고 오른손으로 그것을 돌린 후 차를 한 모금 마신 다음 다나카의 말에 대꾸했다.

"같은 뿌리에서 나왔음에도 불구하고 중국과 일본 그리고 조선의 차 맛과 다도는 조금씩 다른 것 같습니다."

"겉은 다르지만 결국은 하나지요. 참으로 단순한 원리 아닙니까?"

화상 윙카싱이 라라의 감상에 적절한 인사를 덧붙이자 다나카가 흡족해하며 거들었다.

"선생께서 그런 말씀을 하시니 '다도란 소박한 자리에서 편안하게 벗과 함께 나누는 것'이라던 에이도 스승의 말씀이 생각납니다."

"≪일본의 길≫을 집필한 에이도 선생 말입니까?"

"네. 스승께서 특히 조선 그림을 좋아하셨지요."

라라가 차완을 다시 들며 살짝 대화에 끼어들었다.

"조선에도 그분을 흠모하는 제자가 많다고 들었습니다. 기회가 되면 꼭 한 번 뵙고 싶습니다."

다나카는 조금 놀란 듯 그녀를 보며 차를 음미했다.

윙카싱은 찻잔을 내려놓고 화통에서 그림 한 점을 꺼내 펼쳤다.

"웃돈을 얹어 구매하려던 고객들이 많았지만 호접도를 좋아하는 소장님께 꼭 드리고 싶었습니다."

찻잔을 비우던 라라의 시선이 흔들렸다. 화통을 안고 집을 나서던 서경주의 마지막 모습이 눈앞에 어른거렸기 때문이다. 윙카싱은 돋보기를 꺼냈다.

"이 곱고 화려한 채색과 정교한 공필을 사용한 세필의 사실적 묘사를 보십시오. 조선 최고의 호접도라 추앙받을 만한 작품입니다."

그림을 받아 든 다나카의 만면에 웃음이 가득했다.

"나비가 살아 있는 듯 생생합니다. 세심한 관찰력에 더해 필력이 호방합니다."

일 배를 나눈 세 사람의 빈 차완이 다다미 위에 놓이자 다나카가 무릎을 꿇고 손님들을 향해 고개 숙여 절을 했다. 다나카는 이 배로 준비했던 박차 대신 백련꽃 차를 내어 대접했다.

좁은 다실의 미닫이문이 열리고 기모노 입은 하녀가 다과가 담긴 쟁반을 들고 들어왔다. 이 배가 시작되기 전 잠시 다과를 나누며 담소가 시작되자 라라가 핸드백 속에서 작은 손지갑을 꺼내 들고 일어났다.

"잠깐 실례하겠습니다."

라라가 문을 닫고 발걸음을 복도로 옮기려는데 창호 너머로 윙카싱과 다나카의 대화가 들려왔다.

"소장께서 부탁하신 그림이 곧 손에 들어올 겁니다. 어제 팔겠다는 사람에게서 연락이 왔습니다."

"이번에도 저에게 넘겨주십시오. 대금은 섭섭지 않게 챙겨드리겠습니다."

"물론입니다."

"혹 실례가 안 된다면 그림을 팔겠다는 분의 신원을 알 수 있을까요? 워낙에 이런 고서화는 위작이 많아서⋯."

윙카싱이 잠시 뜸을 들이다가 낮게 속삭였다.

"옌싱 병원 최 박사라는 분입니다."

다나카의 목소리가 조금 커졌다.

"신의 손이라고 이름난 그 조선인 외과 의사 말입니까?"

"실은 이분에게서 조선의 희귀 작품 대부분을 구했습니다."

창호 너머로 윙카싱의 헛기침 소리가 들리는가 싶더니 잠시 대화가 멈췄다.

프랑스풍의 거실 천장에는 화려한 샹들리에가 빛나고, 발코니 난간에 걸린 새장에는 앵무새 한 마리가 졸고 있었다.

라라는 내실 쪽으로 사뿐히 걸음을 옮겼다. 기역자로 꺾인 복도 벽면에 커다란 동양화 한 점이 걸렸고, 살짝 열린 서재에서 불빛이 흘러나왔다. 라라는 숨죽이고 다가가 문틈으로 안을 엿보았다. 한쪽 벽면을 거의 차지한 책장에는 책들이 빼곡했고, 옆 책상에는 다나카의 가죽 가방이 놓여 있었다. 라라는 까치발을 하고 호흡을 멈추고는 서재 안으로 한 발을 들여놓았다. 그때 복도에서 발소리가 들려왔다. 그녀는 재빨리 발을 빼고 몸을 돌려 복도 벽에 걸린 동양화를 바라보았다. 두 마리의 노란 나비가 흩뿌려진 작은 꽃잎을 따라 날아오르고 있었다.

"라라."

단정하게 말아 올린 뒷머리 밑에 드러난 그녀의 하얀 목덜미를 타고 속삭이는 듯한 다나카의 목소리가 넘어왔다. 잠시 현기증을 느꼈던 라라가 숙였던 고개를 살짝 들며 혼잣말처럼 중얼거렸다.

"한 쌍의 나비가 아지랑이를 타고 날아오르며 춤추고 있네요. 저 나비처럼 서로 사랑하며 살아갈 수만 있다면⋯."

라라가 고개를 돌려 다나카를 바라보았다. 다나카는 고요한 수면 위에 파문
이 이는 듯 미묘하게 흔들리는 그녀의 눈빛에 걷잡을 수 없는 매혹을 느꼈다.

3

쇼와 7년 5월 6일 금요일

-

W에게 - 1932년 2월 12일

-

그레이스 홈

상한 통조림

강물을 따라

쇼와 7년 5월 6일 금요일

"본사에서 던져주는 대로 받아먹으니 얼마나 편한가? 제발 사고 좀 치지 말게."

고노 지국장은 취재 계획서를 회람한 후 나에게 누차 강조했다.

홍커우 공원 폭파 사건이 일어나고 만 일주일이 지났다. 그날 이후 모든 동료 기자들은 취재 일정을 잡기 전 반드시 본사에서 내려온 보도지침을 확인해야 했다. 나는 차페이 복구 현장을 취재하기로 한 후 계획서를 제출하고 신문사를 나섰다.

본사의 지시에 따라 기사를 쓰며 스스로 검열하는 행위는 마치 출구 없는 미로를 찾는 것과 같았다. 어디로 가든 길은 가로막혔고, 번번이 갔던 길을 되돌아 나오듯 동일 기사를 반복해서 써야 했다.

나는 차페이로 출발하는 기자단 차량이 열 지어 서 있는 쓰촨베이로 쪽으로 걸어갔다. 일주일 전, 바로 이 거리는 일본의 상하이 전쟁 승리의 기쁨을 과시하듯 열병식 대열과 인파로 넘쳐났었다. 열광과 환호의 함성이 사라진 금요일 오전의 쓰촨베이로는 한산했고, 대로의 한 구간을 다 차지하고 있는 헌병대 건물은 지나치는 행인조차 주눅 들게 했다.

≪유니온 프레스≫의 사무실도 이곳에 있는데, 쇼타하루의 말에 따르면 이 거대한 건물에 난 수백 개의 창문 안에서 무슨 일이 벌어지는지 자신도 알지 못한다고 했다.

차페이에 가까워질수록 차창 밖 풍경은 참혹한 파괴의 현장으로 바뀌었다. 나는 우두커니 창밖을 보며 처음 상하이 지사로 지원서를 제출하던 날을 떠올렸다. 그때만 해도 상하이라는 지명은 뭔지 모를 아련한 모험과 거친 낭만 같은 것이 연상되었다.

1928년 11월, 나는 아내 에이코와 함께 고베를 떠나 상하이행 여객선에 올랐다. 뱃멀미 탓에 에이코는 여행 내내 이등석 선실을 벗어나지 못했다.

배가 양쯔강 입구에 들어서자 검푸른 바닷물이 누런 강물로 변했다. 중국 대륙의 황토를 싣고 유유히 흘러가는 양쯔강이 내가 처음 만난 중국이었다.

우쑹항을 지나 황푸강으로 들어서자 상선과 군함 사이로 정크와 삼판선이 지나다니고, 강둑을 따라 거대한 빌딩들이 드러났다. 나는 갑판에 서서 번드의 화려한 불빛을 보며 벅찬 감동을 느꼈다.

그리고 삼 년이라는 시간이 지났다. 나는 전쟁으로 폐허가 된 차페이 공단에서 먼지를 뒤집어쓴 채 황망히 걸어가고 있다. 조계 인구의 구 할 이상을 차지하는 중국인들은 아무런 정치 경제적 권리도 행사하지 못하고, 이리저리 유린당하는 가사 상태에 빠진 거대한 거인에 불과했다. 일본 군부와 국민들이 휩쓸려 가는 방향은 위태로웠고, 나는 고립된 섬에 갇혀 구조를 기다리는 조난자가 된 느낌이었다.

W에게

2월 9일. 일본 육군성은 육군 제3, 제5, 제12근위사단으로 구성된 혼성 여단과 우에다 겐키치 중장이 이끄는 9사단을 상하이에 파견한다고 공표했다.

육군성 대변인은 이 결정이 노무라 제독의 요청으로 이루어졌다고 했지만, 내부 소식통에 의하면 노무라 제독이 3차 공습을 감행 중이던 2월 5일에 이미 파견 부대가 결정되었다.

2월 10일. 일본 육군의 상륙에 대비하여 열린 중국 군사위원회는 상하이 방어에 3방위구를 주력으로, 2방위구를 예비대로, 1방위구를 동북으로 진격시켜 일본 육군이 상하이 방어선을 넘지 못하게 할 것이라고 했다.

2월 11일. 일본 육군의 상하이 상륙이 임박한 가운데 영국 대사 마일스 램슨 경이 중국 19로군과 일본군 대표자 회동을 주선했다. 이 회담에서 일본 측은 기존의 입장을 고수하며 중국군에게 인터내셔널 조계지 경계 20킬로미터 밖으로 철수할 것을 요구했고 중국 측은 즉시 거부 의사를 공표했다.

별첨 : 〈2.1 중국 군사위원회가 쉬저우에서 결의한 '5개 전구 전 중국 방위계획서' 전문〉

1932년 2월 12일
Otto

61

그레이스 홈

짐을 가득 실은 트럭이 울퉁불퉁한 흙길에서 중심을 잃고 기우뚱하다 다시 균형을 잡았다. 벤슨은 네오살바르산뿐 아니라 선적실의 약품 전량을 다 사들이고도 약간의 여윳돈이 남았다고 했다. 그는 조슈아의 동료이자 한때 자신의 소대원이었던 테드 실버의 이름으로, 그가 남긴 약간의 돈과 함께 트럭에 실린 약품 전량을 '그레이스 홈'에 기증하겠다고 했다.

트럭이 닝포 철로 건널목을 넘어설 즈음 조슈아가 물었다.

"의외군요. 생전의 테드가 언급한 벤슨 씨는 참혹한 전장에서조차 가장 잔인한 분이셨다고, 그 덕에 자신도 지옥에서 생환할 수 있었다고…."

벤슨은 비포장도로 위에서 방향을 잃은 핸들을 꽉 움켜잡았다.

"이런 타국에서 아무런 배경도 없는 나 같은 놈이 살아남을 수 있는 길이 뭐가 있었겠나? 이곳을 세운 피치 선교사가 내가 잡을 수 있는 유일한 동아줄이었네. 선교사들의 인맥이 의외로 넓고 깊지. 혹여라도 나에게 정치적인 신념이나 종교적인 믿음을 기대하지는 말게나."

조슈아는 그와의 첫 대면에서는 읽을 수 없었던 냉소를 확인하고서야 이곳 상하이가 전운이 감도는 전쟁터이자 다양한 인간 군상들이 섞여 있는 용광로라는 것을 실감했다.

차창 너머 너른 들판에 파랗게 올라온 여린 밀이 바람에 쓸려 눕더니 이내 다시 일어섰다. 양쯔강 델타에 만들어진 이 도시는 어디를 가든 미로처럼 연결된 수로가 흘렀다. 드넓은 논과 밭을 가로지르고 변두리 외곽 공장지대를 지나 화려한 도심으로 이어지는 이 물길은 세상의 온갖 오물을 고스란히 받아 안고 마침내 황푸강에 이르렀다.

차페이 외곽으로 들어서자마자 일본 전투기 한 대가 트럭 위를 선회하다가는 들판 가운데 솟은 깃발 끝으로 사라졌다. 트럭은 흙먼지를 일으키며 비행이 남긴 궤적을 따라 나아갔다. 이윽고 트럭이 조잡하게 용접된 녹슨 철제문 앞에 다다르자 '당신을 환영합니다'라는 플래카드가 내걸린 낮은 지붕이 시야에 들어왔다.

앞서 하차한 벤슨이 직접 철문 안쪽으로 손을 집어넣어 걸쇠를 돌려 문을 젖혔다. 마당 놀이터에서 시소를 타던 아이들이 "미스터 뱅!" 하고 외치며 트럭 주위로 뛰어왔다. 벤슨은 들고 온 꾸러미에서 사탕과 초콜릿이 가득한 손바닥 크기의 빨간 주머니를 꺼내 아이들에게 나눠주었다. 아이들은 각자 받은 것을 아껴 먹으려는 듯, 헤진 호주머니에 넣고 다시 놀이터로 뛰어갔다.

흰색 가운을 차려입은 건장한 체격의 의사가 임마누엘이라는 팻말이 붙은 단층 건물에서 벤슨과 조슈아를 맞이했다.

"최기수라고 합니다. 그레이스 홈 일을 돕고 있습니다."

의사는 초면인 조슈아에게 악수를 청하며 인사했다.

마침 푸른색 청삼을 입은 중년의 백인 여성이 손에 묻은 물기를 훔치며 뛰어나왔다.

"벤슨 씨, 어쩌죠? 선교사님이 여태껏 기다리다 조금 전에 외출하셨어요."

"길이 막혀 생각보다 많이 늦었습니다."

최기수라고 자신을 소개한 남성이 어두운 표정으로 벤슨에게 말했다.

"'홍수 난민 구제센터'가 폭격당했습니다. 피치 선교사가 그곳에서 상처를 입은 아이들 가운데 일부를 데려올 것 같습니다."

의사 곁에 서 있던 백인 여성이 연락이 두절된 선교사들과 적십자사 요원들

63

이 난민들과 함께 아직도 무너진 건물의 잔해 속에 묻혀 있다며 광분했다.

"적십자 깃발이 꽂혀 있을 뿐만 아니라 적십자 로고가 지붕에 새겨진 건물인데 어떻게 그런 짓을 할 수 있을까요?"

그녀는 하소연을 늘어놓다가 조슈아가 트럭에서 내려놓은 통조림 궤짝을 보며 화제를 바꿨다.

"어머, 사딘 통조림을 가져오셨네요. 토마토 캔에다 토마토 페이스트까지."

"모두 마르세유에서 온 겁니다."

"세상에, 올리브유를 이렇게나 많이⋯."

벤슨이 조슈아의 어깨를 가볍게 두드렸다.

"모두 이 친구 덕분이죠."

부인이 감격하며 조슈아의 두 손을 덥석 잡았다.

"정말 고마워요. 아 참, 인사가 늦었네요. 제랄린 피치입니다. 제랄린이라고 불러주세요."

건물 입구에 삼삼오오 모여 있던 처녀들이 트럭 짐칸을 가득 채운 약과 통조림 궤짝 더미를 건물 안으로 옮기기 시작했다. 물건을 옮기는 처녀들을 바라보며 피치 부인이 말했다.

"여기서 일하는 스태프들은 모두 이곳 출신입니다. 두 명의 간호사들과 교사들 그리고 이백 명에 가까운 인원을 먹이는 영양사와 주방장까지 모두 그레이스 홈에서 키워낸 일꾼들이죠."

밭에는 겨울 감자와 양배추가 자라고, 밭 가장자리를 빙 둘러 수수가 올라왔다. 수수밭 사이로 닭들이 모이를 쪼고 대나무 바구니 가득 계란을 담은 소녀가 닭장을 나와 무화과나무 아래로 걸어가는 것이 보였다.

피치 부인이 소녀를 불러 세웠다.

"수핑, 이 아저씨한테 계란 하나 드릴까? 우리를 돕는 고마운 분이란다."

바구니를 들고 온 소녀가 계란을 꺼내 조슈아에게 건네고는 고개를 숙이고 뛰어갔다. 손에 쥔 계란에 따스한 온기가 남아 있었다. 소녀는 무화과나무 둥치에 우두커니 앉아 있던 소년에게도 계란을 건넸다.

"저기 나무 밑에 앉아 있는 소년은 훙커우에서 데려왔어요. 이제 겨우 열 살인 아이에게 그들이 한 짓을 생각하면⋯."

이때 굉음을 내며 일본 폭격기 두 대가 상공을 날아갔다. 피치 부인과 궤짝을 나르던 처녀들, 놀이터의 아이들까지 모두 멈춰서서 불안한 눈빛으로 하늘을 올려보았다.

본관으로 사라진 피치 부인과 벤슨을 뒤로하고 달리 할 일 없던 조슈아는 밭이랑을 따라 걸었다. 그러고는 무화과나무 아래 우두커니 앉아 있는 소년에게 다가가 가만히 손바닥을 펼쳐 계란을 보여주었다. 창공에서 사라졌던 일본 전투기 두 대가 다시 나타나 저공비행을 시작했다. 멍하니 앉아 있던 소년이 반사적으로 두 손으로 귀를 틀어막고 몸을 움츠렸다.

조슈아는 소년의 몸을 감싸 안았다. 소년의 심장 박동이 조슈아에게 전해졌다.

점심 시간을 알리는 종이 울리고, 펌프질을 하는 처녀들 앞에 길게 줄을 선 아이들이 차례차례 손을 씻는 모습이 보였다.

조슈아의 품에 안겨 있던 소년도 눈 깜박할 사이에 빠져나갔다.

조슈아는 나무 둥치에 등을 기대고 하늘을 올려다보았다.

아기 손바닥 같은 여린 무화과 잎사귀에 노란 햇살이 내리고 스산한 겨울 하늘에는 전투기가 남긴 하얀 흔적이 흩어졌다.

상한 통조림

부두를 따라 노란 가스등이 하나둘 켜졌다. 조슈아는 그레이스 홈에서 돌아오는 길에 벤슨 공사 2층 다락방으로 짐을 옮겼다. 외관보다 널찍한 다락방에는 강 쪽으로 난 창문 옆에 간이침대가 하나 놓여 있었다. 조슈아는 침대 옆 탁자 위에 양부인 칼린 선교사가 물려준 낡은 양장본 성경책과 회고록을 가지런히 놓았다.

다락방 창문 너머로 저녁 하늘과 황푸강이 검푸른색으로 뭉그러지고 이즈모호와 머제스틱 호가 수면 위에 나란히 불을 밝혔다. 조슈아가 잠시 숨을 고르며 침대 위에 엎어둔 상의를 집어 든 순간 천장에 매달린 전등불이 툭 하고 꺼졌다. 이어 사방의 불빛들이 차례로 점멸되는가 싶더니 우쑝항이 있는 동쪽 하늘에서 화염이 치솟았다.

서둘러 계단 난간을 잡고 1층으로 내려갔다. 창밖을 내다보니 선창가로 몰려나온 사람들이 우쑝항 쪽을 바라보며 웅성거리고 있었다.

"상하이 전력소가 폭격을 맞았대!"

"전력소가 불타고 있어, 이를 어째!"

소년 콰이가 석유램프에 불을 붙이자 매캐한 연기가 일며 실내가 밝아졌다. 주판알을 튕기며 출납을 맞추던 매니저 루이가 서둘러 자리에서 일어섰다.

"그만 가게 문을 닫아야겠어."

그때였다. 일본 낭인들이 부둣가에 몰려든 인파들을 헤치고 열을 지어 벤슨 공사로 들이닥쳤다. 안광을 번득이는 낭인들은 부둣가 부랑자들과는 결이 다른 적의로 가득했다.

"무슨 일이시죠?"

가게 셔터를 내리려던 루이가 진입하는 낭인을 막아서며 항의했다. 그러나 피할 겨를도 없이 주먹이 날아들었고, 밖에서 서성이던 무리가 한꺼번에 가게 안으로 들이닥쳤다. 잠시 후 어둠을 가르는 총성이 울리는가 싶더니 사무실을 점거한 낭인들을 뒤로하고 일본 헌병 몇 명이 조슈아 앞에 바짝 다가섰다.

"네놈이 매니저냐?"

초승달 눈썹에 날카로운 눈매를 지닌 지휘관이 조슈아를 쏘아보며 물었다.

"나는 이곳의 방문자일 뿐 이 가게와는 아무런 연관이 없소."

그는 헌병들에게 조슈아를 포박하도록 지시했다. 조슈아가 저항하자 낭인들이 가세해 두 팔을 포승줄로 결박했다.

"창고에 있는 궤짝들을 하나도 남기지 말고 모두 트럭에 실어!"

지휘관의 지시가 떨어지기가 무섭게 대기하고 있던 헌병들과 낭인들이 가게 안에 있는 궤짝들을 닥치는 대로 끌어내어 가게 밖에 세워둔 트럭에 실었다.

"이거 놔! 이거 놓으라고!"

헌병들이 반항하는 조슈아의 목덜미를 곤봉으로 내리쳤다. 조슈아는 눈을 뜨려 했지만 찢어진 상처에서 흘러내리는 피가 시야를 가렸다.

가로등마저 점멸해버린 어두운 거리를 지나 쓰촨로로 들어선 군용 트럭이 거대한 회색 건물의 출입구에 멈췄다. 조슈아는 상하이에 도착하던 날 벤슨 옆 조수석에 앉아 이곳을 지나던 기억이 떠올랐다.

헌병들이 조슈아를 트럭에서 끌어 내렸다. 텅 빈 광장에 발을 내딛자 어둠을 가르며 날아온 서치라이트가 칼날처럼 조슈아의 눈동자를 찔렀다.

길게 이어진 지하의 복도를 따라 날카로운 비명이 들렸다. 복도 끝 둔중한 철문이 열리고 헌병이 조슈아를 안으로 떠밀었다. 철문이 닫히자 밀폐된 공간을 가득 채우고 있던 공포가 조슈아의 폐부로 엄습했다.

"누구 지시로 독을 넣었는지 말해!"

조슈아는 고함에 정신을 차리며 주위를 둘러보았다. 얼굴을 알아보기 힘들 정도로 엉망이 된 벤슨이 의자에 손발이 묶인 채 앉아 있었다.

조슈아가 벤슨에게 다가가려 하자 젊은 장교가 조슈아의 머리채를 잡고 탁자에 짓이겼다.

힘들게 숨을 내쉬며 벤슨이 말했다.

"제발, 미국 영사관에 연락해 줘."

"입 닥치고 묻는 말에 대답이나 해!"

"나는 미국 시민이다."

벤슨 뒤에 서 있던 심문관의 입술이 살짝 비틀리더니 벤슨의 어깨와 목덜미 사이 어떤 지점을 가느다란 펜대로 찍었다. 벤슨의 입에서 괴이한 비명이 터져 나왔다.

머리통을 짓누르는 젊은 장교의 아귀에서 버둥거리며 조슈아는 필사적으로 벤슨의 시선을 붙잡았다. 벤슨이 중얼거리듯 조슈아에게 말했다.

"군납한 미트로프가 상한 것 같아. 전선의 군인들이 상한 단백질을 먹었으니…."

조슈아의 눈동자가 재빨리 움직였다.

"잠깐! 잠깐! 뭐든지 다 말하겠소."

조슈아가 방 안이 떠나갈 듯 크게 소리쳤다.

"제가 매니저고 다 내가 한 일이요. 벤슨 씨는 아무것도 모릅니다. 다 내가 한 일이요. 알고 싶은 게 뭡니까?"

젊은 장교가 조슈아의 머리를 누르던 손아귀의 힘을 뺐다.

"누구 지시로 독을 탔는지 말해!"

조슈아가 마치 진실을 얘기하듯 낮은 목소리로 말했다.

"내가 다 고백하겠소. 벤슨 공사에서 군납한 깡통을 모두 가지고 오시오."

공포가 차가운 얼음처럼 감각을 둔화시킨다면 불안은 불에 덴 듯 모든 신경을 올올이 일어서게 했다. 조슈아는 신경을 곤두세우고 심문관이 상부에 보고하는 통화에 귀 기울였다.

사건의 발단은 차페이 북부 전선으로 밀고 들어가던 해군 육전대 병사들이 이유 없는 복통으로 쓰러졌고, 그 사이 중국군들이 야밤을 틈타 기습을 했다. 이 일을 계기로 병사들 사이에서 미제 통조림에 누군가 고의로 독을 풀었다는 소문이 삽시간에 퍼졌다.

'독을 넣은 놈들을 체포해 자백을 받아냈다'는 의기양양한 장교의 보고로 시작된 통화는 '반드시 이 사건의 진상을 낱낱이 밝히겠다'는 것으로 마무리되었다.

곧이어 탁자 위에 문제의 미제 깡통이 담긴 궤짝들이 가득 놓였다.

"자, 이제 누구 지시로 독을 탔는지 순순히 자백하시지."

젊은 장교가 심문을 시작하려는 순간 둔탁한 소리와 함께 철문이 열리며 검은 부츠에 제복을 말끔히 차려입은 한 장교가 보좌관을 대동하고 들이닥쳤다. 예상하지 못했던 장교의 방문에 취조하던 심문관이 벌떡 자리에서 일어나 부동자세로 경례를 붙였다.

조슈아는 그 장교를 향해 절규하듯 소리쳤다.

"뭐든 다 밝히겠습니다. 우선 손부터 풀어주시오."

심문관이 조슈아와 벤슨의 결박된 손을 풀었다. 그러자 조슈아는 책상 위에 놓인 깡통을 따기 시작했다. 그러고는 깡통에 든 미트로프와 햄을 손으로 게걸스럽게 퍼먹었다. 어리둥절한 표정의 벤슨도 조슈아를 따라 허겁지겁 깡통에 든 것을 퍼먹었다. 입 안 가득 미트로프를 퍼 넣은 조슈아가 장교를 향해 소리쳤다.

"독이 아니라 상한 깡통이 섞여 있었나 봅니다."

장교의 입가에 걸린 미소가 묘하게 뒤틀렸다.

"미스터 스나이더, 상한 통조림 맛이 어떠신가?"

장교의 시선이 조슈아를 지나쳐 벤슨에게 머물렀다.

"그만! 이자들을 내보내!"

장교는 위엄 있으면서 절도 있는 손동작으로 부관과 심문관을 쏘아보며 명령했다.

"알겠습니다, 다나카 소장님!"

칠흑같이 어두운 밤이었다.

가로등마저 꺼져버린 음산한 거리에는 총으로 무장한 자경단원들과 완장을 찬 세이넨단 청년들이 불순분자 색출을 목적으로 떼를 지어 돌아다녔다. 적십자 깃발을 단 차량이 일본군 부상병들을 싣고 홍커우 중등학교에 마련된 임시병원 막사를 향해 달려갔다. 벤슨 공사 트럭이 이스트 씨워드 가 쪽으로 접어들자 어둠 속에 국제 조계지 깃발이 펄럭였다.

검문소를 향해 질주하던 벤슨 공사 트럭이 급정거했다. 차 문을 열고 튕겨 나온 두 남자는 허겁지겁 수초우천에 고개를 박고 토하기 시작했다.

검문소 앞에 서 있던 영국군이 다가와 두 남자를 향해 총을 겨누며 소리쳤다.

"그만! 뒤로 돌아!"

벤슨과 조슈아가 토악질을 멈추고 영국군 초병을 향해 돌아섰다.

"손 들어!"

서치라이트가 두 사람을 비췄다. 양손을 번쩍 든 두 사람이 서로를 바라보았다.

피와 토사로 범벅이 된 조슈아와 벤슨의 얼굴은 웃는지 우는지 분간할 수가 없었다.

강물을 따라

침대 위에 엎어진 채 식은땀을 흘리던 조슈아가 또다시 벌떡 일어나 세면대로 달려가 음식물을 토했다. 신물만 나오는 속을 게우고 비틀거리며 일어서는 그때 적요한 밤공기를 가르는 거대한 폭발음이 울렸다. 부서질 듯 흔들리는 창문 너머 수면에서 거대한 물기둥이 솟구쳐 올랐다. 잠시 후 엄청난 광량의 조명탄이 창공으로 치솟고, 사이렌 소리가 요란하게 울렸다.

정신을 가다듬은 조슈아는 불편한 몸을 이끌고 아래층으로 내려가 석유램프의 심지에 불을 붙였다. 사무실 내부와 창고는 어제저녁 헌병대와 낭인들이 휘저어놓고 간 그대로였다.

널브러진 상자들을 한쪽 구석으로 밀어놓으려 발을 떼자 바닥에 고인 흥건한 피가 마치 잉크가 종이에 번지듯 퍼졌다.

바로 그때 계단 아래쪽에서 불규칙한 호흡 소리가 들렸다. 조슈아는 조심스레 소리나는 쪽으로 다가갔다. 계단 밑 좁은 공간에는 물에 흠뻑 젖은 한 사내가 왼쪽 복부를 손으로 틀어막은 채 힘없이 고개를 늘어뜨리고 있었다. 놀란 조슈아가 몸을 굽혀 그를 살피려 하자, 뒤에서 한 손이 조슈아의 입을 틀어막고 다른 손이 오른쪽 관자노리에 총구를 겨눴다.

"우리를 좀 도와주시오."

괴한은 위협적이지만 정중한 어투로 조슈아에게 속삭였다.

사무실 창밖에서는 군모를 착용하고 총대를 둘러멘 군인들의 그림자가 거리를 부산하게 뛰어다니며 이곳저곳 기웃거렸다. 잠시 후 손전등 하나가 벤슨 공사의 창문을 비췄다.

71

괴한의 긴장이 조슈아에게도 감지됐다. 어제 막 헌병대에서 풀려난 조슈아의 머릿속도 덩달아 복잡해졌다.

손전등의 빛이 원형을 그리며 저벅거리는 발소리와 함께 가까워지는가 싶더니 드디어 문 앞에 이르렀다. 괴한의 목구멍에서 침 넘어가는 소리가 들렸다. 그 순간 칠흑 같은 어둠 속 저편에서 낭인 하나가 막 문을 두드리고 들어서려던 동료 한 명을 제지했다.

"이봐, 거기서 멈춰! 더는 들어가면 안 돼!"

"그래도 한번 수색해봐야지?"

"이런 제길. 여긴 벤슨 공사야. 어제 헌병대가 섣불리 이곳을 뒤졌다가 위에 불려가 혼쭐이 났다는 소리 못 들었어?"

잠시 후, 힘 빠진 호루라기 소리와 군화 소리가 귓가에서 멀어졌다.

조슈아의 입을 막고 있던 우악한 손에서 힘이 빠졌고, 민머리에 강인한 턱선을 지닌 괴한이 안도하며 입을 열었다.

"숨겨줘서 고맙소."

조슈아와 민머리 사내는 신음하는 남자에게 다가가 피 묻은 조끼를 걷어 올렸다. 총상 부위에서 배어 나온 피가 남자의 움켜쥔 손가락 사이에 흥건했다. 이를 악물고 두 눈을 치켜뜬 사내가 힘겹게 퍼런 입술을 움찔거리며 옹얼거렸다. 하지만 불행하게도 그의 말은 전달되지 않은 채 공기 중에 맴돌았다.

민머리 사내가 그의 동태를 살피면서 조슈아에게 다시 총을 겨눴다.

"나는 부두 노동자 중선이라고 하오. 미안하지만 이분을 치료할 수 있는 곳까지 데려가줘야겠소."

전력소가 포격을 맞은 것이 엊그제인데 번드 거리는 이미 구간별로 전력이 복구되었다.

부둣가에는 항구를 떠나지 못한 채 떠도는 선원들로 넘쳐났다. 눈이 벌게진 선원들이 비틀거리며 밤거리를 쏘다녔다. 모두 이곳에 너무 오래 머물렀다. 육지의 밤이 깊어가면 선원들은 바다를 그리워했다.

그들은 육지에서 다시 바다로 쫓겨나기 위해 무슨 짓이라도 벌일 기세였다. 인사불성으로 취해 지저분한 골목 모퉁이에 토사물을 게워내고 마주 선 취객과 별다른 이유 없이 드잡이를 벌였다. 그리고 정신을 차려보면 진저리쳤던 갑판에서 해풍에 절어 있는 자신을 발견할 터였다.

조슈아는 '자신 또한 더 나을 것도 모자랄 것도 없는 같은 부류의 인간일 뿐'이라는 생각을 했다.

담배 연기가 자욱한 클럽으로 들어서자 무대에서 트럼펫 소리에 실린 흑인 남자 가수의 노래가 흘러나왔다. 바텐더가 버번 스트레이트에 얼음이 든 소다 잔을 내밀었다.

"오늘 밤에도 라라 양이 노래하나요?"

부드러운 켄터키 버번을 들이키며 조슈아가 물었다.

"라라 양은 감기가 지독하게 걸렸답니다. 윌리엄 사장님이 며칠 쉬라고 했다더군요."

조슈아는 빈 잔을 앞에 놓고 주머니에서 사진을 꺼내 물끄러미 바라보았다. 혈흔으로 얼룩진 사진에는 팔걸이 의자에 걸터앉은 앳된 표정의 여학생을 사이에 두고 두 청년이 서 있다.

불행하게도 벤슨 공사에 숨어들었던 사내는 그레이스 홈으로 이송되던 중 숨을 거두고 말았다. 트럭 짐칸 한구석 남자의 생이 다했던 자리에는 핏자국이 끈끈하게 남아 있었고, 낡은 사진 한 장이 떨어져 있었다.

클럽을 나서자 습하고 차가운 밤기운이 조슈아의 목덜미를 스쳤다. 조슈아

73

는 번드 뒷골목을 지나 신호등이 점멸된 사거리를 건넜다. 어둠이 깊을수록 길은 마치 그 궁극에라도 이를 것처럼 아스라이 뻗어 있었다. 하지만 조슈아 는 이 길이 어디에 이르는지 알지 못했다.

4

쇼와 7년 5월 7일 토요일

–

W에게 – 1932년 2월 25일

–

먹잇감

만주용마

고려냉면

우창소학교

쇼와 7년 5월 7일 토요일

"오자키, 요즘 특종 때문에 상하이의 이곳저곳을 들쑤신다는 소문이 파다해."

내가 사진기자 요시모토와 함께 코튼클럽에 들어서자 일찌감치 자리를 잡고 있던 산케이 신문의 어용기자 다이스케가 한쪽 눈을 찡긋하며 말을 걸어왔다.

그의 곁에는 일본 기자들과 남만주철도 직원들이 한데 어울려 시시덕거리고 있었다.

나는 터무니없다는 표정을 지으며 입석 테이블에서 홀로 맥주를 홀짝이고 있던 ≪시카고 트리뷴≫의 에드거 스노우에게 다가갔다. 그의 손에 쥔 핀트 잔을 빼앗아 한 모금 목을 축였다. 에드거가 나의 등을 토닥거리며 속삭였다.

"일제의 앵무새가 뭐라 하든 신경 쓰지 말게."

다이스케는 마치 입바른 소리인 양 계속해서 빈정거렸다.

"모두 훙커우 공원 참사로 중상을 입은 시라카와 요시노리 대장의 병세에 대해서 마음을 졸이고 있다고. 게다가 반도인 테러 분자에 대한 배후가 아직도 밝혀지지 않았어. 캐고 싶으면 그런 걸 좀 캐라고."

가만히 나의 표정을 살피던 요시모토가 나섰다.

"다이스케 선배, 오자키 기자는 아사히신문사 그 누구도 간섭하지 않아요. 그러니깐 가만 놔두시고 우리는 음악이나 즐기자고요."

마침 무대에서는 인터미션을 알리는 멘트와 함께 코가 마사오의 〈술은 눈물인가 한숨인가〉가 흘러나왔다.

다이스케와 함께 술잔을 기울이고 있던 남만주철도 직원 하나가 홀 오른쪽에 자리한 귀빈석을 가리키며 말했다.

"이런 제길, 저곳에 항상 앉아 있던 가와바타 민단장이 생각나는군. 그도 유년과 학창 시절을 조선에서 보냈고, 반도인의 음색을 지닌 코가 마사오의 노래를 참 좋아했었는데 하필 조선인에 의해 죽임을 당하다니."

철도 직원의 발언이 끝나자 다이스케 일행 모두는 술잔을 치켜들고 그의 자리를 향해 애도를 표했다.

요시모토도 마지못해 술잔을 치켜 올렸지만 나는 별다른 동요 없이 에드거가 건네준 궐련을 입에 물고 성냥을 켰다. 순간 칙하고 불이 붙여지는가 싶었는데 뒤에 서 있는 누군가의 날숨으로 불꽃은 한 번에 꺼졌다.

뒤돌아보니 아그네스가 천진난만하게 웃고 있었다.

"담배는 아주 해로워, 오자키. 적어도 취재를 다 마칠 때까지는 살아 있어야지."

아그네스가 에드거에게 눈을 찡그리며 눈치를 주자 맥주를 마시던 에드거가 요시모토의 어깨를 손으로 짚고 복도 쪽으로 끌며 말했다.

"특종을 빌미로 밀회를 나누려고? 난 요시모토랑 진득하게 한잔해야겠어."

그들이 자리를 비켜주자 아그네스가 위스키 잔을 나에게 건넸다.

"오자키, 너의 가설을 한번 들어봐야겠어."

나는 천천히 위스키 잔을 돌리며 입을 열었다.

"분명한 건 일본영사관에서 철저히 부인하는 우창소학교 총격 사건에 조슈아 칼린이라는 동양계 미국인이 연관돼 있다는 점이야. 벤슨 말에 따르면 그는 천장절 당일 벤슨 공사의 포드 원 트럭을 몰고 군납을 나간 이후 자취를 감췄어. 그날 학교 근방에 분명히 있었지만, 그 이후의 흔적이 없어."

"그럼 그날 발생한 총격 사건의 가해자이거나 피해자라는 추론이 가능하겠군."

"헬렌 양에 의하면 조슈아가 사라지기 전 마지막으로 목격된 장소가 미 영사관이라는 거고. 다나카의 여자인 라라의 비자를 받으러 갔다니…."

나는 그 순간 아그네스가 나와 같은 생각을 하고 있다는 느낌이 들었다.

아그네스가 반쯤 남은 위스키를 단숨에 비우면서 단언했다.

"구도로 보면 완벽한 삼각관계이자 치정이야! 소름 끼치는데. 이제 다나카만 우창소학교에 있었다는 증거나 증언을 확보하면 삼류 소설로 풀기에 딱인데."

"빙고! 하지만 문제는 내가 이 정도로 이야기를 종결지으면 해고는 불 보듯 뻔한 일이지. 근데 말이야…."

나는 말끝을 흐리며 아그네스를 물끄러미 바라보았다. 그녀는 내 말의 끝을 기다리고 있었다.

"이 정도의 시시껄렁한 이야기라면 왜 일본 당국에서 이 사건을 묻어버리려고 애를 쓸까? 난 이 문제를 꼭 풀어야겠어. 그들이 쉬쉬하면서 입을 다무는 이유 말이야."

아그네스와 나는 무대 오른편 다나카 류세이가 라라와 함께 앉곤 했던 테이블을 동시에 바라보았다. 테이블은 물론 비어 있었다.

W에게

2월 15일. '일괄 대 정보 송수신 총국', 일명 상하이 일괄 기지국의 위치는 홍커우 스촨북로 헌병대 복합 건물 남동으로 확인되었다. 전파 기술자와 오퍼레이터 전원이 일본인들로, 상하이 전쟁 발발 직전 본국에서 비밀리에 특파하였다. 여성과 남성 3 대 2 비율로 50여 명이 헌병대 복합체 건물 내에서 숙식하며 외부 출입이 완전히 통제된 채 활동 중이다. 일괄 기지국은 만주 봉평에 있는 일우 기지국과 도쿄의 일민 총기지국을 잇는 삼각 구도로 연결되어 있다.

2월 16일. 우에다 장군이 상하이 파견 육군 9사단을 이끌고 칭 후아핀 항에 상륙했다. 미쯔이 계열사인 양제푸 공단의 방적 공장에 육군 사령부와 부대 진지가 구축되었다. 혼성여단 일부 부대는 번드 부두 건너편 푸동 공단에 상륙한 것으로 확인되었다.

2월 17일. 양쯔 강에 정박 중인 순양함 유바리호에서 '6인 비밀 회동'이 열렸다. 참석자는 회합을 주선한 다나카 류세이와 만주사변 막후 실세 삼인방으로 알려진 이시하라 간지 대령, 이타카키 세이시로 대령, 도이하라 겐지 대령 외에 9사단장 우에다 장군과 천황의 밀사인 마쓰오카 요스케로 알려졌다. 도이하라 대령은 전날 홍커우 비행장에 도착해 다나카 류세이와 만났고, 다음날 난징에서 장제쓰를 만나고 온 마쓰오카 요스케와 웨이사이드 항에서 구축함으로 유바리호로 이동했다.
회합 참석자 6인은 베일에 싸인 천황 직계 사조직에 소속된 것으로 추정된다.

〈참조. 지난 2월 9일 일본 육군 상륙 전야에 번드 부두에서 발생한 일본 기함 이즈모호 폭파 미수 사건의 배후로 중국 군벌 리앙후아민이 거론되었다.〉

별첩 : 〈유바리호 6인 회동 참석자 신상〉

1932년 2월 18일
Otto

먹잇감

날카로운 비명, 흐느낌 섞인 신음이 긴 복도를 따라 울려왔다.

"영국영사관에서 답이 왔나?"

"이즈모호 폭파 미수 사건에 쓰인 폭뢰 탄체는 영국제 GB 165108A로 확인되었습니다. 군사용이 아닌 광산 갱도 폭파용으로 제작된 것이랍니다."

부관 하세가와가 다나카의 뒤를 따르며 상황 보고를 계속했다.

"폭뢰 잔해에서 검출된 폭탄의 성분은 헥사나이트로 독일제, 군사용입니다. 탄체와 폭탄을 따로 구해서 재조립한 것이 확실합니다."

"사제폭탄이란 말인가?"

"네 그렇습니다. 민간에서 제조한 폭탄이 사용된 것으로 보아 중국 측 군부의 개입 가능성은 희박한 것 같습니다."

"흠… 거함 이즈모호에 그런 조잡한 폭탄을 투척하는 발상을 하는 자들이 도대체 누구란 말인가? 또 그럼으로써 그들이 얻는 게 무엇일까?"

다나카가 골똘히 생각에 잠기자 하세가와는 잠시 화제를 바꾸었다.

"유니온 프레스 기자 브리핑은 어찌할까요? 아침부터 기자들이 영사관에 진을 치고 있습니다."

"폭뢰 사건 프레스 릴리즈는 전면 중단하고, 일단은 조작 실수에 의한 내부 사고로 해군에서 공식 사과문을 발표하는 것으로 막아."

부관과 다나카가 취조실의 문 앞에 다다르자 빼곡한 창살을 타고 단백질 타는 냄새가 새 나왔다.

취조실로 들어선 다가카가 고문대 위에 묶여 있는 남자를 바라보았다. 사내는 연체동물처럼 몸이 늘어진 채 고문대 위에 걸쳐져 있었다.

심문관이 기다렸다는 듯 다나카에게 보고서를 건넸다.

"중국 하이난 출신 잠수부로, 군벌 리앙후아민 밑에 있었던 것으로 확인되었습니다."

다나카는 몸을 숙여 미동도 하지 않은 사내의 코끝에 손을 댔다. 하지만 호흡이 감지되지 않았다. 하세가와가 재빨리 다가와 사내의 눈꺼풀을 열었다. 동공은 이미 풀렸고 심장 박동도 멈췄다.

죽은 사내를 바라보는 다나카의 표정이 심하게 일그러졌다.

"귀관들은 생각이 있는 자들인가?"

핏자국이 닥지닥지 엉겨 붙은 후덥지근한 취조실에 차가운 침묵이 흘렀다.

다나카가 갑자기 허리춤의 총집에서 권총을 꺼내 들며 심문관의 머리에 가져다 대는가 싶더니 총신으로 머리를 후려쳤다.

"내가 분명히 저자의 숨통을 붙들어야 한다고 하지 않았나?"

다나카가 눈짓하자 부관이 다가가 바닥에 쓰러진 심문관을 일으켜 세웠다.

다나카는 바닥에 떨어진 군모를 주워 피가 낭자한 심문관의 머리에 손수 씌웠다.

"귀관은 전장이었다면 명령 불복종으로 총살이다. 당장 상하이 무기상 중 최근 영국제 광산용 폭탄을 취급한 자들과 그 거래처 명단을 확보해 보고하도록!"

운전대를 잡고 있던 심복 히노키가 룸미러를 통해 심기가 불편해 보이는 다나카의 눈치를 살폈다.

뒷좌석에서 다나카가 눈을 감고 나지막이 말했다.

"오늘 밤은 장미원으로 가주게."

승용차가 프랑스 조계에서 인터내셔널 조계로 넘어가는 체크 포인트를 지났다. 푸초 로드를 따라 남쪽으로 달리자 길 양옆으로 붉은색 벽돌의 영국식 타운하우스들이 나타났다.

잠시 후 승용차는 주위의 집들로부터 조금 떨어진 곳에 있는 넓은 정원을 갖춘 저택으로 들어섰다. 정원에는 고급 승용차들이 여러 대 주차되어 있었다.

다나카가 현관의 벨을 누르자 검은색 양복을 입은 중국인 집사가 달려나와 문을 열고 안내했다.

상하이의 비너스로 알려진 마담 지지가 다나카에게 다가오며 화사하게 웃었다.

"소장님! 너무 오랜만에 오셨어요."

한때 상하이 사교계에서 이름을 날린 그녀는 몸의 곡선을 살린 고혹적인 크림색 실크 드레스 차림이었다.

다나카가 지지의 손에 입 맞추며 그녀를 따라 두꺼운 오크 나무문을 열고 들어서자 빛이 내려앉은 어두운 실내에 몽환적인 음악이 흘렀다.

중앙 무대를 중심으로 테이블들이 빙 둘러 있었고 서양 신사들이 삼삼오오 시가를 피우며 느긋하게 앉아 있었다.

마담이 안내한 자리에 앉자마자 다나카는 시가를 피워 물었고, 천천히 코냑의 향을 음미하며 무대로 시선을 옮겼다.

무대 위 전라의 금발 여자가 가터벨트에 무릎까지 올라오는 검은 가죽 부츠를 신은 갈색 머리의 여자를 의자에 앉히더니 가죽 끈으로 손과 발을 묶기 시작했다.

어느새 탁자 위의 술잔은 반쯤 비었고 시가 연기는 공중으로 흩어졌다. 무대 위에서 들려오는 여자들의 신음에 온몸의 긴장이 조금씩 풀렸다.

만주용마

반짝반짝 윤을 낸 구두가 진흙탕에 빠질세라 어기적거리며 걷고 있는 상하이 거류민단장 가와바타의 뒷모습을 바라보며 다나카는 천천히 발걸음을 옮겼다.

가와바타는 상하이에서 면방직공장을 운영하며 일본 거류민 사회와 군부에까지 영향력을 행사하는 유력한 인물로 알려졌지만, 실상은 아편을 유통하면서 벌어들인 자금을 매개로 만주 군벌과 흑룡회에 인맥을 형성하고 자기 사업을 확장해 나가는 중개인에 가까웠다.

좁은 수로 옆 낡은 목조 건물에 '만주용마'라는 간판이 보였다. 다나카가 먼저 반쯤 열린 문을 밀고 안으로 들어섰다. 허름한 건물의 외관과는 달리 실내는 가구부터 탁자에 놓인 다기에 이르기까지 만주족의 화려한 전통 다실 모양새를 갖추고 있었다.

다나카는 금각으로 문양을 입힌 찻잔을 찬찬히 살펴보았다. 다실로 들어서던 백발의 진지룽이 두 손을 모아 합장했다.

"소장님께서 이렇게 누추한 곳까지 어인 일로 걸음을 하셨습니까?"

진지룽이 찻주전자를 높이 들어 차를 따랐다.

부연 김이 오르고 실내에 은은하게 차향이 퍼졌다.

진지룽이 먼저 찻잔을 두 손으로 들어 올리자 다나카도 잔을 들며 백발 노인의 안색을 살폈다. 저승꽃이 핀 주름 가득한 노인의 얼굴에 안광이 완강했다.

다나카는 찻잔에서 잔잔히 퍼지는 파장을 바라보며 말했다.

"차는 두 번째 잔의 향이 가장 향기롭습니다."

이윽고 가와바타가 준비해 온 작은 상자를 슬쩍 진지룽 앞으로 내밀었다.

"뤼순의 중앙은행장이 드리는 선물입니다."

상자를 여는 진지룽의 손끝이 살짝 떨렸다.

상자 안엔 알약이 든 병 두 개와 푸른 호수에 비친 달을 새긴 담뱃갑 세 개가 들어 있었다. 갑 하단에는 '미쯔이 제약'이라는 글자와 함께 '비매품'이라는 표시가 눈길을 끌었다.

진지룽이 병에 든 알약을 꺼내 살짝 깨물고 혀끝으로 맛을 보더니 담배에 불을 붙여 연기 향을 맡았다.

가늘게 뜬 그의 눈빛이 번뜩였다.

"정제된 아편이 아닙니까?"

가와바타가 빙그레 웃으며 목소리를 내리깔았다.

"만주 전역에 총 열 개의 제조소가 '미쯔이 제약회사' 간판을 달고 세워질 겁니다. 아편을 정제해서 모르핀과 다양한 헤로인 제품을 생산할 계획입니다."

진지룽이 감탄한 듯 무릎을 쳤다.

"이거야말로 노다지 사업이로군요."

"삼 년 안에 만주 지역 내 아편 재배량을 삼만육천 킬로까지 높일 계획입니다. 양귀비를 재배하는 농가들은 저리의 은행 융자와 각종 혜택을 받게 될 겁니다."

헤로인이 섞인 담배가 타며 하얀 연기가 방 안으로 퍼졌다.

진지룽이 입을 열었다.

"제가 뭘 해드리면 되겠습니까?"

다나카가 주저 없이 말을 받았다.

"며칠 전 이즈모호를 폭파하려다 미수에 그친 사건이 있었습니다. 하지만 아직 그 배후가 확실히 드러나지 않았죠. 현장에서 발견된 폭탄과 같은 종류의 폭탄을 매입한 자들의 명단을 확보했습니다만… 별다른 특이점을 찾을 수 없었습니다."

진지룽은 별다른 대꾸 없이 알약 한 알을 혓바닥에 녹이면서 천천히 씹었다.

"감히 대인의 혜안을 들으러 왔습니다."

진지룽은 잠시 헛기침을 하는가 싶더니 만면에 웃음이 번졌다.

"일개 변방에 은거하는 노인네가 아는 게 뭐 있겠습니까. 차나 드시지요."

곁에 있던 가와바타가 끼어들며 머리를 조아렸다.

"대인의 겸손이 지나치십니다. 상하이 전역에 진지룽 어르신의 권세와 위엄이 미치지 않은 곳이 어디 있겠습니까?"

잠시 호탕하게 껄껄거리던 진지룽이 이내 낯빛을 바꾸고 가와바타를 뚫어지게 응시했다. 가와바타가 갑자기 사레들린 듯 콜록거리며 얼굴이 붉어졌다.

진지룽이 자리에서 일어나 손수 문에 늘어진 주렴을 헤치며 밖을 향해 위엄 있는 목소리로 명했다.

"여기 냉수 한 잔 떠 오시게."

잠시 후, 하인이 받침대에 물그릇을 대령하자 가와바타는 냉수를 단숨에 들이켰다.

진지룽이 선문답을 하듯 대화를 이어갔다.

"최종 숙주를 제거하려면 먼저 기생을 없애야 하지요."

"숙주와 기생이라…. 이번 일에 잘 협조해주시면 미쯔이 헤이룽장 제조소 제품에 대한 독점 판매권을 드리도록 힘써보겠습니다."

다나카가 말을 마치자 진지룽의 주름진 입가에 잔잔한 미소가 감돌았다.

그러더니 자신의 이마를 다나카의 이마 가까이 가져다 대며 조용히 속삭였다.

"조선인들이 거금을 들여 잠수부를 고용했다는 소문을 들었소."

다나카가 눈썹을 찡그렸다.

"중국인이 아닌 조선인이라?"

진지룽은 무슨 중요한 기밀이라도 전하듯 이마를 맞댄 채 말을 이었다.

"중국인들은 아무리 속이 탄다 해도 절대로 찬물을 마시는 법이 없소이다."

그러면서 얼굴을 뒤로 빼며 가와바타를 쏘아보았다.

"그 명단 중에 중국인의 모양새를 하고 있으나, 이런 날에도 차가운 국수를 먹는 자가 있다면 수상히 여기는 것이 좋소."

고려냉면

회의실 탁자 앞에 앉은 다나카는 두 다리를 뻗어 다른 의자에 얹고는 탁자 위에 흩어져 있는 국내외 조간신문들을 훑기 시작했다.

그의 시선이 논의 진창에 빠진 채 버려진 일본군 탱크 사진을 전면에 게재한 센파오 신문에 잠시 멈췄다가 영자 신문 노스차이나 데일리 일면 탑으로 옮겨 갔다.

"미아홍 전선. 밀고 밀리는 백병전. 중국군 3,000명 사상, 일본군 2,730명 전사."

다나카의 심경이 복잡해졌다.

현재 일본은 엄청난 물자와 물량을 상하이 전쟁에 쏟아붓고 있지만 전선은 별다른 성과를 내지 못한 채 지지부진한 상태가 계속되고 있다. 열도의 경제 상황 또한 녹록지 않았다. 물가는 여느 때보다 가파르게 치솟고, 전쟁 물자를 대느라 허리띠를 졸라맨 국민의 불만도 이와 함께 고조되었다.

군부의 3급 내부 동향 문건에 따르면 현재 상황은 쌀 폭동이 일어났던 1918년과 같았다.

다나카는 이 모든 악재를 조금이라도 상쇄시킬 방안에 대한 기획서를 상하이 특무대 정보국의 이름으로 작성해 본국 내각 총리실 비서관에게 전달해야 했다.

냉기가 서린 회의실 유리창 너머 텔레타이프라이터와 프린터 몇 대가 벽면에 세로로 세워진 대용량 송수신기에 복잡하게 연결되어 있었다. 대용량 송수신기를 매개로 '일광대정보송수신 총국' 소속 오퍼레이터들이 각지의 정보들을 수집해 타전하고 있었다.

일본 헌병대 건물 4층에 있는 이곳은 대외적으로는 존재하지 않는 기관이었고 철저히 기밀에 부쳐졌다. 물론 다나카의 악어새 쇼타하루는 예외였다.

정돈하지 않은 수염에 보풀이 잔뜩 올라온 재킷을 걸친 쇼타하루가 노크를 하고는 안으로 들어왔다.

"폭탄을 탄착하는 과정에서 실수로 폭사한 미아홍 전선 3명의 육군 공병 병사에 대한 기사를 소장님 지시대로 각색해보았습니다."

다나카는 쇼타하루가 건넨 기사 초안을 소리 내어 읽었다.

'세 명의 용사가 폭발물을 자신들의 신체에 장착한 채 철조망을 향해 몸을 내던졌다.

이 세 명의 인간 폭탄 영웅들은 적이 설치한 견고한 장애물 두 군데에 10미터 너비의 틈을 만들었고 그들을 뒤따르던 전우들이 그 틈새를 이용해 700미터에 이르는 긴 통로를 가설했다. 결국, 자신을 희생한 일본 육군의 위대한 영웅들로 인해 9사단 돌격여단이 미아홍 근처까지 진격할 수 있었다.'

쇼타하루가 다나카의 안색을 살피며 덧붙여 말했다.

"1면은 사실 확인 기사입니다. 그리고 2면에는 장병들의 개인사를 상세히 게재할 예정입니다. 그들의 학창 시절부터 군대 시절 일화, 그리고 동료들의 증언을 첨부해 편집할 것입니다. 이렇게 완성된 영웅담은 현재 어려움을 겪고 있는 본국 국민에게 적국에 대한 적개심을 고취시키고, 이 전쟁에 대한 당위성을 설파해줄 것입니다."

다나카는 쇼타하루의 음흉함을 경계하면서도 표면적으로는 수긍하듯 고개를 끄덕였다.

"좋아. 이대로 진행하게."

쇼타하루는 자신의 신분을 망각한 채 이마에 손을 가져가 경례하고는 큰 소리로 외쳤다.

"네! 상하이 유니온 프레스 이름으로 일본 전국 조간신문에 '미아홍의 인간 폭탄. 대일본제국 황군의 영웅들'이라는 제목으로 긴급 타전하겠습니다."

쇼타하루가 회의실을 의기양양하게 나선 뒤 잠시 후 부관 하세가와가 들어왔다.

"영국제 GB 165108A를 사들인 중국 광산업자들에 대한 사찰 결과 이즈모호 폭발 미수 사건 즈음에 수상한 돈의 출처와 행적이 포착된 네 명의 명단입니다."

부관이 건넨 보고서에는 네 명의 중국인 광산업체 책임자들에 대한 신상정보와 함께 과거 행적, 그리고 최근의 동향까지 일자별로 상세히 적혀 있었다.

푸셩룽 집단공사 구매관 춘준푸 – 1일 17시 30분 금장여관에서 애첩 메이랑과 숙박함

베이징 수강광철의 상하이 지부장 겸 푸단 대학 화학과 교수 스티브 람 – 2일 13시 30분 훙커우 시장 내 고려냉면에서 점심 식사함

라이룽 광산 소장 리지엔씬 – 2일 18시 30분 미국 금광개발업자 아놀드 J 뎀프시와 석찬을 가짐

바오샨 광철집단공사 자재부장 두용페이 – 3일 21시 30분 상하이시 백란문 댄스홀 별실에서 거액의 마작을 함

다나카가 보고서를 넘기다 다시 앞장으로 돌아가며 고개를 갸웃거렸다.

"상하이 푸단 대학 화학과 교수 스티브 람은 중국인인가?"

"네. 저장성 출신으로 미국 유학을 다녀왔다고 들었습니다."

다나카는 입으로 두어 차례 '스티브 람'을 되뇌고는 의아한 듯 부관을 쳐다보았다.

"고려냉면?"

"홍커우 시장 내에 있는 허름한 식당입니다. 스티브 람은 그곳에서 혼자 식사를 했다고 합니다."

부관이 대답을 마치자 상하이의 모든 정보를 독식한다던 만주족의 노회한 권력가 진지룽의 언급이 다나카의 뇌리에 불현듯 떠올랐다.

'중국인들은 아무리 속이 탄다 해도 절대로 찬물을 마시는 법이 없소이다.'

다나카는 그의 말을 되뇌며 부관 하세가와에게 명령했다.

"당장 고려냉면에 정보원을 잠입시켜 그곳에 드나드는 인사들에 대한 동향을 샅샅이 파악하고 스티브 람에게 밀정을 붙이도록!"

우창소학교

다나카는 홍커우에 있는 우창소학교 체육관 문을 열고 밖으로 나왔다.

강하게 내리쬐는 오후 햇살에 눈이 부셨다. 온실의 유리창에는 먼지가 가득했고, 무너진 담장 뒤로 상하이 난징 간 철로가 보였다.

다나카는 체육관 옆 목련나무 그늘을 따라 천천히 걸었다. 후쿠오카에서 가져다 심었다는 목련나무는 어른이 두 팔 벌려 안고도 남을 만큼 둥치가 굵었다.

목련나무 그늘을 지나 햇살이 내리쬐는 넓은 운동장으로 발걸음을 옮겼다. 학교는 전쟁으로 휴교 중이었다. 아이들이 사라진 운동장에는 비현실적인 적요만 가득했다.

다나카는 상하이에 부임한 첫날, 가장 먼저 이곳을 찾았었다.

이 학교는 1862년 다카스기 신사쿠가 이끌던 사절단을 따라 상하이에 왔다가 이곳에 정착한 조슈번 출신 상인들에 의해 설립되었다.

물론 눈에 보이는 것이 다가 아니었다. 지금은 그 존재의 유무조차 금기시되는 거대한 지하 방공호가 체육관 밑에 자리 잡고 있다.

상하이 전쟁 기간에 다나카에게 주어진 임무는 이 거대 방공호를 일본군의 비밀 탄약창으로 극비리에 재정비하는 일이었다. 이 지하 방공호에 건설될 탄약창은 중국 산업의 젖줄인 양쯔 강 델타 지역과 중국의 주요 도시들을 초토화할 군비, 군수품을 비축할 수 있는 최적의 요지였다.

다나카는 만주국 건립의 지렛대가 될 상하이 전쟁을 막후에서 조종하며 초심을 다져야 하는 순간이 올 때마다 다카스기 신사쿠의 얼이 서린 이 장소를 찾았다.

다나카는 적막한 학교 운동장을 가로지르며 '스티브 람 감찰 보고서'에 대해 생각했다.

언제나 작고 하찮은 것처럼 보이는 곳에서 누수가 일어나고 거대한 댐도 무너졌다.

보고서에는 2월 18일 월요일부터 22일 금요일까지 5일간 스티브 람의 행적이 기록되어 있었다.

그가 강의하던 푸단 대학은 폭격으로 건물이 무너져 현재 임시 휴교령이 내려진 상태였다.

그는 매일 아침 프랑스 조계의 집을 나와 전철을 타고 홍커우에 있는 수광 광철이라는 회사의 지질연구소에 도착해 오전을 보내고 연구소 직원들과 함께 인근 식당에서 점심을 먹었다. 또 오후에는 주로 광회루에 있는 실험실로 이동해 푸단 대학 학생들과 실험 조교들을 만났다. 그리고 저녁 6시경이면 어김없이 다시 전철을 타고 집으로 돌아갔다.

대학교수이자 연구원으로 그는 마치 시계추처럼 같은 생활을 반복하는 사람이었다.

그런 그가 지난 화요일 낮에는 홍커우 시장의 고려냉면에 들러 홀로 차가운 국수를 먹고 저녁 6시경 집으로 돌아가던 길에 옌싱 병원 외과 과장 최기수 박사의 진료실에 들러 약 10분간 머물렀다. 목요일도 마찬가지였다.

병원 원무과를 통해 외래환자 명단을 확인했지만 스티브 람의 기록은 없었다.

옌싱 병원의 조선인 최기수 박사를 두 차례 만났고 혼자서 차가운 국수를 먹는다는 이 중국인 화학자 스티브 람에 대해 곰곰이 생각하던 다나카의 입술에서 '기노시타 쇼조' 라는 이름이 흘러나왔다.

도쿄에서 천황의 마차에 폭탄을 던졌던 조선인 이봉창. 상하이에 근거지를 둔 테러리스트 단체인 한인애국단 단원. 왜 이제야 이 생각이 떠오른 것일까?

1년 전 도쿄와 상하이 중앙정보국 라인을 타고 진행되었던 이봉창 사건 조서에는 상하이 조선인 인력거꾼들의 말을 인용한 구절이 기록되어 있었다.

"'기노시타 쇼조'라는 이름을 쓰며 기모노에 게다짝을 끌고 '고려냉면'이라는 곳을 드나들던 일본인이 있었다. 그 사건이 난 후 신문에 난 사진을 보고 그가 바로 이봉창이라는 것을 알아보았다. 그는 주로 밤늦은 시간에 '고려냉면'을 나와 인력거를 타고 프랑스 조계로 갔었다. 그는 일본인으로 행세했으며, 단 한 번도 조선말을 쓰지 않았다."

이 사건은 특무대 관할이 아니었기 때문에 다나카도 사건 종료 후 조서를 한 번 회람해 보았을 뿐이었다.

'기노시타 쇼조'라는 이름에 생각이 미치자 다나카의 눈빛이 번득였다.

아직 확실한 것은 아니지만 만약 그의 추측이 맞는다면 이 끊어진 고리들을 엮어낼 묘수가 한 가지 떠오르는 참이었다.

"목에 걸린 생선 가시 같은 조선 놈들! 스티브 람과 최기수···. 둘 다거나, 둘 중 하나이거나."

5.

쇼와 7년 5월 9일 월요일

-

W에게 - 1932년 2월 27일

-

멈춰버린 시간

브라우닝 M1900

쇼와 7년 5월 9일 월요일

'당신을 긴히 만나고 싶소. 20:00 벤슨 공사'

차페이 공단 취재를 마치고 사무실에 들어서려는 순간 사무실 입구 외벽에 비스듬히 서 있던 소년이 쪽지를 건넸다.

내가 심부름 온 소년에게 약간의 동전을 쥐여주자 소년은 나에게 "저번에 국수 고마웠어요"라고 감사를 표한 후 이내 사라졌다.

나는 사무실에서 기사 초안을 잡아 데스크에 넘긴 후 벤슨 공사로 향했다.

가게 문 앞에 걸린 고리로 문을 두드리자 조금 전에 심부름 왔던 소년이 문틈으로 얼굴을 내밀었다. 소년을 따라 1층 창고와 연결된 벤슨의 어두침침한 집무실로 들어갔다.

벤슨은 외눈 돋보기를 들고 장부를 꼼꼼히 들여다보고 있었다.

"하실 이야기가 있다고요?"

책상 앞에 놓인 의자에 앉으며 말을 걸자, 벤슨이 들여다보던 장부를 책상 위에 내려놓고 나를 바라보았다.

"당신에게 조금 도움이 될 만한 것을 내가 가지고 있소."

나는 벤슨을 향해 피식 웃었다.

"저에게 원하는 것이 무엇입니까?"

"알다시피 나는 내 전 재산과 같은 트럭을 찾고 있소. 그와 동시에 그 트럭을 몰고 사라진 조슈아 칼린의 행방도 찾고 있소. 당신은 기자 신분이니 나 같은 미제 납품업자보다는 홍커우 경찰서에 줄을 대기가 쉬울 거요."

나는 자세를 고쳐 앉으며 대답했다.

"좋습니다."

나는 벤슨을 따라 조슈아 칼린이 잠시 묵었다던 이층 다락방으로 올라갔다.

벤슨의 말을 빌리자면 몇몇 일본 특무대 정보과 요원이 수색영장을 발부받아 이곳을 다녀갔지만 아무것도 건진 것이 없었다고 했다.

조슈아 칼린이 묵었다던 이층 다락방은 사람의 흔적은 찾아볼 수 없을 정도로 단출했다. 방에는 낮은 침대가 하나 있었고 침대 옆 조그만 들창으로 부둣가 풍광이 보였다.

잠시 후 소년이 검은색 군용 더플백을 들고 다시 올라왔다.

"조슈아 씨가 사라지던 날 저녁에 제가 몰래 다른 곳으로 옮겨놓았어요. 예전에 일경들과 낭인들이 들이닥치고 벤슨 사장님과 미스터 칼린이 끌려가셨을 때도 미스터 칼린 물건들은 따로 숨겼거든요."

가방 안에는 옷 서너 벌에 낡은 성경책 한 권과 일기장 한 묶음이 있었다.

나는 벤슨과 소년에게 양해를 구한 후 조슈아 칼린이 누웠을 침대에 앉아 그의 일기장을 읽기 시작했다.

일기는 그가 2월 1일 상하이에 도착한 날부터 상세히 기술되어 있었다.

하선 후에 바로 찾았던 장소와 만났던 이들, 그리고 매일매일의 기온과 습도 등을 마치 항해 일지처럼 빼곡히 적어놓았다.

주목할 점은 민국일보의 왕쩌린 기자가 총에 맞은 그 시각 그는 벤슨 사장과 함께 코튼클럽에 있었다. 우연히도 그날 밤, 그 시각 그 장소에서 나도 아그네스와 함께 술잔을 기울이고 있었다.

"이런 제길, 어쩌면 얼굴을 떠올릴 수도 있을 듯한데…, 그날 술이 엉망으로 취했었지."

나는 혼잣말을 중얼거렸다.

일기에는 현재 행방이 묘연한 가수 라라의 매혹적인 목소리에 대한 묘사도 있었다.

나는 확인이 필요한 내용을 상세하게 노트에 옮겨 적은 후 찬찬히 일기장을 다시 탐독했다.

2월 16일까지는 조슈아 칼린의 머릿속을 파악할 수 있을 정도로 그의 행적이 비교적 소상히 적혀 있었다.

하지만 다음이 문제였다. 2월 17일부터는 그의 정신세계를 가늠할 수 없을 정도로 암시적인 문구와 은유 그리고 기괴한 문장으로 가득했다.

…도대체 어떻게 해야 이 공포의 망령을 죽일 수 있을까? 그 망령의 목덜미를 움켜잡고 공포의 머리통을 단번에 날려버리기 위해서 총알은 내 심장을 관통해야만 하는데….

일기장 마지막 부분에 휘갈기듯 써놓은 조지프 콘래드의 소설에서 인용한 것으로 보이는 이 구절을 읽고는 그의 일기를 덮었다.

왠지 나 자신이 끝을 알 수 없는 미로 속에 던져진 느낌이었다. 휘갈기듯 쓴

수수께끼 같은 글들이 눈앞에서 춤을 추었다.

아래층으로 내려가자 사무실 한쪽 간이침대에 잠이 든 소년이 눈에 들어왔다.

벤슨은 간이침대 옆 흔들의자에 앉아 차를 마시고 있었다.

"뭐 좀 건진 게 있소?"

나는 고개를 천천히 좌우로 흔들었다.

"아직은…. 이 일기와 성경책은 제가 가져갔으면 합니다."

누런 강물 위로 여명이 밝아오고 있었다.

한산한 부둣가 거리에는 어깨에 물통을 메고 "핫 워터!"를 외치는 목욕물 파는 행상과 국수 그릇을 담은 작은 찬장을 메고 다니는 상인들만 군데군데 눈에 띄었다.

부두를 따라 걸어가는데 우뚝 솟은 기상 타워가 눈에 들어왔다.

나는 조슈아 칼린의 일기장에서 읽은 대로 걸음을 멈추고 기상 타워의 숫자를 소리 내어 읽었다.

"기온 섭씨 13.5도, 풍속 남남동풍 16마일, 순간 돌풍 25마일, 습도…."

그리고 발걸음을 옮기자 거센 바람이 반대편 차로에서 회오리를 일으키며 몰려왔다.

W에게

2월 22일. 일광기지국. 육아비전 19호. 발신자 다나카 류세이. "국가의 건설과 적의 근거지 파괴는 차례와 질서를 따라 진행된다." 이는 만주국 건설과 연동된 상하이 전쟁의 향배를 뜻하는 것으로 파악된다.

2월 22일. 육군 대신 아라키 사다오가 상정한 육군 4사단, 14사단 상하이 파병 안이 의결을 거쳐 천왕의 개가를 받았다. 내부 정보에 따르면 지난 17일 순양함 유바리호에서 열린 '6인 비밀 회동'에서 상하이 전쟁에 대규모 육군 파병이 결의되었고, 내각회의는 그 수순을 따르고 있다.

2월 24일. 전 관동군 사령관 시요자와 요시노리 장군이 육군 주력인 11사단과 4사단을 이끌고 상하이로 급파되었다. 일본군 전투 비행단 100여 대가 상하이로 추가 배치되었다.

2월 24일. 일본 육군 참모본부 제2부 회의 '상하이사변 대책안'에 따르면 내각의 상하이파병 결의안에서 드러난 대대적인 전면전 양상과는 달리 상하이 전쟁을 국지적으로 해결한다는 방침을 세웠다

별첨: 〈육아비전 19호〉전문일부, 〈일본 육군 참모본부 상하이사변 대책안〉전문

1932년 2월 25일
Otto

멈춰버린 시간

번드의 사무실 창고를 압수 수색했던 일본군은 양제푸 부두의 벤슨 공사 물류 창고까지 샅샅이 수색해 재고까지 모두 압류했다.

벤슨은 며칠째 연락이 닿지 않았고, 조슈아는 더는 이곳에 남아 있을 아무 이유가 없었다. 테드의 유품과 약간의 돈은 규정에 따라 벤슨 씨에게 전달했고, 머제스틱호의 딕 스위프트 선장과 선원들은 이틀 후에 있을 출항 준비에 여념이 없었다.

무엇보다 조슈아는 그에게 일어났던 일련의 사건에 더는 휩싸이고 싶지 않았다. 게다가, 일본 헌병대는 황푸 부두에 정박 중이던 이즈모호 폭파 미수 사건의 용의 선상에 오른 인물들에 대한 조사를 시작했다. 문득 불안감이 엄습했다. 자신이 애초에 벤슨 씨를 찾아오지 않았다면 일어나지 않았을 일들이었다.

이곳에서 묵었던 방값은 일본 헌병대에 끌려가 고초를 당한 것으로 충분한 대가를 치렀다.

조슈아는 정박 중인 머제스틱호의 부산함 속으로 스며들기를 바라며 더플백과 옷가지를 챙기고 문을 나섰다.

"조슈아 칼린 씨?"

생면부지의 사내가 조슈아의 이름을 부르며 다가왔다. 그 사내의 뒤에는 검은 관용차가 벤슨 공사 창고 문을 막고 정차되어 있었다.

조슈아는 얼굴을 찡그렸다.

"무슨 일이죠? 전 지금 배로 돌아가야 합니다."

사내는 입에 문 담배를 땅바닥에 떨어뜨려 짓이기고 허리춤에 있는 권총을 꺼내 조슈아의 왼쪽 옆구리에 댔다.

"다나카 류세이 소장이 당신을 모셔오라 했소. 그분을 뵌 후 얌전히 댁을 항구로 모셔다드리겠소."

사내의 뺨에 깊게 파인 흉터가 번뜩였다. 사내를 따라 차에 오르자 왜소한 체격에 콧수염을 기른 또 다른 사내가 운전석에서 그들을 기다리고 있었다. 흉터가 진 사내가 조수석에 탑승한 조슈아의 등에 총구를 바짝 들이댔다.

ㄷ자 형태의 견고한 회색 건물에는 첨탑과 같은 네 개의 망루가 솟아 있었다. 승용차가 헌병대 보안요원의 검색을 통과하고 건물 앞에 이르자 흉터의 사내가 먼저 하차한 후 조수석의 문을 열었다. 그의 행동은 조금 전의 무례함과는 다르게 절도 있고 친절했지만, 조슈아의 마음은 여전히 불편했다.

사내는 집무실 앞에 앉아 있던 다나카의 부관에게 조슈아를 인계하고는 사라졌다.

다나카는 창문 앞에 내걸린 새장 속의 젖은 풀을 손으로 걷어내고 있었다. 조슈아가 사무실 한가운데 어정쩡하게 서서 손바닥에 새를 올려놓는 그를 바라보았다. 허밍을 하며 마른 풀에 내려앉은 새를 쓰다듬던 다나카가 조슈아를 바라보며 앉으라는 손짓을 했다.

"벤슨 씨는 좀 어떤가?"

"연락이 되지 않습니다. 당신들이 모든 것을 압수한 이후로···."

조슈아는 여운을 남기며 다나카를 바라보았다. 둘 사이에 긴장이 흘렀다.

다나카의 목소리에서 먼저 힘이 빠졌다.

"벤슨 씨가 윗선에 대단한 줄이 있더군. 하여튼, 그 일에 관해서는 사과하겠네. 압수 물품들은 곧 돌려보낼 생각이네."

그의 말을 무심히 듣던 조슈아는 다나카의 어깨 견장 너머 벽에 걸려 있는 커다란 사진을 바라보았다. 드넓게 펼쳐진 보리밭을 배경으로 제복을 입은 젊은 장교가 장검을 손에 쥐고 세상에 맞서는 자세로 서 있었다.

"조선의 봄. 한참 보리 이삭이 올라오고 있었지. 저때 나도 지금의 자네처럼 젊었었네. 대 일본제국의 미래를 위해서라면 물불 가리지 않던 시절이었지."

다나카는 쓴웃음을 지으며 테이블 위에 놓인 청동 케이스에서 쿠바산 시가하나를 꺼내 불을 붙였다. 매캐한 시가 연기가 사진 속 황금빛 보리밭을 지나집무실 천장을 떠돌았다.

갑자기 새장 속의 새가 날개를 심하게 퍼덕거렸다.

다나카가 자리에서 일어나 다시 새장으로 다가가며, 조슈아를 등진 채 조용히 말했다.

"자네에게 부탁이 있네."

조슈아의 마음 깊은 곳에서부터 형용할 수 없는 무엇인가가 일렁였다. 그것은 다나카의 책상 뒤에 걸린 보리밭 사진을 보았을 때부터였다.

날갯짓은 잦아들었지만, 새의 조그만 부리에서 비명에 가까운 날카로운 소리가 났다. 다나카는 놀란 새를 달래며 부드러운 허밍을 내뱉었다.

냉랭함이 내려앉은 집무실 공간 곳곳에 다나카의 허밍이 공명했다.

조슈아는 자신의 귓전에서 미세한 진동이 점차 커지는 것을 느꼈다. 그 진동은 달팽이관에 잠시 머무르다가 혈관을 타고 온몸을 돌았다. 조슈아는 현기증을 느끼면서 신음을 내뱉었다.

"자네, 괜찮나?"

다나카가 고개를 돌려 조슈아를 바라보았다.

"저에게 원하는 것이 무엇입니까?"

조슈아의 오른쪽 눈꼬리에서 경련이 일었다.

"물건을 배달해주었으면 하네. 우리가 지정한 누군가에게 그것을 전달만 하면 되는 아주 간단한 일이네. 이 일만 해준다면, 자네가 떠돌지 않고 한곳에 정착할 수 있을 만한 금전적 보상을 해주겠네."

다나카의 말이 끝나자 조슈아가 비틀거리며 자리에서 일어났다.

"저는 곧 떠날 사람입니다. 어딘가에 뿌리를 내리는 것은 생각해본 적이 없습니다."

조슈아는 문으로 다가가 손잡이를 돌렸다.

문이 열리자 한 치의 앞도 분간할 수 없는 강렬한 빛이 그에게 쏟아졌다. 그와 동시에 귓속을 맴돌던 다나카의 허밍 소리가 거스를 수 없는 강한 파장을 일으켰다.

회전문을 지나 건물 밖으로 나서자 조슈아를 태우고 왔던 승용차가 시동을 켠 채 대기하고 있었다. 하지만 조슈아는 그대로 차를 지나쳤다. 조슈아를 이곳으로 데려왔던 사내가 무어라고 고함을 질러댔지만, 조슈아에게는 아무것도 들리지 않았다.

황푸 부두를 향해 걸어가는 동안에도 다나카의 허밍은 조슈아의 뒤를 밟듯 쫓아왔다.

그것은 홍커우 시장 골목 음습한 거리에서 잠시 사라졌다가, 부두의 출렁이는 누런 강물과 마주하자 다시 커졌다.

보퉁이를 안고 걸어가는 피란민 행렬에 섞여 가던 브리지를 넘을 때 즈음에는 다나카의 허밍 소리에 보리밭을 쓸고 지나가는 바람 소리가 겹쳐졌다.

번드에 이르자 휘황하게 빛나는 캐세이 호텔의 루프가든에서 러시아 악사들이 경쾌한 연주를 하고, 호텔 주변에는 곤봉을 든 인도인 경찰들이 하룻밤 잠자리를 찾아 몰려드는 피란민들을 쫓아내려고 실랑이를 벌이고 있었다.

지금쯤 전 세계에서 몰려든 기자들은 이십 층이 넘는 브로드웨이 맨션의 전망 좋은 베란다에 모여 중국과 일본의 전쟁을 관망하고, 치앙완과 우쑹 포구에서는 중국의 어린 군인들이 열십자 참호 속에서 엄습하는 죽음의 공포를 삭이고 있을 터였다.

피란민들의 물결은 번드를 지나면서 골목골목 흩어졌다.

정처 없이 떠밀려 걷던 조슈아의 발걸음이 외항 선원들이 모두 빠져버린 텅 빈 블러드 앨리에 이르렀다.

허벅지를 드러낸 채 빨갛게 칠한 손톱을 다듬던 어린 매춘부 하나가 멍한 눈으로 조슈아를 쳐다보았다.

풀려버린 그녀의 동공을 무심히 바라보다가 문득 지워졌다고 믿었던 기억 하나가 다나카의 허밍 소리에 떠밀려 아련히 소환되었다.

조슈아! 조슈아!

들판을 가로질러 조슈아를 부르는 음성이 들려왔다. 바람에 보리 이삭이 쓸리듯 묻어오던 나지막한 속삭임, 그리고 종달새 한 마리가 날아오르며 청아하게 조잘댔다.

조슈아가 초승달 모양의 샛눈을 하며 서서히 초점을 좁히자 칼린 선교사의 파란 눈동자가 소년을 응시했다.

선착장에는 배를 타려는 승객들과 짐을 나르는 짐꾼들로 발 디딜 틈도 없었다. 입구에는 배편을 구하려는 인파들이 선박회사 창구 직원과 설전을 벌이고 있었다.

조슈아는 들고 온 더플백을 단단히 조이고 '곧 이곳을 떠나 배가 다음 행선지에 닿더라도 당분간 육지에는 오르지 않을 것이다'라고 결심했다.

선원들을 실어 갈 짐배가 선창으로 바짝 다가서자 머제스틱호의 선원들은 들고 있던 가방을 던지며 짐배로 뛰어내렸다. 배에 탄 선원 하나가 조슈아에게 소리쳤다.

"조슈아 뭐 해! 얼른 타지 않고."

어둠이 안개 속으로 파고드는 것인지, 안개가 어둠을 먹어가는 것인지. 한 치 앞도 보이지 않는 막막함. 고요한 부두에 뱃고동 소리만 길게 퍼지고 안개 바람이 몰려가자 선창에 우두커니 앉아 있던 조슈아의 마음에 격랑이 일기 시작했다.

떠날 사람들은 배를 타고 떠나고, 떠나지 못한 사람들도 이미 어두워진 부두를 벗어났다.

뱃사람이 항구에서 배를 놓치는 것은 있을 수 있는 일이다. 기관실 경력직이야 얼마든지 구할 수 있을 테니 그 누구도 조슈아에게 왜 떠나지 않았냐고 캐묻지는 않을 것이다. 항구라는 곳은 떠나기 위해 만들어진 공간이니 적절한 시기에 또 떠나면 그만이다.

한바탕 소란이 지나간 선창에는 어둠이 짙어지고, 항구를 떠난 마지막 여객선이 한 점 불빛으로 멀어졌다.

브라우닝 M1900

재킷의 깃을 세워 올리며 조슈아는 아침 햇살이 내리쬐는 기상 타워를 올려다보았다.
섭씨 12도. 풍속 5마일. 남서풍이 불었다.

온화한 겨울 날씨였지만 습도가 높은 탓에 스치는 바람이 꽤 쌀쌀했다.

"호외요 호외! ≪노스차이나 데일리≫ 호외요!"

"≪르 저널 드 상하이≫ 호외요!"

신문팔이 소년들이 타워 아래 잠시 걸음을 멈춘 행인들을 잡아 세우며 신문을 들이밀었다.

"일본 전투기 100대 출현! 오늘 밤 일본 육군 9사단 총공세!"

"우성 치앙완 차페이 대규모 폭격 예상!"

"호외요! 호외!"

조슈아가 신문을 옆구리에 끼고 기상 타워를 지나 조프리가 쪽으로 발걸음을 옮겼다.

그에게 지난 5년의 항해는 기억 어딘가에 버려진 조각들을 하나하나 찾아가는 여정이었다. 배의 밑바닥 기관실에 앉아 해저의 울림에 조용히 귀 기울이고 있으면 현재란 이미 지나간 과거와 다가오지 않은 미래가 만나는 접점에서 드리우는 그림자였다.

깊은 어둠 속, 꺼진 줄 알았던 불꽃이 위태롭게 깜박거렸다.

다나카의 허밍이 그 작은 불씨를 되살렸다. 그날 그 장소에 그가 실재했을 수도, 아니 부재했을 수도 있었다.

프랑스어와 중국어 현판들이 하나, 둘 사라지고 키릴문자로 쓴 간판들이 여기저기 눈에 띄었다. 어깨를 잔뜩 웅크리고 걸어가던 조슈아가 발걸음을 멈추고 주위를 돌아보았다.

작은 무역회사와 여행사 사이에 자리한 모피 가게 위층에 조그만 공증 사무소의 조잡한 간판이 눈에 들어왔다.

삐걱거리는 층계를 올라 유리문을 젖히자 키파를 뒤통수에 살짝 걸친 중년의 유대인 사내가 신문을 읽다 말고 동그란 안경 너머로 조슈아를 바라보았다.

"무엇을 도와드릴까요?"

"드미트리 젤레노프를 만나러 왔소."

안경알 너머 남자의 의심스러운 눈길이 조슈아의 아래위를 훑었다.

"딕 스위프트가 보내서 왔다고 하면 알 거요."

어딘가에 전화를 걸어 러시아어로 대화를 나누던 유대인 남자가 수화기를 내려놓고 물었다.

"미국 달러는 가져왔소?"

조슈아가 주머니에서 달러를 꺼내자 남자가 신문지 한 귀퉁이에 주소를 적어주었다.

"보딩 하우스를 끼고 마켓을 따라 내려가다 두 번째 골목 파란 대문 집이오."

가난한 러시아 이민자들을 위한 보딩 하우스를 지나 러시아 마켓으로 들어서자 길거리 노점 주위로 허드렛일을 찾아 집을 나선 사람들이 따끈한 홍차에 블리니로 아침 끼니를 때우며 듬성듬성 모여 있었다.

시큼하게 절인 무, 훈제 연어와 소시지 같은 것들을 올려놓은 좌판들이 오가는 행인들을 불러 세웠다.

거무스름한 더께가 앉은 후줄근한 집들 사이에 파란 대문이 보였다. 금발의 아이들 서너 명이 소란스럽게 문을 열고 뛰어나왔다.

시큼한 스튜 냄새로 가득한 비좁은 거실 한쪽에서 아기가 울었다.

앞치마를 두른 중년의 러시아 여인이 스튜를 담은 볼을 기다란 탁자 위에 올려놓으며 소리쳤다.

"소냐, 얼른 내려와! 애가 울잖아!"

탁자 주위에는 어림잡아 열 명 넘는 러시아인들이 촘촘히 앉아 아침 식사를 하고 있었다. 구석에서 손재봉틀을 돌리던 할머니가 울고 있는 아기를 안아 올리다 현관 앞에 어정쩡하게 서 있는 조슈아를 발견했다.

"드미트리 씨를 만나러 왔습니다."

할머니가 조슈아에게 이층으로 올라가라는 손짓을 하고 우는 아기를 어르며 소리쳤다.

"소냐! 소냐!"

이층에서 누군가 소리쳤다.

"내려간다고요!"

조슈아가 삐걱거리는 계단을 따라 이층으로 올라섰다.

젊은 러시아 여자가 하품하며 방문을 열고 나오다 조슈아를 발견하고는 복도 맨 끝 방을 가리켰다.

어두운 방으로 들어서자 눅눅한 곰팡이 냄새가 코를 찔렀다.

잠시 후 러시아 백군 장교 제복을 갖춘 비대한 몸집의 남자가 악기 케이스를 들고 방으로 들어섰다.

"드미트리요. 딕 선장은 잘 있소?"

"선장님은 어제 떠났습니다."

사내가 탁자에 놓인 등을 켜고 악기 케이스를 열었다.

빨간 우단 천을 댄 케이스 안에는 총신이 분리된 라이플과 탄창 그리고 작은 칸막이 아래 권총 다섯 자루가 들어있었다.

"러시아제 M1891이요. 저격용으로는 최고요."

사내가 M1891의 총신을 꺼내 몸체에 연결했다.

총을 다루는 손길이 마치 어린아이를 다루듯 섬세하고 부드러웠다. 조슈아가 조심스럽게 말했다.

"근거리에서 쏠 겁니다."

"젊은 동양인이 나를 찾는다기에 저격용 총을 구하는 줄 알았소. 전쟁 통에 청방의 갱들은 저격용 라이플만 찾는다오."

사내가 라이플을 다시 케이스에 넣고 주머니에서 손수건을 꺼내 이마의 땀을 훔쳤다.

"청방 단원들이 이 귀신 같은 총으로 홍커우와 차페이 건물 꼭대기에 숨어서 일본 낭인들을 저격한다오."

"좀 더 가벼운 모델은 없습니까?"

사내가 총신이 조금 짧은 반자동 권총 한 정을 조슈아에게 건넸다.

"이 브라우닝 피스톨은 아주 유명한 총이오. 사라예보에서 오스트리아 황태자를 암살하는 데 쓰인 그 총이오. 이 총 하나로 1차대전이 일어났지. 1900 모델로 잘못 알려져 있지만 사실은 이 1910이라오."

M1910. 38구경 6연발. 총신도 짧고 손에 감기는 느낌도 가벼웠다.

조슈아가 총알이 장전된 탄창을 총신에 부착한 후 벽을 향해 총구를 겨냥했다.

"좋습니다. 이걸로 하겠습니다."

사내는 조슈아가 건넨 달러를 세며 말했다.

"그거 아시오? 이 브라우닝 피스톨은 조선인 안중근이 하얼빈에서 이토 히로부미를 저격할 때 사용한 총이기도 하다오. 물론 1900 모델로 단종 됐지만, 혹시 조선인이오?"

조슈아는 느닷없는 사내의 질문에 흠칫했다.

그런 물음은 거북하고 불편했다.

"쓸데없는 질문이 많군요."

조슈아가 신경질적으로 대답하자 사내의 낯이 굳어졌다.

그는 급하게 백군의 제모를 한 손으로 감아올리듯 머리에 얹고는 말했다.

"그때 하얼빈에서 우리 백군 부대가 코코체프 장관과 이토 히로부미의 러일 회담 경비를 맡았었소. 내 눈으로 그 저격 장면을 똑똑히 목격했다오. 왠지 그날 저격범 안중근의 눈빛이 당신과 많이 닮았다고 생각했을 뿐이오."

6

쇼와 7년 5월 10일 화요일

-

W에게 - 1932년 2월 29일

-

해당화

공작

청산다방

쇼와 7년 5월 10일 화요일

"하유미 씨 댁입니까? 영사관 미스 오야마의 소개로 왔습니다."

좁은 골목 안에 있는 2층짜리 목조주택의 현관을 두드리자 천천히 문이 열리고 삼십대 중반의 여자가 문틈으로 얼굴을 빼꼼히 내밀었다.

"아! 미스 오야마에게 언질을 받았습니다. 누추하지만 안으로 들어오세요."

나는 하유미의 호의를 마주하며 '미스 오야마에게 감사를 표하기는 해야 할 텐데'라는 생각이 들었다.

사실 내가 최근 모습이 보이지 않는 일본군 특무대 소장 다나카 류세이의 행방을 수소문하고부터 나에 대한 소문이 당국과 일본 기자들 사이에 퍼졌다.

평소 상하이 아사히 신문사 지척에 있는 창조사의 중국 좌익작가연맹 직원들과 어울려 다니고 루쉰의 ≪아큐정전≫을 일본어로 번역 출간했다는 사실만으로 가뜩이나 '공산주의자'로 의심받던 나에게 '대일본제국'의 이상을 충실히 이행하는 '천황의 군인'으로 알려진 다나카 류세이의 실종을 탐사 취재하는 것은 그야말로 아무런 장비 없이 맨손으로 절벽을 오르는 것과 같은 일이었다.

당국에 의해 '요주의 인물'로 찍힌다는 것은 곧 어떤 사건에 대한 접근이 금지되고 내가 접촉하는 정보원과 취재원으로부터 철저히 배제되는 것을 의미했다.

그런 와중에 일본 영사관 민원과에서 근무하는 미스 오야마는 사막의 오아시스와 같은 존재였다.

사실 여부는 확인되지 않았지만 그녀가 나를 흠모한다는 소문이 돌았다.

어쨌든 난 다나카의 단서가 될 만한 주변 인물들을 탐색했고, 미스 오야마는 다나카의 집에서 가정부로 일하는 하유미 다구치의 집 주소를 알려주었다.

잠시 후 다과상을 든 하유미가 방으로 들어왔다.

"대접이 변변치 못해 죄송합니다."

"아닙니다. 이렇게 늦은 시간에 불쑥 찾아와 대단히 죄송합니다."

나는 하유미가 따라준 차를 마시며 주위를 둘러보았다.

단출한 다다미방 벽면에 불단이 마련되어 있고, 그 단 위에 젊은 남자의 영정이 위패와 함께 놓여 있었다.

녹차를 따르던 하유미가 입을 열었다.

"남편입니다. 상하이에 도착한 이듬해, 공장에서 일어난 사고로 돌아가셨어요. 살길이 막막해 귀국을 서두르던 중 동양방적 사장님의 소개로 주인님 댁에서 일할 수 있었습니다."

"다나카 소장 댁에는 매일 출근하셨나요?"

나는 주변 정보를 최대한 배제하고 직설적으로 물었다.

"일요일 하루 쉬고 매일 나갔지만…, 지금은 쉬고 있습니다. 영사관에서 잠시 대기하라는 연락을 받았어요."

"언제 연락을 받으셨죠?"

내가 수첩에 무엇인가를 끄적거리자 그녀가 기억을 더듬으며 말했다.

"5월…, 5월 3일 아침에 받았습니다."

"4월 29일. 다나카 소장께서 출근하실 때 평소와 다른 점은 없었습니까?"

"특별히 손님이 방문하시는 경우가 아니면 저는 보통 소장님 출근 후에 일을 시작하고 오후 4시경에 퇴근하기 때문에 소장님을 직접 뵙는 날은 그리 많지 않습니다. 그날도 다른 날과 같이 오전 7시 30분경에 소장님 댁에 도착했고 4시 조금 지나 퇴근했습니다."

나는 무엇인가를 적다 말고 잠시 생각에 잠겼다.

"그럼 그다음 날인 4월 30일에도 평소와 다를 바가 없었겠군요."

"네. 그런데…."

잠시 뜸을 들이던 하유미가 천천히 입을 열었다.

"그날 이후 소장님께서 며칠 동안 돌아오지 않으시다가… 사흘이 지나고 나서 갑자기 헌병대에서 들이닥쳤어요."

"헌병대에서요?"

하유미는 잠시 멈칫하더니 이내 입을 닫았다.

"하유미 씨. 저는 다나카 소장이 어서 돌아오셔서 하유미 씨가 이 일을 지속했으면 합니다. 제가 도울 일이 있다면 돕겠습니다. 헌병대가 왔던 날 무슨 일이 있었나요?"

하유미는 주저하며 입을 열었다.

"다나카 소장님의 지시라며 집의 사물함에 있던 서류며 개인 물품들을 수거해 갔습니다."

나는 마치 무슨 단서라도 찾은 양 확신에 찬 표정을 지으며 그녀에게 재차 물었다.

"이상한 일이네요. 갑자기 헌병대에서 짐을 수거해 가다니요. 혹시 이유를 아십니까?"

하유미도 아리송하다는 표정을 지었다.

"그러게요. 참으로 이상한 일이죠. 그분은 그런 식으로 신변 정리도 안 하시고, 또 저에게 일절 말도 없이 어딘가로 떠나실 분이 아니에요. 아무리 시국이 급박히 돌아간다고 하지만….."

"그날 헌병대에서 무슨 언질을 준 것은 없습니까?"

"사실 그날 헌병 대원 하나가… 다나카 소장이 본국의 명령을 받아 급작스럽게 만주로 발령받아 가셨다고 하더라고요. 저에게는 되도록 함구하는 것이 좋겠다고 주의도 줬습니다."

"소장님을 가장 가까이서 보필하는 분들이 혹시 누구인지 아십니까?"

"글쎄요…, 저는 집안일만 하는 사람이라….."

"소장님의 운전사와는 교류가 있으셨습니까?"

"별다른 교류는 없었고 가끔 히노키 상이 와인이나 과일 상자들을 배달하러 집에 들르면 안부 인사를 나누는 정도였습니다. 히노키 상이 소장님 운전 일을 그만둔지도 몰랐습니다. 나중에 아파트 수위가 귀띔을 해줘서 알게 되었습니다."

"그럼, 새로 온 운전사가 누군지는 아십니까?"

"저는 모릅니다. 아파트 수위실에 있는 상시 출입명부에 이름이 있을지도 모르겠네요. 새로 오는 가정부들과 운전사들은 이름과 연락처를 적어놓거든요."

듀바일 펠리스. 프랑스 조계의 부촌에 있는 최고급 아파트였다.

나는 수위실의 조력원 명단에서 어렵지 않게 운전사의 이름을 확인할 수 있었다.

유키 기타로. 국민당의 기관지나 다름없는 ≪민국일보≫ 난입 사건의 배후로 지목된 자였다.

≪민국일보≫의 왕쭤린 기자가 살해당한 날. 클럽 주위에서 이 사내가 서성거렸다는 목격담이 있었다.

그가 자주 간다는 선술집을 알아낸 것은 다음 날 해가 뉘엿뉘엿한 저녁 무렵이었다.

그의 소재를 확인하기 위해 오후 내내 발품을 판 탓인지 희미한 불빛이 새 나오는 술집 문을 열고 들어서자 노곤한 기운에 허기가 몰려왔다.

왁자지껄한 실내에는 당꼬 바지를 입은 일본 부두 노동자들이 술잔을 기울이고, 비틀거리며 가게를 나서던 만취한 술꾼이 혀 꼬부라진 소리로 작부에게 시비를 걸었다.

구석에 혼자 앉아 술잔을 기울이던 음산한 눈빛의 사내가 주위를 두리번거리는 나를 가만히 바라보았다. 내가 찾던 유키 기타로였다.

작은 탁자를 사이에 두고 그와 마주 앉았다.

군인처럼 머리를 짧게 자른 기타로는 자신 앞에 놓인 잔에 술을 채우더니 단숨에 비웠다.

나는 단도직입으로 물었다.

"다나카 소장의 차를 운전하셨다고요. 천장절 이후 다나카 소장님의 행적에 대해 물어볼 것이 있어서 당신을 찾아왔습니다."

날이 선 기타로의 눈빛은 어딘지 모르게 음울해 보였다.

"기자 양반이 우리를 어떻게 보는지 모르겠지만, 우리 나름의 법도가 있소. 모시는 분에 관한 그 어떤 정보도 함부로 발설할 수 없소."

취재하면서 나는 늘 두 줄을 타는 느낌이었다. 관록을 자랑하는 형사들은 당근과 채찍이라고 부른다지만 기자들이라고 해서 별반 다른 수가 있는 것도 아니었다. 관찰자적인 시선을 놓지 않는 냉정한 공감과 친절을 가장한 위협 사이를 오가는 줄타기.

하지만 기타로는 내 경험과 어설픈 술수로 접근할 수 있는 인물이 아니었다. 내 의중을 꿰뚫어 보듯이 말없이 나를 노려보던 기타로가 천천히 입을 열었다.

"이렇게 만난 것도 인연인데 잔이나 받으쇼."

W에게

2월 26일. 일본 외무성은 국제연맹 사무국장, 시게미쓰 주중공사, 무라이 상하이 총영사 앞으로 일본은 상하이에서 정치적 야심을 충족시킬 의도가 조금도 없음을 분명히 밝히는 '상하이 전쟁 내부 지침'을 발송했다.

2월 26일. 제5군 총사령관 장제스가 19로군 사령관 장광나이에게 중국군의 대응 전략을 타전했다. 히로시마 우지나 항구를 출발 마안섬 기지를 향해 운항 중인 일본군 11사단 주력이 상하이 북서쪽 유하 방면에 상륙하여 중국군을 포위하는 전략을 펼칠 것으로 예상하고, 유하 방면으로 3개 사단 병력을 긴급 배치할 것을 요청했다.

2월 26일. 제5군 정보부가 장제스 사령관에게 보낸 전보 입수. 다나카 류세이의 첩보원 가와시마 요시코는 쑨원의 아들 쑨커를 통해 프랑스 조계 모처에서 19로군 티앙카이 장군을 만나 일본군 11사단이 유하 방면이 아닌 갑북과 우성을 통해 상륙한다는 정보를 흘렸다.

별첨 : 〈일본 외무성 상하이전쟁 내부 지침 전문〉, 〈중국 제5군 증원군 파병안〉
전문, 〈제5군 정보부 장제스 사령관 정보〉

1932년 2월 27일
Otto

123

해당화

　주변은 온통 붉은 흙덩이였다. 라라와 중선이 탄 낡은 자동차가 힘겹게 언덕에 올랐다. 작은 항아리를 품에 안은 라라는 입을 꾹 다문 채 앞만 주시했다. 자동차가 덜컹거릴 때마다 두 사람이 이리저리 흔들렸다. 언덕 아래 차가운 회색 안개 사이로 누런 강물이 바다로 흘러 들어갔다. 쓰러질 듯 휘청거리는 그녀를 중선이 부축했다.

　"저기 보이는 바다 너머가 조선입니다."

　라라가 항아리를 열자 중선이 붉은 눈시울을 훔치며 말했다.

　"경주 동지! 바람 타고 고향 산천에 가시거든 부디 평안히 잠드시오."

　라라의 어깨가 흔들리고 목이 메는 울음소리와 함께 회백색 가루가 바람에 날렸다.

　갈바람이 불기 시작하면 두만강의 황톳물이 바다로 흘러든다는데, 어린 미희의 눈에는 아무리 보아도 푸른 바다일 뿐이었다.

　황토물이 짙으면 짙을수록 커다란 정어리 떼가 몰려든다고 했다.

　할머니와 연심이 언니는 일꾼들 음식 준비로 바빴고 온정리와 연정리의 아낙들도 모두 모여 할머니의 일손을 도왔다.

　정어리기름 공장 뒷마당에는 대형 천막이 올라가고 아낙들은 뱃사람을 맞을 준비가 한창이었다.

　이번에는 배가 청진까지 올라갔다는데 갈바람이 깔깔한 것이 아주 큰 정어리 떼를 만났을 거라며 다들 기대에 부풀었다.

공장에서는 석탄을 고르고 기름을 걸러낼 원심 분리기를 청소하고 커다란 물탱크에 물을 붓고 열탕에 불을 지필 만반의 준비를 했다.

순도 높은 정어리기름을 얻기 위해서는 열탕의 온도를 일정하게 유지하는 것이 관건이었다.

만선의 깃발을 높이 휘날리며 수십 척의 정어리잡이 배들이 장전항으로 들어오면 인근 마을의 남자들은 물론 학교에 다니지 않던 아이들까지 모두 달려들어 배에서 내린 정어리를 공장으로 옮겼다.

달릴 수 있는 두 다리가 있는 사내들은 어린아이까지 모두 수레에 정어리를 싣고 달렸다. 아이들이 달리면 동네 강아지들까지 신나서 함께 내달렸다.

여자아이들은 일하는 엄마를 도와 동생들을 업고 공장 앞마당에 옹기종기 모여 놀았다.

오후의 해가 뉘엿뉘엿 내려앉을 때면 금강중학교에 다니던 오빠가 사각모를 쓰고 망토를 걸친 채 말을 타고 지나갔다. 오빠 옆에는 언제나 허리를 꼿꼿이 세우고 나란히 말을 타고 가던 서경주가 있었다.

"하나부터 일본, 셋부터 시베리아, 다섯부터 러시아, 일곱부터 하얼빈, 아홉부터 열까지 그리고 열하나부터 스물까지…."

노래를 부르며 고무줄 놀이 하던 여자아이들은 사각모 아래 드러난 오빠의 하얀 얼굴을 넋을 잃고 바라보았다. 말에서 내린 오빠는 친구들과 노느라 엉망이 된 미희의 얼굴을 만져주고는 서경주와 함께 자기 방으로 들어갔다.

창문 틈으로 유성기에서 나오는 노랫소리와 오빠와 서경주의 웃음소리가 흘러나왔다.

금강중학교에서 조선 학생들과 일본 학생들 간에 크게 패싸움이 난 후 장전항에서 고성항에 이르는 금강산 일대 마을 어른들은 숨죽이며 긴 밤을 한숨으로 지새웠다.

장전항에서 100톤 급 어선을 30척이나 가진 대선주 집 아들 경주가 싸움을 주도했다는 소문이 돌았다.

물론 경주가 나서는 일에 미희의 오빠가 빠질 리 없었다.

온정리 온천장 아들 사부로와 비료 공장 아들 미야모토가 먼저 시비를 걸었다고 오빠는 항변했지만, 일은 일본 순사들이 출동하는 규모로 커졌다.

아버지의 중재로 경주의 아버지가 온천장 주인 사카모토 씨와 비료 공장 소유주 요시다 씨에게 머리 숙여 사죄하고 적잖은 봉투를 들이밀었다.

할머니는 명란젓을 큰 단지에 담아 그들 집으로 보냈다. 동네 아낙들은 그 귀한 명란젓이 가득 담긴 커다란 독을 보고는 할머니의 큰 손에 입을 다물지 못했다.

금강중학교에서도 행사 때마다 선뜻 후원금을 내놓는 미희의 아버지, 박 사장의 얼굴을 보아 주동자 몇 명에게 정학을 내리는 것으로 이 사건을 마무리 지었다. 마을 어른들은 어디서 구했는지 금강산 산삼을 아버지에게 가지고 와서 고마움을 표했다.

정어리기름이 나오면 아버지는 언제나 신의주로 떠나셨다. 열차에 실린 기름은 원산에서 평라선을 타고 평양을 거쳐 신의주 비누 공장으로 들어갔다.

아버지가 신의주 가실 때 오빠도 함께 떠나기로 했다는 할머니 얘기를 듣고 미희는 울상이 되었다. 함께 정학을 당한 경주 오빠도 평양으로 전학 간다는 얘기가 들렸다.

오빠는 울고 있는 미희를 업고 밖으로 나왔다. 오빠는 미희를 등에 업고 해당화가 끝도 없이 핀 길을 걸었다.

금강산 너머로 노을이 불타고 바다는 금빛으로 출렁거렸다. 만선의 깃발을 단 수십 척의 정어리잡이 배들이 갈바람을 뒤로하며 장전항으로 몰려들고 있었다.

저 멀리 모래 언덕을 따라 점점이 흩뿌려지던 붉은 해당화 사이로 누군가가 망연히 바다를 바라보고 서 있었다. 그의 모습이 점점 가까이 다가왔다. 바로 경주 오빠였다

공작

　자경단 완장을 찬 낭인들이 벌건 눈을 부라리며 이곳저곳 몰려다니고, 부상병을 실은 군용 트럭이 흙먼지를 일으키며 거리를 내달렸다.

　바람을 거스르며 몸을 웅크리고 걸어가던 조슈아가 우쑝 극장을 끼고 들어서자 좁은 골목 안쪽에 찻집 '하이루'의 간판이 눈에 들어왔다.

　하이루의 여닫이문을 밀고 들어서자 원형 탁자 주위에 모여 앉은 낭인들의 시선이 조슈아에게 쏠렸다.

　일전에 벤슨 공사 앞에서 조슈아를 기다렸던 얼굴에 흉터 있는 사내가 일어서서 대나무 발이 쳐진 칸막이 쪽으로 가라고 손짓을 했다.

　사내는 칸막이를 밀치고 안으로 들어서는 조슈아를 따라와 거칠게 벽으로 밀어붙이더니 조슈아의 상의와 바지 뒷주머니를 훑었다.

　사내는 안전하다는 것을 확인하고 나서야 입꼬리를 올리며 자신을 소개했다.

　"히노키라고 하오. 기분 나빠하지 마시오. 나는 그저 내가 해야 할 일을 할 뿐이오."

　다다미방에서 차를 마시고 있던 다나카가 조슈아에게 앉으라는 손짓을 했다.

　"생각이 바뀌었나 보군. 왠지 자네가 다시 연락해올 것 같았네."

　조슈아는 차분하게 상대방의 안색을 살폈다.

　"일전에 제안하신 것을 곰곰이 생각해 보았습니다. 이 떠돌이 생활에 마침표를 찍어야 할 때가 온 것 같기도 하고요. 벤슨 씨처럼 상하이에 조그만 가게

라도 하나 낼 수 있다면 그렇게 사는 것도 괜찮겠다는 생각이 들더군요."

다나카는 가는 눈을 치켜뜨고 고개를 끄덕였다.

"인생을 바꿀 기회가 그리 흔한 것은 아니라네."

그러고는 한 손으로 찻주전자를 높게 들어 조슈아의 찻잔을 채웠다.

조슈아가 두 손으로 공손히 차를 마시자 그 광경을 바라보던 다나카가 탁자 밑에 있던 두툼한 누런 봉투를 꺼내 다탁 위에 올려놓았다.

"한번 열어보게."

조슈아는 봉투를 뜯어 그 속에 있던 미화 다발 한 뭉치와 "David Jeon, David & Brother's LLC. Port of Seattle, pier 69" 라고 적힌 명함 한 장을 꺼냈다.

"조선 이름은 전득선. 시애틀에서는 꽤 신망 있는 인물이지."

다나카의 설명을 들으면서 조슈아는 명함에 적힌 이름을 주시했다.

"미화 5,000불이네. 이 돈을 옌싱 병원의 조선인 외과 의사 최기수한테 배달하는 것이 자네의 임무네."

다나카의 입에서 '최기수'라는 이름이 거명되자 조슈아는 벤슨 스나이더와 함께 '그레이스 홈'을 방문했던 일을 기억해냈다.

"최기수 박사와는 안면이 있습니다."

"그거 참으로 잘된 일이군."

"단지 미화를 최 박사에게 전달하는 것이 목적이라면, 부하 중에도 많을 텐데 왜 하필 이방인인 저를 선택하셨나요?"

조슈아의 말이 끝나기 무섭게 다나카가 짧게 답했다.

"자네가 미국 시민이기 때문이네."

다나카는 잠시 뜸을 들이듯 차를 마시고는 말을 이었다.

"그래야 의심을 사지 않을 테니. 자네의 역할은 이 미화를 최기수에게 건네면서 조선인 미주 사업가 전득선이라는 사람이 조선 독립을 위한 군자금을 자네에게 위탁했다고 말하기만 하면 되네."

조슈아가 의심스러운 눈으로 다나카를 쳐다보았다.

"단지…, 그것뿐입니까?"

"조건이 하나 더 있네. 전득선이라는 미주 사업가가 배달 사고가 나지 않았다는 표식으로 군자금을 지원받는 단체의 인물과 자네가 함께 찍은 사진을 요구했다고 말하고 함께 사진을 찍어 오게."

조슈아는 다나카의 꿍꿍이를 헤아리면서 조용히 찻잔을 들었다.

잠시 후 미닫이문이 열리고 기모노를 입은 여자가 들어와 차와 모찌 접시를 탁자에 놓았다. 다나카가 자리에서 먼저 일어나며 엉거주춤 인사를 하는 조슈아를 바라보았다.

"천천히 차를 마시고 일어나게."

다나카는 문을 반쯤 열고 나가려다 뒤를 돌아보았다.

"조슈아 칼린. 언젠가 자네가 나의 부탁을 들어주는 진짜 이유를 알고 싶군."

청산다방

"쾅 쾅 쾅!"

입을 벌린 채 가쁜 숨을 몰아쉬던 조슈아가 세차게 문을 두드리는 소리에 놀라 눈을 떴다. 침대 옆 작은 들창으로 아침 햇살이 쏟아져 들어왔다.

자리에서 일어나며 조슈아는 이마에 흐르는 식은땀을 훔쳤다. 다나카의 집무실에 다녀온 이후 그는 원인 모를 불면증에 시달렸고, 가까스로 눈을 붙여도 반복하여 나타나는 악몽을 꾸었다.

꿈속에서 조슈아는 어디서 발화되었는지 알 수 없는 화염을 피해가며 시커멓게 타버린 예배당 이곳저곳을 배회했다. 그가 발을 옮길 때마다 살기 띤 눈초리들이 자욱한 연기를 뚫고 번뜩였고, 타오르는 불구덩이 속에서 장작 같은 하얀 손들이 튀어나와 그의 발목을 잡고 기어 올라왔다. 필사적으로 그것들을 떨치고 탈출을 시도할 때면 어김없이 제단 뒤에 걸려 있던 십자가가 불길에 휩싸인 채 그를 향해 추락했다.

누군가가 창고 문을 두드렸다.

"누구시오?"

"물건 배달 왔습니다."

조슈아가 창고 문을 열자 머리에 수건을 감고 양복상의 안에 나가주반을 받쳐 입은 기묘한 복장의 사내가 서 있었다.

"조슈아 칼린 씨?"

남자는 머리를 조아리며 자신을 소개했다.

"합동상사의 난노 슈스케라고 합니다. 다나카 소장이 보냈습니다."

난노라는 사내 뒤로 '합동상사'라는 한자어가 부착된 트럭 세 대가 창고 마당에 정차되어 있었다.

조슈아는 그제야 일전에 다나카가 벤슨 공사에서 압류한 물건들을 되돌려주겠다고 했던 말을 기억해냈다.

"괜찮으시면 일을 시작하겠습니다."

난노의 말이 떨어지기가 무섭게 일본 낭인 두 명과 변색한 흰색 저고리에 누빈 바지를 입은 조선인 장정 네 명이 트럭의 짐칸에서 뛰어내려 싣고 온 짐을 날랐다.

난노는 이들과 오랫동안 손발을 맞춘 듯 독려하기도 하고 때로는 질책하면서 일사천리로 궤짝을 쌓았다.

"어떠십니까? 마음에 드십니까?"

난노가 물품 종류와 개수를 적은 목록을 내밀자 조슈아는 서명하고 매니저 루이를 시켜 약간의 수고비를 건넸다. 그러자 난노가 정색하며 손사래를 쳤다.

"아닙니다. 돈은 필요 없고 소장님께 '합동상사가 일을 잘하더라'고 한마디만 해주십시오. 부탁드립니다."

난노가 머리를 조아리자 뒤쪽에 서 있던 노역자들이 합을 맞춘 듯 일제히 허리를 굽혔다.

이런 익숙하지 않은 광경에 적잖이 당황한 조슈아가 얼굴을 돌려 외면하려는 순간 후미에 서 있는 민머리 사내와 눈이 마주쳤다.

폭파 미수 사건 당일. 벤슨 공사에 숨어들었던 사내의 얼굴이 떠올랐다.

그날 벤슨 공사 1층에서, 그리고 달리는 차 안에서 어둠 때문에 그의 얼굴을 정확히 확인하지는 못했지만 사내는 한번 보면 잊어버릴 수 없는 강한 턱과

짙은 눈썹을 지니고 있었다.

조슈아가 흠칫 놀란 표정으로 그 사내를 바라보았다.

눈치 빠른 난노가 이내 뒤돌아보며 외마디 욕설을 내뱉었다.

그러고는 표정을 다시 고치고 정중히 말했다.

"죄송합니다. 조슈아 칼린 씨. 저놈의 조센징이 심기를 불편하게 했다면 대신해서 용서를 빕니다."

난노의 말도 안 되는 사과에 조슈아의 마음 깊숙한 어딘가에서 알 수 없는 노여움이 일었다.

"무슨 말이요? 저 사람은 나에게 아무 잘못도 하지 않았소."

난노의 얼굴에 일순 당황함이 드러났으나 이내 비굴한 미소를 지으며 고개를 주억거렸다. 그런 그의 얼굴을 외면하며 조슈아는 그의 양복주머니에 수고비를 찔러 넣었다.

다나카의 약조대로 벤슨 공사 창고에서 압류해 간 물건들은 모두 돌아왔다. 압류 과정에서 파손되거나 없어진 물건들은 새로운 상품으로 빈틈없이 교체되었다.

조슈아가 머제스틱호를 떠나보내고 상하이에 좀 더 머물기로 한 후 거의 문을 닫을 뻔했던 벤슨 공사도 영업을 재개했다. 이제 벤슨만 돌아오면 사무실과 창고는 아무 일도 일어나지 않았던 것처럼 보일 터였다.

하지만, 헌병대가 압수해 간 물건들이 되돌아오고 아수라장이었던 창고가 재정비되었음에도 벤슨의 부재는 예상외로 길어지고 있었다.

조슈아는 벤슨의 거처를 직접 수소문했고 코튼클럽에서 일하는 소녀의 도움을 받아 마침내 그가 머무는 곳의 주소를 손에 넣었다.

조슈아를 태운 인력거가 낡은 삼층 석조건물 앞에 멈췄다.

건물 귀퉁이 볕이 드는 담벼락에 인력거꾼 서넛이 손님을 기다리며 엉거주춤 앉아 있었다. 건물 입구 붉은 현판에 새겨진 '청산다방'이라는 금박 글씨는 알아보기 힘들 정도로 바랬다. 현관으로 들어서자 긴 장삼을 입은 지배인이 다가왔다.

"벤슨 스나이더 씨를 찾아왔습니다."

그는 처음 보는 얼굴이 눈에 거슬렸는지 경계를 누그러뜨리지 않으며 퉁명스럽게 조슈아를 안내했다.

"이리로 드시지요."

지배인의 몸짓은 느린 듯했지만 어딘지 모르게 조급함이 배어 있었다.

선정적인 여성의 나신이 그려진 벽화를 지나 비좁은 복도로 들어서자 통로 양쪽 방에서 매캐한 연기가 흘러나왔다.

지배인은 통로 맨 안쪽의 두꺼운 커튼이 쳐진 방으로 조슈아를 안내했다.

"뭐든지 필요한 게 있으시면 이 종을 치십시오. 그럼 편히 쉬십시오."

딱딱한 흑단 침상에 비스듬히 누워 있던 벤슨은 눈을 반쯤 뜬 채 입을 조금 벌리고 있었다.

침대 옆 탁자 위에 놓인 오일 램프의 심지가 미세하게 흔들렸다

"벤슨 씨."

조슈아가 나지막이 이름을 불러보았지만 아무런 대답이 없었다.

방구석 제단에 놓인 향로에서 피어오른 연기와 아편 연기가 뒤섞여 방안은 참을 수 없을 정도로 독하고도 역한 내음으로 가득했다.

잠시 벤슨의 발치에 앉아 있던 조슈아는 자신도 모르게 취한 듯 잠에 빠져들었다.

얼마나 시간이 흘렀을까? 비단 천이 사각거리는 소리와 달그락거리는 쇳소리가 조슈아의 귀를 간지럽혔다.

조슈아가 살짝 눈을 뜨니 웨이터가 들어와 타구에 아편을 채워 넣고 조그만 찻주전자에 뜨거운 물을 채웠다. 바짝 말랐던 입안으로 침이 고였다.

"아주 심한 악몽을 꾸더군."

벤슨의 목소리를 듣고 조슈아가 침상에서 일어나 앉았다. 방을 나서려는 웨이터에게 벤슨이 지시했다.

"손님께도 차 한 잔 드리게."

조슈아가 웨이터가 따라주는 뜨거운 차를 한 모금 들이켰다. 차에 아편 냄새가 배어 있었다.

침상에 기대앉은 벤슨이 향을 맡으며 조슈아를 바라보았다.

"상하이를 떠난 줄 알았는데. 무슨 볼일이 더 남았는가?"

끈적끈적한 땀방울이 조슈아의 목덜미를 타고 흘러내렸다.

"헌병대에서 압수해 간 물건들이 돌아왔습니다. 며칠 전부터 창고의 문을 열고 매니저 루이와 콰이가 다시 일을 시작했습니다."

벤슨이 새 아편이 채워진 타구를 곰방대에 끼웠다.

"자네가 당분간 상하이에 머물 예정이라면 남아서 내 가게 일을 대신 맡아주게."

조슈아는 썩 내키지 않은 듯이 주저했다.

"가게 일은 매니저 루이와 콰이가 잘 해오고 있습니다."

"나도 그들을 믿지만 현지인들이 군납업을 하기엔 어느 정도 한계가 있네. 그래서 미국 시민인 자네가 더더욱 필요하네."

벤슨은 램프에 대를 가져다 대고 뻐끔거리며 화제를 전환했다.

"내 인생은 벨 우드 숲에서 끝나버렸어. 물론 나는 그 전장에서 테드와 함께 살아남긴 했지만, 그 대가를 치러야만 하지. 밤이 되면 어김없이 내가 쏜 총에 죽은 사람들이 꿈속에서 다시 살아나 날 찾아오거든."

아편 연기가 몽글거리며 위로 올라갔다.

"이것은 그런 기억을 잠시 잊게 만들지. 순간의 망각을 지속하는 방법은 끊임없이 이 연기를 빨아들이는 거야. 자네도 한 대 피워볼 텐가?"

벤슨의 눈이 이내 풀리며 힘 빠진 손으로 조슈아에게 곰방대를 건넸다. 그런 그를 피해 조슈아가 벌떡 일어섰다.

조슈아가 청산다방을 나왔다. 어느새 어두운 밤이 되었다. 건물 옆 좁은 골목 안에는 아편에 취한 여자들이 마른 담쟁이 넝쿨처럼 벽에 착 달라붙어 있었다. 어둠을 가르며 익숙한 섬광이 번득이더니 폭격 소리가 들렸지만 아무도 그곳을 바라보지는 않았다.

창으로 스며든 아침 햇살이 연단 중앙의 나무 십자가 위에 낮게 걸려 있었다.

그레이스 홈 내에 있는 작은 예배당에 들어선 조슈아의 눈에 단 앞에 놓인 오래된 풍금이 보였다. 풍금 앞으로 다가가 뚜껑을 열자 오래된 기억이 그의 가슴속으로 밀려들었다.

"저를 만나자고 하셨다지요?

등 뒤에서 굵은 목소리의 사내가 말을 걸었다.

풍금을 치던 손길을 멈추며 고개를 돌리니 최 박사가 가까이 다가왔다.

"지난번에 보내주신 약품들은 아주 잘 사용하고 있습니다."

최 박사가 깍듯하게 예의를 갖추며 감사의 말을 전했다.

조슈아가 어떻게 말을 꺼내야 할지 잠시 망설이다가 어렵게 입을 열었다.

"긴히 드릴 말씀이 있어 뵙자고 했습니다. 사실은 미주 동포 한 분이 마련한 독립운동 지원금을 제가 지참하고 있습니다."

전혀 예상치 못한 조슈아의 말에 최 박사가 거의 무의식적으로 입술에 검지를 가져다 댔다.

거의 숨을 죽이면서 최 박사는 조슈아를 다그쳤다.

"당신, 도대체 내게 무슨 말을 하는 것이오?"

"죄송합니다. 저는 그저 미국에서 전득선이라는 사업가가 마련한 군자금을 전달할 유력한 사람을 찾고 있었습니다."

생각에 잠긴 표정으로 말없이 조슈아를 바라보던 최 박사가 목소리를 최대한 내리깔며 침묵을 깼다.

"계속하시오."

"전 조선의 상황에 대해서는 아무것도 모릅니다. 그리고 외지인이다 보니 상하이에서 누구를 믿고 전달해야 할지 몰라 차일피일 시간을 끌었습니다. 피치 선교사님께서 최 박사님은 믿을 수 있는 분이라고 말씀해주시더군요. 군자금이 제대로 전달이 된 것이 확인된다면 선생께서는 앞으로도 계속 군자금을 보낼 계획을 갖고 계십니다. 전 선생님은 군자금이 전달되었는지 확인하기 위해서 반드시 전달 장면의 사진을 찍어오라고 당부하셨습니다."

다시 침묵이 흘렀다. 깊이 생각에 잠겨 있던 최 박사가 말문을 열었다.

"글쎄요. 제가 힘이 되어줄 수 있을지…, 확답을 드릴 수는 없지만 한번 알아보겠습니다."

"가능하다면 꼭 전득선 선생님의 군자금을 전달할 자리를 마련해주십시오. 부탁드립니다."

조슈아는 자신이 내뱉은 거짓이 상대방에 닿는 순간을 확인하며 서둘러 그레이스 홈을 벗어났다.

입구의 장대 위에서 흔들리는 깃발처럼 그의 가슴이 사정없이 요동쳤다.

7

쇼와 7년 5월 11일 수요일

-

W에게 - 1932년 2월 29일

-

미화 5,000불

샤또 마고

반환된 궤짝

상하이 개미굴

쇼와 7년 5월 11일 수요일

"예식이 그리 길지는 않을 거요. 예식 끝나고 다시 봅시다."

깡마른 체구에 콧수염을 기른 기타로가 서둘러 도장 안으로 사라지고 나는
도장 내부를 둘러보았다.

其疾如風 其徐如林 侵掠如火 不動如山 難知如陰 動如雷震

(빠르기가 바람 같고 고요하기는 숲과 같다. 치고 앗을 때는 불같이 하고, 움직이지 않을 때는 산처럼 한다. 숨
을 때는 어둠 속에 잠긴 듯하다 움직일 때는 벼락 치듯 적에게 손 쓸 기회를 주지 않아야 한다.)

홍커우 도장 안에 마련된 사당에는 다케다 신겐의 초상화와 '풍림화산(風林
火山)' 글귀가 걸려 있고 초와 향이 타오르는 단 위에는 이사부 히노키의 영정
사진이 놓여 있었다.

나는 사당 입구를 가로막고 선 낭인들의 어깨 너머로 그들의 푸리타마 예식
을 지켜보았다.

낭인들이 기합을 넣으며 불끈 쥔 주먹을 단전에서 정수리 위로 올렸다.

도복을 입은 사내들의 상체가 격렬하게 흔들리며 그들의 가슴속에 웅크리고 있던 응어리가 기합을 따라 터져 나왔다.

"나를 정화시키소서. 세세 전부터 저질러온 이 모든 악의 업. 내 몸과 마음과 생각 속에서 태어난 그 시작조차 알 수 없는 탐욕과 분노와 어리석음…."

온몸이 땀에 젖은 낭인들이 예식의 마지막 구절을 암송했다.

나는 기타로가 굳이 망자를 위한 예식 시간에 맞추어 나를 오라고 한 연유가 궁금했다.

무술 대련이 있는 날인지 도장의 분위기는 자못 엄숙했고, 도복을 입은 서양인들의 모습도 간간이 눈에 띄었다.

예식을 끝내고 나온 기타로는 마치 다른 사람처럼 맑은 얼굴이었다. 기타로는 곧 시작될 대련을 한눈에 지켜볼 수 있는 자리로 나를 안내했다.

자리를 잡은 기타로는 그가 성년이 되던 해에 치렀던 미소기로 말문을 열었다.

"고향의 우레시노 폭포 아래서 히노키와 나는 첫 미소기를 치렀소. 우리는 우레시노 중학교를 함께 다녔습니다."

기타로는 사뭇 엄숙한 어조로 서두를 시작했다.

"당시 열도는 쌀 폭동에 휩싸였고 한창 성장기의 소년들은 배가 고파 잠들지 못하는 밤이 많았다오. 흑룡 잡지의 용담 야화에 나오는 대륙 낭인의 영웅담처럼, 우리도 어서 빨리 조선과 중국으로 나가고 싶어 했소. 졸업을 앞둔 어느 날 나와 히노키는 함께 고향을 떠났소."

기타로의 고향 얘기가 길게 이어질 즈음 첫 무술 대련자들이 절을 올린 후 마룻바닥을 치며 자리에서 일어났다.

"기자 나리는 내 칼에 죽은 첫 사내가 궁금하지 않소?"

그는 묻지도 않은 질문을 던지고는 말을 이었다.

"삼만 명이 넘는 노동자들이 일하던 야마타 제철소에서 파업이 일어났을 때 히노키와 내게 주어진 첫 임무는 야마타 지역 노조 지부장을 사고로 위장해 죽이는 일이었소. 막상 사람을 눈앞에 두고 단칼에 목을 베는 일은 생각보다 쉽지 않았소. 하지만 그의 목이 칼끝에서 떨어지고 나자 칼날을 구르던 피는 아무 흔적도 남기지 않고 사라졌소."

기타로의 시선이 잠시 검도 대련을 벌이는 사내들의 칼끝을 향했다.

인터뷰도 대련을 벌이는 저 무술과 별반 다르지 않았다. 단숨에 파고 들어가야 하는 순간이 있었다.

"다나카 소장과는 언제 처음 만났습니까?"

기타로는 조금의 망설임도 없이 짧게 답했다.

"작년 7월. 평양에서 처음 만났소."

"작년 7월이라면 완바오산 사건 직후에 만났다는 거요?"

기타로는 자신의 기억을 더듬으며 말을 이어갔다.

"조선의 언론과 친일단체를 동원한 대규모 반중국 소요사태에도 불구하고 일본군 정보국에서 기대하던 이렇다 할 성과를 내지 못하고 있던 바로 그 시점이었소. 나는 열한 명의 조직원과 함께 현해탄을 건넜소. 부산을 거쳐 대구와 인천을 둘러보고 흑룡회 조직원을 통해 일진회 회원들을 만난 후 평양으로 갔소."

"평양에서 다나카의 명령을 받아 임무를 수행했다는 말이오?"

"그렇소. 히노키와 우리 조직원들은 그날 평양 시가지에서 단 하루 만에 그간 지지부진하던 조선의 소요사태를 폭동으로 만들어냈소."

나는 편집국에서 보았던 그 사진들을 선명하게 기억했다.

조선과 일본 그리고 중국 신문의 일면에는 잿더미로 변한 평양의 중국인 거리와 처참하게 살해당한 중국인들의 주검을 담은 사진들이 실렸다.

그날 ≪아사히 신문≫도 '조선인 깡패들이 몰려와 중국인 거리에 방화하고 성난 군중들이 불길을 보고 몰려들었다.'라는 부제와 함께 평양발 사진들을 속보로 게재했었다.

"완바오산 사건을 규탄하는 시위대가 평양 시가지로 몰려나오는 시각에 맞추어 우리는 조선인으로 위장하고 중국인 거리를 급습했소. 우리는 단숨에 백 명이 넘는 중국인들을 죽였고, 수백 명의 부상자를 남긴 채 그 자리를 벗어났소. 그 일로 인해 우리는 다나카 소장의 신임을 얻었고 상하이까지 올 수 있었소."

정치 깡패 히노키와 기타로의 배후에 일본군 특무대 소장 다나카 류세이가 있었다.

"이사부 히노키가 사라진 후 다나카 소장의 차를 운전했다고 들었소. 아파트 출입 명부 기록에 보니 천장절 당일에도 다나카 소장의 차를 운전했던데…."

기타로는 갑자기 입을 다물고 나를 노려보았다.

나는 아무것도 모른다는 표정으로 말을 이었다.

"참으로 이상한 일이오. 대일본제국을 위해 밤낮없이 뛰어다니던 분이 어느 날 갑자기 사라졌는데 정보대는 물론 군부에서도 그분의 행방에 대해 함구하고 있다니 이상하지 않소?"

더는 취재에 응하지 않겠다는 표정으로 기타로가 자리에서 일어났다

"나는 아무것도 모르오. 돌아가시오."

나는 수첩과 펜을 주머니에 넣으며 기타로에게 넌지시 말했다.

"참으로 안타까워요. 항간에 떠도는 소문에 의하면 소장께서 불미스러운 일에 연루되었다고 하는데… 다나카 소장의 명예 회복을 위해서라도 꼭 진실이 밝혀졌으면 하오."

내가 말을 마치자 비장했던 기타로의 입술이 묘하게 뒤틀렸다.

나는 화제를 재빨리 바꾸고 그의 반응을 살폈다.

"앞으로 어찌할 거요?"

"뭐 특별한 게 있겠소. 홍커우 공원 폭파 사건의 배후를 잡는 데 전력을 쏟을 거요."

"한인애국단의 수뇌 김구의 목에 걸린 현상금이 육만 엔이라고 하던데."

"돈 때문이 아니오!"

기타로는 현상금 얘기를 들먹이는 것이 불편한 듯 단호하게 말을 잘랐다.

"소장께서 하려던 일을 내 손으로 마무리 짓겠다는 말이외다."

나는 기타로의 말에 토를 달지 않고 말했다.

"혹, 항간에 떠도는 소문을 잠재울 만한 일들이 기억나거든 다시 연락 주시오."

홍커우 도장을 나서려는 순간 내 뒤를 따라오던 기타로가 앞을 가로막았다.

"만주족 실권자인 진지룽이란 노인을 찾아가시오. 만나면 도움이 될 거요."

W에게

2월 27일, 일광 기지국, 육아비전 20호, 일본군 4차 대공습 '2.29 수륙양동 작전'
'망치로 때려잡을 수 없다면 보자기로 싸 잡아라'
시라카와 사령관이 11사단 선견병단과 상하이 전쟁 사령부 막료들을 이끌고 양쯔강 하류 마안섬 기지에 도착했다. 시라카와 장군이 전격 지휘하는 일본군 4차 대공습이 임박했다. 현재 11사단과 4사단이 탑승한 일본군 대함대는 마안섬 기지에서 대기 중이다.

2월 28일, 일본 주중공사 시게미쓰가 영국 공사 마일스 램슨 경에게 긴급하게 중재를 요청하여 중일 정전회담이 영국 군함에서 비밀리에 열렸다. 회담에서 5개 항의 기본조건이 논의되었고 양국군 동시 철수가 합의되었다. 중국군 사령부는 이를 즉각 수용한다는 뜻을 전달했고 일본군 사령부는 답하지 않았다.

별첨 : 〈육아비전 20호〉 전문, 〈2.28 중일 정전회담 5개 조항〉 전문

1932년 2월 29일
Otto

144

미화 5,000불

라라는 옌싱 병원 이층 환자 대기석에 앉아 시계의 초침을 바라보고 있었다.

잠시 후 간호사가 문을 열고 나와 그녀의 이름을 불렀다.

진료실 내부는 간이 병상과 책상 그리고 온갖 소독약과 수액이 가득한 벽장이 전부였지만 협소하지는 않았다.

최 박사는 하얀색 가운의 윗주머니에 확대경을 꽂고는 회전의자에 앉아 책상 위에 있는 인체 모형을 만지작거리고 있었다.

라라는 동그란 의자를 바짝 당겨 앉으며 '의학박사 최기수'라고 새겨진 명패를 바라보았다.

최 박사가 문 옆에 꼿꼿이 서 있던 간호사에게 지시를 내렸다.

"내가 직접 소독할 테니 잠시 밖에서 대기하고 있어요."

간호사가 나간 것을 확인하고, 최 박사는 붕대와 요오드 액을 벽장에서 꺼내 들고 회전의자를 당겨 라라 옆에 앉았다.

"굳이 이렇게 상처까지 낼 필요는 없는데."

최 박사가 라라를 안쓰럽게 바라보며 그녀의 오른 검지에 살균 소독제를 발랐다.

약간의 쓰라림이 손끝으로 전해졌다. 라라는 아랫입술을 살짝 깨물며 몸을 굽히고 귀엣말을 했다.

"상부 지침에 따른 수칙입니다."

그 누구도 강요하지 않았지만, 그녀는 경주의 죽음 이후 애국단의 임무에 깊숙이 관여하기 시작했다.

"박사님께서 갑자기 저를 호출하신 이유가 궁금합니다."

최 박사가 상처 난 검지에 붕대를 감았다.

"한 재미교포가 군자금 오천 불을 중간 배달책에 위탁하고는 전달해줄 대상을 물색하고 있소."

"이역만리 떨어진 곳에서 그런 거금을 기탁하신 분이 도대체 누구시죠?"

"그 이름은 나도 처음 들어보는 인물인데…, 시애틀에 거주하는 전득선이라는 사업가라고 하더군. 조슈아 칼린의 말에 의하면…."

라라의 눈이 휘둥그레졌다.

"머제스틱호의 선원 조슈아 칼린? 제가 이즈모호 동향을 위한 잠입 촬영 당시 저에게 머제스틱호 내부를 안내했던 선원이에요."

최 박사는 바로 그 조슈아 칼린이 부상당한 서경주를 숨겨주었고 그의 주검을 자신에게 인계한 당사자란 얘기는 꺼내지 않았다.

라라는 서경주 동지가 생의 마지막 순간을 맞이한 곳이 바로 이 사내가 몰던 트럭의 짐칸이었다는 사실을 모르고 있었다.

물론 그것은 그녀를 위한 조직의 배려였다.

"나도 일전에 벤슨 스나이더를 통해 소개받은 적이 있긴 한데…, 그자가 전득선이 보낸 오천 불을 가지고 왔소."

그날. 머제스틱호를 향하던 바지선에서 흔들리던 그녀의 팔을 잡아준 상냥한 동양계 미국인. 그가 선내를 안내하는 내내 산들거리는 해풍을 타고 그의 스킨 내음이 코끝을 맴돌았다.

라라는 머제스틱호의 선미에 기대서서 우수에 잠긴 눈으로 따사로운 햇살에 일렁이던 노란 물결을 가만히 바라보던 조슈아 칼린을 기억했다.

그가 이런 일을 할 사람이고는 전혀 예상하지 못했다.

최 박사는 의구심 어린 눈으로 라라를 응시하며 말했다.

"하지만, 그가 하는 말을 어떻게 믿을 수가 있겠소?"

"그렇지만… 한인애국단은 지금 매우 궁핍합니다. 군자금이 절대적으로 필요해요, 박사님."

최 박사가 잠시 생각에 잠겼다. 문제는 조슈아 칼린이 이즈모호 폭파 사건의 범인을 알고 있다는 사실이었다. 그가 아직 발설하지는 않았다는 사실이 그 사내에 대한 믿음을 주기보다는 오히려 의심을 증폭시켰다.

"아직 조슈아가 미화 오천 불을 지녔는지는 확인이 되지 않았소. 그리고 만에 하나 이것이 이즈모호 폭파 미수 사건의 배후를 색출하기 위한 일본 측의 간계일 가능성도 염두에 두어야 합니다."

둘 사이에 잠시 침묵이 흐른 후 최 박사가 손목시계를 바라보며 말했다.

"그래서 내가 동지를 이렇게 부른 것이오. 일단, 우리를 돕고 있는 그레이스 홈의 피치 목사가 현재 미국에 머무는 동지들을 통해 사업가 전득선의 신분 확인에 나설 것이오. 그리고 만약 수가 틀어진다면 바로 작전에 돌입해야 할 것이오."

작전. 라라는 이 단어를 머릿속에 되뇌며 마음 한편에 불안감이 엄습하는 것을 느꼈다.

"작전이라뇨?"

최 박사가 긴장한 듯 양손을 비볐다.

"상부의 지시입니다. 만약 전득선이 미화 오천 불을 보낸 것이 확실하다면 참으로 다행이지만 일제가 애국단을 잡아들이기 위해 부린 계책이라면 우리는 조슈아 칼린의 신변을 확보한 후 미화 오천 불을 획득하고 그를 없애야 하오. 우선, 동지는 그자의 주변을 배회하면서 그자에 관한 정보들을 수집하도록 하시오."

최 박사가 말을 끝내자 그녀는 살짝 현기증을 느꼈다.

"시간이 다 되었네요, 박사님. 밖에 기다리는 환자가 많더군요."

샤토 마고

늦은 밤.

좁은 골목에 검은색 승용차 한 대가 속도를 늦추며 깜빡거리는 노란 가스등 아래에 멈췄다. 카키색 트렌치코트를 입은 다나카가 차에서 내렸다.

그는 골목 끄트머리까지 성큼성큼 걸어가더니 회벽이 벗겨진 낡은 건물 앞에 멈추어 섰다. 늦은 밤 다나카의 승용차에서 내린 라라는 이 우중충한 건물 속으로 사라지곤 했다.

그는 잠시 서서 담배를 한 대 피워 물었다. 입에서 싸늘한 입김이 새 나왔고 다나카는 코트 깃을 세웠다.

오늘 오후 집무실 의자에 다리를 올려놓고 한낮의 망중한을 즐기고 있을 무렵, 옌싱 병원의 최기수를 밀착 감시하던 히노키가 부관 하세가와를 통해 최기수의 대기 환자 중에 라라를 보았다는 급보를 알려 왔다.

처음에는 '우연이겠지'라는 마음이었다. 엊그제 코튼클럽에서 만났던 그녀에게 그사이 무슨 일이 일어났을지도 모른다는 걱정이 잠시 스쳤지만, 반도 출신인 그녀가 이즈모호 폭파 미수 사건의 용의 선상에 올라 있는 조선인 의사 최기수의 진료를 받았다는 사실이 뭔가 개운치 않았다.

이런 느낌은 모처럼 찾아들었던 한낮의 휴식을 산산조각 깨뜨렸다. 거의 반나절을 그는 아무것도 할 수 없었다.

다나카는 다 타버린 꽁초를 비벼 끄고는 결심한 듯 건물 안으로 들어가 어둑한 계단을 성큼성큼 올라갔다.

굳게 닫힌 철문을 '쾅쾅' 두드렸지만, 아무 인기척이 없었다.

오늘 밤에는 클럽에서 라라의 공연이 없는 날이었기에 그녀의 부재가 믿기지 않았지만 애써 마음을 다잡고 계단을 내려갔다.

그때였다. 굳게 닫힌 문이 살짝 열리며 틈새로 라라의 목소리가 들려왔다.

"누구시죠?"

다나카는 다시 계단을 올라 현관 앞으로 다가갔다.

문 뒤에는 잠옷을 입고 화장기 없는 앳된 얼굴의 라라가 서 있었다.

그녀의 이런 모습조차 다나카에게는 매혹적으로 다가왔다.

"잠을 깨워 미안하오, 라라."

"갑자기 어쩐 일이세요?"

잠시 망설이던 라라가 다나카를 안으로 안내했다.

"누추하지만 안으로 들어오세요."

그녀는 다나카의 코트를 받아 옷걸이에 걸고는 벽장 장식대에 있던 위스키를 꺼냈다.

다나카는 장식이 없는 좁은 거실을 둘러보며 식탁 앞에 앉았다.

"그냥. 잠시 시간을 내어 가던 길에 들렀소. 다시 본부로 돌아가야 합니다."

그녀가 잔에 위스키를 채우는 동안 다나카는 그녀 검지에 감긴 붕대를 유심히 쳐다보았다.

"손가락은 어쩌다 그런 거요?"

라라는 탁자 밑에 있는 쓰레기통을 가리켰다.

통에는 산산이 조각난 와인 잔의 파편들이 있었다.

"당신이 선물로 준 샤토 마고를 마시려다 잔을 깨뜨리고 말았어요. 그 잔해를 치우다 그만…."

라라는 웃으며 붕대를 감은 검지를 치켜들었다. 다나카는 자신이 괜한 걱정을 했다는 안도감에 피식 웃었다.

"그래서 병원에 가서 치료를 받은 거요?"

"네. 옌싱 병원에 다녀왔어요. 유리 파편이 여러 개 박혔거든요."

그녀의 대답이 끝나자 다나카는 자리에서 일어나 옷걸이에 걸린 코트를 챙기고는 그녀의 이마에 살짝 입맞춤했다.

"이만 가봐야겠소."

다나카는 그녀가 밖까지 배웅한다는 것을 완곡하게 말리며 서둘러 집안을 빠져나갔다.

라라는 커튼을 살짝 젖히고 다나카의 차가 골목을 빠져나가는 것을 지켜보았다.

다나카가 갑작스레 아무 연락도 없이 집에까지 찾아왔다는 사실이 못 견디게 불안했다.

그가 아무렇지도 않은 듯 내뱉었던 말들 하나하나가 묘한 여운을 남기며 그녀의 마음을 후벼 팠다.

반환된 궤짝

'그레이스 홈'의 직인이 찍힌 봉투는 수신자의 이름도 없이 단단히 밀봉되어 있었다.

조슈아에게 직접 봉투를 건넨 심부름꾼은 아침 파시(波市)에 맞춰 선착장으로 몰려든 짐꾼들 사이로 사라졌다.

"그나저나 벤슨 사장님과 연락이 되지 않는데, 어쩌죠?"

사무실 책상에 앉아 주문장과 물품 대장 일람표를 확인하던 루이가 투덜거리며 말을 이어갔다.

"식료품이라도 싣고 직접 한번 다녀오는 것이 어떻겠습니까?"

"그러게요. 이렇게 그레이스 홈에서 인편으로 연락해 온 것을 보니…."

조슈아가 적당히 말을 돌리며 밀봉된 봉투를 열었다.

물건의 배송처를 잡았소. 암호는 '조슈아의 이름을 부르는 자'요.

최 박사가 보내온 메시지였다.

낮게 스며든 아침 햇살에 살갗에 돋은 소름이 선명하게 드러났다.

하지만 그 어디에도 조슈아가 조건으로 내걸었던 신변 안전에 대한 언급은 없었다. 상하이에서 이런 거금을 미화로 가지고 있다는 사실이 알려질 경우 조슈아에게 닥칠 위험은 현실적인 문제였다. 그 누구도 믿을 수 없었다.

루이가 물품 대장을 챙겨 들고 일어서며 창고로 들어서는 노동자들에게 소리쳤다.

"가져온 물건은 내려두고 이 물건들을 실어 가면 됩니다."

두 번이나 그와 마주쳤던 중선이라는 이름의 민머리 사내가 다른 노무자와 함께 등짐을 메고 창고로 들어서고 있었다. 중선이 조슈아를 발견하자 먼저 눈인사를 하고는 입을 열었다.

"합동상사에서 배달된 물건 일부와 벤슨 공사 물품이 뒤바뀐 모양입니다."

조슈아가 중선의 눈을 뚫어지게 바라보며 말했다.

"실수로 물품이 바뀌었다면 난노 사장이 가만히 있지는 않았겠군요."

중선이 등짐을 진 채로 대답했다.

"난노 사장이 혹여나 문제가 생기면 자신이 배상해야 할까 봐 노발대발했습니다."

매니저 루이가 나무 궤짝에 붙은 일련번호를 하나하나 확인하고 중선은 그 곁을 서성였다. 조슈아가 다가오기를 기다리던 중선이 그를 보자 '다네시'라는 붉은 직인이 찍힌 궤짝을 가리켰다.

"나으리, 오늘 저희가 가져온 벤슨 공사 물품 중에 특별히 이 궤짝의 내용물에 이상이 없는지 꼭 좀 확인해주십시오."

조슈아를 바라보는 중선의 눈빛에서 간절함이 읽혔다.

조슈아는 하필 최 박사로부터 연락을 받은 오늘 중선이 뒤바뀐 궤짝을 들고 이곳에 온 것이 결코 우연이 아닐 거라고 확신을 했다.

루이가 이 붉은 낙인이 새겨진 궤짝의 주문표를 찾아냈다.

"여기 있군요. 소량 주문이라 하마터면 깜빡할 뻔했습니다. 1932년 2월 25일이 납품일로 되어 있으니 배송일이 바로 내일입니다. 상품명은 이탈리아제 최상품 다네시 커피고…, 주문한 곳은 페어몬트 피스 호텔 식품부네요. 공급처는 벤슨 공사."

루이가 '페어몬트 피스 호텔'의 거래명부를 펼치며 고개를 갸우뚱거렸다.

"이상하네요. 주문표와는 달리 벤슨 공사의 물품 발송 대장에는 이 주문 건이 누락돼 있어요. 일단 궤짝의 내용물을 한번 확인해봐야겠어요. 호텔 고객은 늘 까다롭거든요."

루이가 공구를 가지고 와서 봉인된 덮개를 뜯어내자 궤짝 속에는 낡은 성경주석서 한 권과 성경책 몇 권이 다네시 원두커피 자루 사이에 꽂혀 있었다.

"주문품과 내용물이 다른데요. 페어몬트 피스 호텔이 유대인들과 관련이 있는 호텔이긴 합니다만 커피 궤짝에 책이 들어 있는게…, 무슨 착오가 있는 듯합니다."

조슈아는 의심의 여지 없이 바로 이 '구약 주석서: 여호수아 편'과 성경책이 그들이 보낸 메시지라고 확신했다.

1917년 중국성서공회가 편찬한 주석서는 영어 원문과 중국어 번역문으로 쓰여 있었다. 책장은 여러 사람의 손길을 거친 듯 닳아서 글자가 희미하게 벗겨진 부분도 있었고 곳곳에 색깔이 바랜 채 밑줄이 그어져 있었다.

그의 이름인 조슈아가 곧 책의 제목인 여호수아를 가리킨다는 점에서 이 책은 최 박사가 알려 온 암호와 일치했다.

그렇다면 주석서가 들어 있던 궤짝의 주문서에 명시된 2월 25일이라는 기일과 배송처인 페어몬트 피스 호텔은 자금을 전달할 접선지와 날짜라는 추정이 가능했다.

루이가 확인한 바에 의하면 다네시 커피 궤짝은 페어몬트 피스 호텔에서 주문한 것이고 배달날짜도 주문표와 같았다. 루이는 페어몬트 피스 호텔을 포함해서 내일 배달을 직접 나가겠다는 조슈아의 제안에 별다른 이의를 달지 않았다.

길었던 하루가 지나가고 황푸 부두는 다시 깊은 어둠 속에 잠겼다.

조슈아는 낮에 대충 훑어보고 던져두었던 '구약 주석서: 여호수아 편'을 찬찬히 읽어나갔다.

혹시나 그들이 조슈아에게 전하는 다른 메시지가 있을 수도 있었다. 곳곳에 굵은 밑줄이 그어진 성경 구절들은 죄의 대가와 그에 따른 처벌을 암시했다.

특히 그가 그레이스 홈에서 최 박사를 만났던 2월 20일을 연상시키는 2장 20절에는 붉은색 밑줄이 선명했다.

네가 우리의 이 일을 누설하면 네가 우리에게 서약하게 한 맹세에 대하여 우리에게 허물이 없으리라.

이 구절은 조슈아가 이 거래에 앞서 단 한 가지 조건으로 내걸었던 신변 안전에 대한 그들의 메시지일 수도 있었다.

만약 조슈아가 이 기밀을 누설한다면 그로 인한 결과는 그들의 책임이 아니라는 것을 유추케 했다. 또한 그것은 다른 한편으로는 명백한 협박으로 해석되었다.

다나카 류세이는 그들을 접선할 장소와 시간을 미리 알아내 자신에게 알려주는 것만이 조슈아의 안전을 지킬 수 있는 유일한 방법이라고 누차 강조했다.

다나카는 최 박사를 통하면 그가 추적하던 이즈모호 폭파 용의자들과 연결되리라는 것을 어떻게 알았을까. 게다가 낯선 이방인이 들고 온 미화 오천 불이라는 미끼를 그들이 덥석 물 것이라는 사실을 그는 어떻게 예상한 걸까. 조슈아의 등골을 타고 서늘한 기운이 흘렀다.

조슈아는 자동 권총의 탄창에 총알을 장전하고, 다가올 내일을 기다리며 눈을 감았다.

하지만 오늘 그에게 전달된 '여호수아의 이름을 부르는 자'라는 암호가 던진 충격은 마치 잔잔한 호수에 던진 돌이 일으킨 파장처럼 점점 그 반경을 넓혔다.

상하이 개미굴

다락방 창 너머로 희미하게 여명이 밝았다. 전날 밤 조슈아는 거의 뜬눈으로 밤을 지새웠다. 사무실은 덧창이 내려진 탓에 아직도 어두웠다.

조슈아는 붉은 인장이 찍힌 궤짝에 다나카의 수탁금 오천 불을 채우고 봉인했다. 이제 이것을 트럭에 싣고 떠나기만 하면 준비는 끝이었다.

그때 전화벨이 요란하게 울렸다.

"미스터 칼린 씨입니까?"

"네. 그렇습니다만….."

조슈아가 주위를 둘러보며 대답했다.

"페어몬트 피스 호텔입니다. 마침 저희 인력거꾼이 부두에 나가 있는데 그 편에 물건을 실어 오겠습니까?"

"지금 당장 말입니까?"

"오전 9시까지 호텔 식품부로 오십시오. 커피숍에서 기다리는 분이 계십니다."

조슈아가 수화기를 내려놓았다.

조슈아는 전화가 끊어진 것을 몇 차례 더 확인하고 나서야 다나카가 알려준 다섯 자리 번호의 다이얼을 돌렸다. 다나카의 계획대로라면 오늘이 바로 번드 부두를 뒤흔든 이즈모호 폭파 사건의 배후가 그 모습을 드러내는 날이었다.

호텔에서 보낸 인력거꾼이 당도했을 때, 활짝 열린 창으로 스며든 아침 햇살이 사무실의 눅눅한 기운을 걷어내고 있었다.

남루한 차림에 벙거지를 쓴 인력거꾼은 기름때가 잔뜩 낀 손으로 궤짝을 인력거 받침대에 싣고는 밧줄로 단단히 동여맸다.

거리는 하루를 시작하는 사람들로 혼잡했다. 조슈아를 태운 인력거는 차와 인파를 교묘히 헤치며 경쾌하게 앞으로 나갔다.

프랑스 조계에 위치한 페어몬트 피스 호텔은 전 세계에서 몰려드는 유대인 무역상들이 머무는 곳으로 유명했다.

조슈아는 인력거가 당도하면 호텔 후미의 직원용 출입구에서 그를 기다리고 있을 누군가를 상상했다. 그리고 프렌치 공원이 한눈에 내려다보이는 호텔 커피숍, 또는 호텔 내 비밀스러운 룸에서 이루어질 만남을 그려보며 내심 긴장했다.

인력거가 프랑스 조계지의 검문소에 다다르자 조슈아는 외투에서 통행증을 꺼내 검문소의 초병에게 건넸다. 그 사이 인력거꾼은 가쁜 숨을 몰아쉬며 인력거에 걸어둔 수통을 꺼내 목을 축였다.

같은 시각, 다나카는 부관 하세가와를 대동하고 페어몬트 피스호텔의 지척에 있는 카페의 야외 테라스에 앉아 커피를 마시고 있었다.

맞은편 자리에 앉아 있던 빨간 원피스를 입은 여자아이가 다나카 옆에 차렷 자세로 서 있는 하세가와를 보고 깔깔거리며 웃자 아이의 엄마로 보이는 여인이 아이에게 귓속말로 주의를 주었다.

다나카는 이미 심복들을 호텔의 요소요소에 잠복시켰다. 물론 조슈아를 태운 인력거가 당도할 호텔 후문 주위에도 중국인 짐꾼으로 위장한 자경단원들 서너 명이 대기 중이었다.

조슈아가 전한 정보가 사실이라면 이즈모호 폭파 미수 사건의 용의자가 호텔로 발을 들여놓는 순간부터 이곳을 벗어나는 것은 불가능했다.

부하 하나가 다급하게 들어오며 부관 하세가와에게 메모를 건넸고 하세가와는 메모 내용을 다나카에게 보고했다.

"드디어 수상한 자가 호텔 커피숍에 모습을 드러냈습니다. 그리고 히노키의 급보에 의하면 인력거가 10 분 전에 프랑스 조계지의 검문소를 통과했다고 합니다."

다나카는 천천히 커피를 한 모금 마시고 외투 주머니에서 회중시계를 꺼냈다.

초침은 막 8시 40분을 가리키고 있었다.

이른 아침의 호텔 내부는 생각보다 부산했다. 상하이를 오가는 물류의 절반은 이 호텔에서 거래된다는 말이 결코 과장이 아니었다.

각 층으로 연결된 이오니아식 계단에는 키파를 쓰거나 기다란 수염을 기른 유대인 상인들이 오르내리고, 호텔 보이들은 한 푼의 팁이라도 더 받기 위해서 그들의 뒤를 따랐다.

물론 그들 중에 섞여 있는 특무대 부하들도 눈에 띄었다.

다나카는 호텔 로비를 지나 커피숍에 들어섰다.

유리창 너머 프렌치 공원이 정원처럼 펼쳐진 커피숍 내부는 은은한 커피 향으로 가득했다.

다나카의 시야에 문득 한 동양인이 눈에 들어왔다.

그는 가벽을 장식한 르누아르의 복제품 유화 아래 홀로 앉아 영자 신문을 들고 주위를 두리번거렸다.

그 남자는 옅은 감색의 프록코트에 단이 짧은 체크무늬 모직 바지를 입고 목에는 옅은 자주색 스카프를 둘렀다. 그리고 브라운 계열의 뭉툭한 가죽구두로 포인트를 주었다.

이러한 모양새는 상하이에서 멋 좀 부릴 줄 아는 신사들만이 할 수 있는 차림이었다.

다나카는 이곳에 들어서는 순간 자신을 제외한 유일한 동양인인 그 멋쟁이가 조슈아를 기다리는 용의자임을 직감했다.

그는 차림새와는 어울리지 않게 어쩐지 행동이 불안정해 보였는데, 신문은 읽는 둥 마는 둥 펼쳤다 접기를 반복하고 테이블 아래에서는 연신 양다리를 흔들고 있었다.

다나카는 그의 눈길을 피해 중절모를 눌러쓰고 커피숍의 가장 후미진 자리에 앉아 회중시계를 꺼내 시간을 확인했다.

오전 8시 55분.

인력거는 인터내셔널 조계와 프랑스 조계를 남북으로 가르는 에드워드 7세 거리에 접어들었을 것이다. 별다른 일이 발생하지 않는다면 조슈아는 약속한 시각에 맞춰 페어몬트 피스 호텔에 도착할 예정이다.

조슈아는 밤이면 이 세상에서 가장 타락한 곳으로 전락하는 카바레와 술집 그리고 댄스홀의 건물들이 아침 햇살 아래 추레한 모습을 드러내는 것을 바라보며 상념에 젖었다.

잠시 후, 거리의 풍경이 바뀌고 조슈아는 인력거가 길을 잘못 들어섰음을 깨달았다. 인력거는 페어몬트 피스 호텔로 들어가는 거리에서 갑자기 길을 가로지르더니 중국 조계로 연결되는 성문으로 들어서고 있었다.

당황한 조슈아가 인력거꾼에게 소리쳤다.

"이보시오. 길을 잘못 들어섰소!."

조슈아는 반복해서 외쳤지만 인력거꾼은 못 들은 듯 계속해서 앞으로 질주했다. 조슈아는 인력거꾼이 인지하도록 좌석의 팔걸이를 잡고 세차게 흔들었다. 하지만 울퉁불퉁한 길 탓에 인력거는 심하게 요동쳤고 받침대에 묶어놓은 궤짝마저 이리저리 쏠렸다.

조슈아는 오른발로 바닥을 세차게 굴렀다. 하지만 인력거는 중국인 조계의 좁은 길을 따라 세차게 내달렸다.

비좁은 골목에는 거의 같은 행색의 인력거꾼들이 인력거를 끌고 등장해 각기 또 다른 골목으로 사라졌다.

"당장 세워! 방향을 돌리라고 어서! 머리통을 날려버리기 전에."

조슈아가 허리춤에 차고 있던 총을 만지작거리며 소리쳤다.

그제야 인력거꾼은 두 발을 거의 동시에 앞으로 디디고는 속도가 붙은 본체의 속력을 줄이려 안간힘을 썼다. 잠시 후 인력거가 멈췄다.

9시 15분.

다나카는 초조하게 주머니 속의 회중시계를 꺼내 들었다. 조슈아는 아직 모습을 드러내지 않았다.

그때였다. 그를 수행하던 부관 하세가와가 사색이 된 채 그에게 다가왔다.

"소장님, 히노키가 조슈아를 태운 인력거를 뒤쫓다가 메이라이 시장에서 놓쳤다고 합니다. 아무래도 저희가 당한 것 같습니다."

순간 다나카의 한쪽 눈이 심하게 흔들리며 얼굴이 잔뜩 구겨졌다.

그는 거의 발작하듯 탁자를 손으로 내리친 후 하세가와의 멱살을 잡았다.

"그렇다면 저자는 도대체 누구인가?"

조슈아는 주위를 둘러보았다.

어느새 수많은 인력거꾼이 그들 주위를 에워싸고 있었다. 그리고 그 한가운데에 중선이 두 눈을 부라리고 서 있었다. 중선이 조슈아에게 다가가 몸을 훑으며 허리춤에서 총을 거두었다.

"허튼 생각일랑 꿈도 꾸지 마시오. 당신이 홀로 인력거를 벗어나는 순간, 머리에 구멍이 날테니."

조슈아는 중선이 잡아 이끄는 대로 생선 내장을 담은 커다란 항아리들이 놓여 있는 막다른 골목에 다다랐다. 그 주변은 생선 내장 썩는 냄새가 진동했다.

비슷한 행색의 인력거꾼 하나가 고개를 숙여 항아리 뒤에 있는 조그만 문을 열었다. 중선이 주위를 둘러보며 조슈아를 문틈으로 밀어 넣었다. 조슈아는 희미한 불빛 아래 사람 하나 겨우 지나갈 수 있을 정도의 좁은 통로로 들어섰다. 머리가 천장에 닿을 듯한 낮은 통로는 여러 갈래로 나뉘어 있었다.

그제서야 조슈아는 한번 들어서면 경찰도 찾지 못한다는 속칭 '상하이 개미굴'에 자신이 들어섰음을 깨달았다.

앞서가던 사내가 갑자기 걸음을 멈추고 다가와 조슈아에게 눈가리개를 씌웠다. 누군가 철문의 빗장을 여는 소리가 들렸다. 습한 내음이 코끝을 타고 올라왔다. 방으로 들어선 조슈아는 사내의 손이 이끄는 대로 딱딱한 나무 의자에 앉았다.

한 치 앞도 분간할 수 없는 어둠 속에서 조슈아는 자신의 감각이 대단히 예민해졌다는 것을 느꼈다.

'한 명, 두 명, 세 명….'

조슈아는 불규칙한 숨소리들을 바탕으로 축축한 이 공간을 채우는 이들이 몇 명인지 머릿속으로 헤아렸다. 그러자 이상하게 마음이 편해졌다.

잠시 후, 나무 궤짝을 여는 소리가 들렸다. 그들은 조슈아가 커피 자루 사이에 찔러놓은 미화 뭉치를 확인했다.

천장에서 떨어지는 물방울 소리와 함께 낯선 목소리가 낮게 속삭였다.

"틀림없소이다. 약속대로 오천 불이오."

잠시 후 누군가 조슈아의 눈가리개를 풀었다.

비좁은 방은 침침했고, 사방의 벽은 누수가 된 듯 검붉은 곰팡이가 잔뜩 피어 있었다.

"이럴 수밖에 없는 우리의 입장을 이해해주시오."

조슈아의 뒤편에 서 있던 사내가 빈 의자를 당겨 앉았다.

사내는 왼발을 들어 나무 궤짝의 모퉁이에 살짝 얹었다. 궤짝 속에 든 미화는 사라지고 보이지 않았다.

조슈아는 사내의 움직임을 주시했다. 그의 행동은 어쩐지 조그만 몸동작 하나하나에도 위엄이 서려 있었다.

조슈아를 주시하던 사내의 입꼬리가 올라갔다. 그는 웃고 있는 듯이 보였지만 눈빛은 예사롭지 않았다.

"전득선. 미국명 데이비드 전에 대하여 잘 아십니까?"

조슈아는 다나카와 입 맞춘 각본 대로 그에 대해 구술했다.

조슈아에 따르면, 자신이 처음 전득선을 만난 것은 자신이 상하이와 시애틀을 오가는 아메리카 달라 스팀선 라인에서 일하고 있을 때였으며, 당시 전득선이 미국으로 수입하던 만주산 대두유와 실크원사가 시애틀 부두노동자 총파업으로 선적실에서 하역하지 못한 채 그대로 방치되고 있었다는 거였다.

이때 조슈아는 선장과 동료를 설득해 그의 물건들이 하역될 수 있도록 힘썼고, 이 일을 계기로 재미 조선인 재력가인 전득선이 아메리카 달라 스팀선의 유일한 동양계 청년인 조슈아에게 군자금 전달이라는 막중한 임무를 맡겼다는 것이었다.

"그게 다요?"

사내가 의심쩍어 하며 묻자, 조슈아는 슬쩍 사내의 눈치를 보며 말했다.

"물론… 전 사장님은 항상 수수료를 넉넉하게 챙겨주셨습니다."

희미한 석유램프의 심지가 미세하게 깜빡이고, 한동안 정적이 흘렀다.

조슈아 앞에 앉은 사내는 팔짱을 낀 채 생각에 잠겼다.

이미 미국 시애틀에 거주하는 조선인 사업가 데이비드 전에 관한 정체는 에슈모어 피치 목사의 도움으로 어느 정도 확인할 수 있었고, 조슈아 칼린이 말하는 사실과 대부분 일치했다.

다만, 그가 하는 사업이 개운치 않았다. 만주산 대두유를 수입하는 것은 일본 군부의 든든한 끈이 없으면 유지할 수 없는 일이었다. 우려를 반영하듯 며칠 전부터 벤슨 공사 주위에 수상한 자들이 서성이는 것이 포착되었다.

고심 끝에 사내가 입을 열었다.

"자네는 전득선이라는 사람이 왜 이런 거금을 독립운동에 지원한다고 생각하나? 그것도 생면부지의 이들에게."

"그것은 내가 알 바는 아닙니다만, 제대로 된 사업가라면 이쪽저쪽 모두 다리를 걸치고 있다가 만약 해방이라도 된다면 한 자리라도 보장받기 위한 거겠죠."

중선이 조슈아의 옆구리에 겨누고 있던 총구에 힘을 주며 속삭였다.

"반드시 그런 것은 아니오."

중선의 그런 귓속말과는 무관하게 사내는 계속해서 조슈아에게 심문하듯 물었다.

"벤슨 공사 사무실을 나서는 순간부터 수상한 일본 놈이 인력거를 뒤쫓아 온 것에 대하여는 어떻게 해명할 건가?"

순간 조슈아의 머릿속에 여러 가지 생각이 떠올랐지만, 얼굴에 태연함을 잃지 않고 중선을 가리켰다.

"그 이유는 이분이 잘 아실 겁니다. 저와 벤슨 사장님이 일전에 상한 통조림을 일본군에 납품하는 바람에 헌병대에 끌려가 심하게 고초를 당했습니다. 그 이후 일본 정보국에서 우리 가게를 감시하는 모양입니다."

사내가 중선을 쳐다보며 손짓으로 총을 거두라는 표시를 했다. 시종일관 절도 있고 빈틈이 없어 보였던 사내의 얼굴에 잠시 화색이 돌았다.

"통성명이 늦었네. 나는 한인애국단의 안공근이라고 하네."

조슈아가 안공근이 내민 손을 잡고는 재빨리 말을 이었다.

"전득선 사장님께서는 조선 독립운동을 하는 이들에게 이 돈을 전달하고 그 증거로 수령증과 촬영을 한 필름을 받아달라고 하셨습니다. 사실 당신들이 돈을 중간에서 탈취하는 마적단인지 어떻게 알 수 있습니까?"

사내가 호방하게 웃었다.

"우리를 바보로 아는가? 사진을 찍어 증거로 남긴다는 것은 이런 일을 하는 사람들에게는 목숨을 내놓는 것과 마찬가지지. 하지만 상관없네. 전득선이라는 분이 투자가인지 진짜 애국자인지도 중요하지 않아. 우리에게 절실한 건 전 사장이 자금을 지속적으로 후원해 줄 의사를 가지고 있냐는 것이지."

8

쇼와 7년 5월 13일 금요일

-

W에게 - 1932년 3월 2일

-

초대받지 않은 손님

선명한 기억

제3 저지선

쇼와 7년 5월 13일 금요일

"오자키 기자, 이 시간에 웬일이세요?"

친구 에드거 스노우가 근무하는 ≪상하이 위클리 리뷰≫의 사무실에서 헬렌 포스터 양이 뜻밖이라는 표정으로 나를 맞이했다.

나 역시 그녀가 여기 있을 거라곤 예상하지 못했다. 헬렌은 최근에 영사관 업무 이외에도 난민 구제 활동으로 매우 바빴기 때문이었다.

그녀가 한 주간지에 서평 글을 기고할 것이라던 아그네스의 말이 생각났다.

"에드거에게 부탁할 일이 있어서 찾아왔습니다."

나의 대답에 그녀는 지친 기색에도 불구하고 상냥한 목소리로 말했다.

"에드거는 근처에 약속이 있다고 해서 나갔는데 곧 돌아올 거예요."

나는 사무실 구석에 있는 소파에 앉아 탁자에 어지러이 널려 있는 잡지들을 뒤적였다.

"북 리뷰를 맡았다고 들었습니다. 혹시 선정한 작품에 대한 정보를 다른 독

167

자들보다 먼저 아는 것은 실례일까요?"

타자기를 두드리던 헬렌이 조금은 겸연쩍은 표정으로 나를 쳐다보았다.

"사실 마오둔의 ≪환멸≫에 대해 쓰고 있어요."

나는 중국 작가 마오둔의 작품에 관해 글을 쓴다는 헬렌의 말에 놀랐다. 왜냐하면 ≪환멸≫은 아직 영문으로 번역되지 않은 작품이기 때문이었다.

사실 마오둔의 ≪환멸≫이 일본에서 출간되었을 당시 ≪아사히 신문≫에 서평을 썼던 사람이 바로 나였다. 또한, 마오둔이 〈동요〉와 〈추구〉를 묶은 '식삼부작'을 개명 출판사에서 출간했을 때 나는 이들 작품에 관해 마오둔과 열띤 토론을 벌인 바 있다.

그런 인연으로 작가가 백색테러를 피해 도쿄에서 지내는 동안 나는 그가 저술에 전념할 수 있도록 조력했고, 루쉰이 '국민당의 혁명작가 살해에 대한 선언'을 그와 함께 발표했을 당시에도 편집장과 대립각을 세워가며 ≪아사히 신문≫에 선언문 전문이 실리도록 노력했다.

"≪환멸≫에 관한 당신의 관점이 궁금한데요."

내가 관심을 보이자 헬렌이 눈을 반짝였다.

"그 작품에 관해 잘 아세요?"

"어찌 보면 작품보다는 작가에 관해 더 잘 안다고 할 수 있지요. 마오둔 작가가 잠시 일본에 머물렀을 당시 거의 매일 만나던 술친구였으니까요."

헬렌이 한 손으로 '어머!' 하고 입을 막은 후 흥분하며 물었다.

"사실은 작가 인터뷰를 계획했었는데 연락이 닿지 않았어요. 저를 도와주실 수 있나요?"

"당연하죠. 언제든지요."

마치 우리 대화를 엿듣기라도 한 듯 에드거 스노우가 사무실로 들어와 헬렌의 볼에 입을 맞추었다.

"이봐, 오자키. 나에게도 부탁만 하지 말고 좀 도움 줄 일이 생겼으면 좋겠어."

나는 속으로 '기막힌 타이밍이다'라고 생각하며 에드거를 향해 두 팔을 벌렸다.

"안 그래도 자네에게 마지막 부탁을 할 참이야."

에드거가 지겹다는 듯이 한 손을 휘저었다.

"요즘 내가 곤경에 처해 있다는 것을 모르겠나? 머리가 복잡하다고."

에드거는 지난번 ≪어메리칸 머큐리 신문≫에 기고한 '중국 내 미국 석유회사의 이윤 추구 활동'에 관한 기사로 미국인들의 심기를 불편하게 했고, 그의 상사이자 좌파 언론인인 파월의 입지마저 흔들었다.

그 기사로 에드거는 영국 정보국의 내사를 받았고 일본 정보부의 블랙리스트에 올랐다.

상하이 전쟁에 대한 열도의 정국과 일본 군부의 동향에 관한 단 한 줄의 비판도 담지 못하는 내 처지를 비교하며 나는 창백한 얼굴과 깡마른 몸에 숨어 있는 그의 열정이 부러웠다.

내가 에드거를 향해 최대한 불쌍한 표정을 짓자 에드거는 체념한 듯 나에게 미소 지었다.

"도대체 그 부탁이란 것이 무엇인가?'

에드거가 수화기를 들고 벨 보이를 불렀다. 이 건물의 1층에 있는 레스토랑은 스위스 출신의 주방장이 직접 만든다는 디저트로 상하이에서 정평이 나 있었다.

잠시 후 벨보이가 격식을 갖춘 차 세트를 가져왔다. 헬렌이 하얀 찻잔에 차를 따라 내 앞에 놓았다. 나는 초콜릿 쿠키를 홍차에 적시면서 말을 꺼냈다.

"자네도 알다시피 나는 다나카 류세이 소장을 찾고 있네."

헬렌도 관심 있다는 듯이 나를 쳐다보았다.

"그렇지. 그가 행방불명이라는 것은 상하이 주재 기자들이라면 다 알고 있지. 하지만 난징의 국민당이 휴전 협정을 발표한 상황에서 다나카의 실종 같은 것은 뉴스거리도 아니야."

나는 에드거를 향해 고개를 가로저었다.

"그렇지 않아. 에드거, 잘만 캐면 대박이 터질 수도 있어. 여하튼 다나카의 가정부 말에 의하면, 그가 만주로 급하게 전출이 되어 떠났다는데…."

에드거와 헬렌이 금시초문이라는 듯이 나를 바라보았다.

"물론 가정부의 증언일 뿐이지 증거는 없어. 다나카가 떠나는 것을 가정부도 목격하지 못했으니…."

나는 에드거의 반응을 살피며 대화를 이어갔다.

"그래서 말인데, 자네가 내일 만주 묵던으로 출장을 간다고 아그네스가 귀띔하더군."

에드거가 비속어를 내뱉으며 응대했다.

"제길, 오자키. 나는 몸이 한 개라고."

가만히 앉아 에드거와 나의 대화를 경청하던 헬렌이 끼어들었다.

"이봐요. 에드거. 오자키 기자가 《환멸》의 작가 마오둔과의 인터뷰를 주선해준다고 했어요."

이쯤 되자 에드거는 어쩔 수 없다는 듯이 내가 내민 손을 마지못해 잡았다.

"자네가 꼭 수소문해주리라 믿네."

내가 헬렌에게 고맙다는 표시로 엄지손가락을 세우자 그녀는 재미있다는 듯이 깔깔거렸다.

그러다 갑자기 뭔가 생각난 듯 발랄하게 외쳤다.

"아! 당신에게 좋은 정보가 있어요."

헬렌은 소파 탁자에 어지러이 흐트러져 있는 잡지를 헤집더니 그중에 ≪YMCA≫ 과월호 한 권을 집어 들었다.

"여기 당신이 찾는 조슈아 칼린에 관한 기사가 실렸었더군요."

나는 그녀로부터 잡지를 넘겨받아 해당 페이지를 펼쳤다.

거기에는 지난 2월 28일 유안 로드에서 발생한 일본의 리놀륨 공장 폭격에 관한 고발성 기사와 함께 그 아수라장 속에서 아이들과 적십자사 요원을 구조한 한 인물에 관한 이야기가 실려 있었다. 나는 일본군의 민간인 지역에 관한 무차별 폭격에 대해 같은 국적의 사람으로서 부끄러움을 느꼈다.

폭격이 있던 날 나는 점심 식사를 마치고 동료 기자들과 신문사 옥상에서 담배를 피우고 있었다. 오후의 햇살 아래 버섯구름을 인 불기둥이 차페이 상공으로 솟구치는 순간, 나는 내 눈앞에서 펼쳐지는 광경에 너무 놀라 벌어진 입을 다물 수가 없었다.

그런데 조슈아 칼린은 어떻게 그 폭격 현장에 있었던 것일까?

나는 지면에 실린 내용을 속독하면서 마지막에 이 기사의 바이라인을 확인했다.

"아주 유용한 정보인데요. 헬렌, 적어도 에드거의 사무실은 저에게 언제나 도움을 주는 영감의 원천지 같은 곳입니다."

W에게

3월 1일. 만주 일우끼지국, 만국 위령 1호. 발신자 도이하라 겐지.

"1932년 3월 1일 동북 3성을 주관하는 동북행정위원회는 대만주제국이 수립되었음을 선포한다. 국체는 입헌군주제, 선통제를 집정으로, 수도는 신징, 연호를 대동, 영토는 동북 3성과 러허성에 이른다."

주목할 점은 위령 1호에서 만주국의 영토 범위를 현재 장쉐량이 점령하고 있는 러허성까지 포괄했다. 러허성을 차지하끼 위한 중·일 간 국지전이 예견된다

3월 1일. 9 AM, 만주 묵던 주재 로이터 통신은 위만주국 수립을 전 세계에 타전했다.

3월 1일. 4 PM, 난시양의 19로군 야전 사령부는 '차페이의 전 중국군은 쿤샨에서 창수를 관통하는 제2차 저지선으로 퇴각하라'는 명령을 하달했다. 9 PM, 트럭과 끼차의 원조를 받아 5군 88사단과 미아홍의 87사단을 시작으로 2차 저지선인 타이창 방어선으로 후퇴했다. 체크포인트 서구 보초병들의 증언에 의하면 3월 2일, 9 PM 경 중국 후방 수비대를 태운 마지막 트럭이 출발했다.

3월 2일. 4. 30 PM, 일본 해군 육전대가 북부역 앞에 첫 번째 일장끼를 올렸다. 5 PM, 폭격으로 폐허가 된 상업 출판 단지에 두 번째 일장끼가 올랐다. 6 PM, 일본 보병대는 첸주로 이동해 텅 비어 있던 19로군 60사단 사령부와 국제 전신국에 일장끼를 올렸다.

〈 만국 위령 1호 전문 별첨 〉

1932년 3월 2일
Otto

172

초대받지 않은 손님

조슈아를 태운 승강기는 암울한 지상을 떠나 어두운 밤공기를 타고 상승했다.

승강기 안은 이브닝드레스로 잔뜩 멋을 부린 여자들과 연미복을 차려입은 남자들의 허세 가득한 재잘거림으로 소란스러웠다.

조슈아는 선원 신분으로 이런 파티에 초대되었다는 것이 맞지 않는 옷을 입은 것처럼 불편했지만, 다나카는 사람들의 의심을 피할 접선 장소로 미 영사관의 파티장을 선택해 통보했다.

아스토 호텔에 마련된 파티 홀에서 서양인 못지않은 큰 키에 세련된 매너를 지닌 다나카를 찾는 건 어렵지 않았다.

제복을 입은 각국의 무관들 틈에서 대화를 주도하는 다나카를 주시하며 주변을 서성이고 있을 때 누군가 조슈아에게 다가서며 소리쳤다.

"헤이! 혹시 노트르담의 주전 공격수 조슈아… 조슈아 칼린 아닌가?"

앙증맞은 흰색 나비 타이를 멘 금발의 사내가 조슈아에게 손을 내밀었다. 낯익은 얼굴이었다.

"이런, 틀림없군. 틀림없어. 전설의 '파이팅 아이리쉬' 멤버를 여기서 보게 될 줄이야!"

조슈아가 떨떠름하게 미소 지으며 금발의 사내가 내민 손을 잡자, 사내는 목소리를 한 옥타브 낮추었다.

"기억하겠나? 난 자네의 동문, 제임스 우드야."

"반갑네. 제임스."

순간, 주변을 헤치고 한 여성이 다가와 손을 내밀었다.

"전미 풋볼 리그를 호령하던 노트르담 대학의 선수가 이곳 파티에 오셨다니 정말 영광입니다. 영사관에서 일하는 헬렌 포스터라고 해요."

조슈아는 어서 이 상황이 종료되기를 바라며 헬렌이 내민 손을 잡았다.

하지만 미국 영사관의 꽃이자 이 파티의 호스트인 헬렌이 조슈아에게 관심을 보이자 주변에 있던 미국인들이 우르르 모여들었다.

제임스의 호들갑은 계속되었다.

"조슈아, 상하이에도 미식축구팀이 있어. 노트르담 출신의 러닝백이 이곳에 와 있는 것을 알면 당장 영입하자고 난리가 날 거야."

조슈아를 에워싼 미국인들이 돌아가며 조슈아에게 악수를 청하거나, 질문을 쏟아냈다. 그들 대부분은 상하이 미식축구 클럽의 회원이었다.

오하이오 리그에서 펼쳐졌던 라이벌 대학 간의 명승부를 주제로 대화를 이어 나가던 조슈아는 잠시 칼린 선교사의 동생인 빌리 삼촌과 미시시피를 오르내리는 증기선을 타고 오하이오로 풋볼 경기를 보러 가던 지난날을 떠올렸다.

조슈아가 미국에 도착하고 얼마 지나지 않아 칼린 목사는 미국의 여느 아버지들처럼 양아들에게 풋볼을 가르치며 말했다.

"조슈아, 지금 내가 던지는 이 공을 절대 놓쳐서는 안 된다. 공을 받으면 꽉 움켜쥐고 들판을 가로질러 언덕 위의 저 사과나무까지 전속력으로 달려가라. 넘어지면 바로 일어나라. 소들이 네 앞을 막으면 피하고, 말들이 달려오면 미리 그 움직임을 살펴라. 하지만 절대 힘들다고 주저앉거나 포기해서는 안 된다. 어떤 상황에서도 이 공을 빼앗기지 않고 끝까지 달릴 수만 있다면 그 누구도 네 피부색이 다르다는 이유만으로 너를 무시하지 못할 것이다."

파티에 새로운 손님들이 몰려 들어오자 조슈아를 둘러쌌던 미국인들이 차례로 흩어졌다.

동문인 제임스도 조슈아에게 명함을 건네고 헬렌과 함께 후일을 기약했다.

아까부터 조슈아를 주시하고 있던 다나카가 잔을 들고 다가왔다.

"미국에서 축구선수였던 줄은 몰랐네."

조슈아는 화제를 돌렸다.

"지난번 보내 드린 필름은 잘 받으셨나요?"

다나카는 개운치 않은 듯이 고개를 끄덕였다.

다나카 류세이의 입장에서 군자금에 관한 공작은 절반의 성공이었다.

비록 이즈모호 폭파 미수 사건의 진범을 검거하는 데는 실패했지만 그것은 조슈아 칼린의 잘못만은 아니었다.

오히려 조슈아로 인해 적어도 이번 사건의 배후에 한인애국단의 총책 안공근이 연루되어 있다는 것을 파악했기 때문이다.

더 큰 몸통을 잡기 위해 다시 조슈아가 필요했다.

다나카는 눈을 게슴츠레 뜨면서 조슈아를 쏘아보았다.

"조슈아, 자네에게 준 미션은 반만 성공한 셈일세. 선수는 결국 자신의 성과로 다음 해 연봉을 올려 받든지 아니면 퇴출당하든지 결정되는 셈이지."

그러자 1초의 망설임도 없이 조슈아가 대답했다.

"어느 경기든, 시합은 끝날 때까지는 끝난 것이 아닙니다."

조슈아를 바라보던 다나카의 입가에 알 수 없는 미소가 번졌다.

그때였다. 무대 위에서 은종이 울리고 사람들의 박수 소리가 홀을 가득 채웠다.

다나카의 시선은 이내 조슈아를 벗어나 단상에 오르는 미국인을 향했다.

선명한 기억

아스토 호텔 물품 보관실. 보관함 303. 비밀번호 0220.

심부름하는 소년 콰이가 송신인 불명의 밀봉된 전보를 전했을 때는 조슈아가 늦잠에서 깨어나 키피를 홀짝일 스음이었다.

필체를 알 수 없게 일본어로 흘려 쓴 메시지를 본 순간 조슈아는 의심의 여지 없이 다나카가 보낸 것으로 생각했다.

어젯밤 아스토 호텔 파티장에서 조슈아는 다나카와 제대로 이야기를 마무리 짓지 못했다. 조슈아와 다나카의 대화가 본격적으로 시작되려는 순간, 홀 안 가득 은종이 울리고 넬슨 미국 대사가 단상에 올라 미국 국무장관이 상하이 영사관으로 보내온 메시지를 낭독했다.

술렁이던 장내 분위기만큼 얼음처럼 차갑던 다나카의 눈빛도 심하게 요동쳤다. 다나카는 조슈아를 남겨둔 채 외교관인 듯한 일본인과 서둘러 파티장을 떠났다.

아스토 호텔 로비는 어젯밤의 화려했던 분위기와는 달리 한산했다.

"아니 동아시아에 1 빌리언 달러 규모의 군비 증강이라니, 이게 말이 돼?"

"어쨌든 워싱턴 협약을 먼저 파기한 건 일본이니…."

"하지만 대공황으로 온 나라가 휘청거리는데 그만한 돈을 쏟아부을 여력이 있을까?"

조슈아는 영자 신문을 펼쳐 들고 담소를 나누는 몇몇 미국인들을 지나 물품

보관실로 들어갔다.

보관함의 번호를 확인한 후 비밀번호에 맞추어 다이얼을 돌리자 잠금장치가 열렸다.

발신자는 놀랍게도 다나카가 아닌 안공근이었다.

조슈아는 가든 브릿지를 지나 YMCA 방향으로 트럭을 돌렸다.

사실 조슈아는 안공근의 메시지를 접하자 마음이 몹시 흔들렸다. 굳이 이들과 교류해야 할 이유가 더는 없었기 때문이었다.

그가 다나카의 지시대로 그들에게 군자금을 전달한 이유는, 다나카가 제시한 보상금은 표면적인 이유였고, 이 일을 제대로 완수함으로써 그에게 신뢰를 얻어 다나카 주위에 가까이 접근하는 기회를 만들기 위함이었다. 이 조선인들과 엮이면 다나카 주위를 맴돌며 기회를 만들어야 하는 조슈아에게 계산치 못한 돌발 상황이 발생할 수도 있고, 예기치 못한 더 큰 화가 닥칠 수도 있는 일이었다.

하지만 조슈아는 왠지 모르게 이들을 통해 자신이 이 세상에 생존하는 단 하나의 이유, 그리고 완수해야 할 숙명에 대한 해답의 실마리를 찾을 수 있을 것만 같았다.

물론 그날 이후, 그들에게 별다른 일이 일어나지 않았다는 사실에 조금은 안도감이 들기도 했다. 조슈아는 고심 끝에 안공근의 청을 들어주기로 마음먹었다.

YMCA 후문에는 포마드를 바른 머리를 단정하게 빗어 넘기고 흰 가운을 입은 동양인 의사가 조슈아를 기다리고 있었다.

트럭이 정차하자마자 서너 명의 사내들이 달려들어 적십자사 깃발을 차 보닛에 꽂고, 적십자 로고가 선명하게 그려진 장막을 덧씌웠다.

의사가 트럭 문을 열고 조수석에 오르며 인사도 없이 짧게 말했다.

"적십자사 통행증이 있다고 들었소."

조슈아는 사내의 목소리를 듣고 그제야 그가 안공근임을 눈치 챘다. 구면임에도 불구하고 변장한 그의 모습은 한눈에 알아보기가 힘들었다.

"네. 그레이스 홈 앞으로 미 영사관에서 발행해준 적십자사 통행증이 있습니다."

"당신의 통행증을 지니고 타이창 병기창에 가야만 하오."

조슈아는 믿을 수 없다는 듯 안공근에게 되물었다.

"타이창이라면 지금 한창 폭격당하고 있는 차페이를 거쳐야 합니다."

"그렇소. 자칫하면 목숨을 잃을 수도 있소."

예상치 못한 상황에 말문이 막힌 듯 입을 꽉 다물고 있던 조슈아가 답했다.

"좋습니다. 가겠습니다."

"촌각을 다투는 일이오. 지금 당장 떠나야 하오."

안공근의 말이 끝나기 무섭게 조슈아는 트럭을 몰고 YMCA를 빠져나갔다.

차페이가 가까워지자 북부역 쪽에서 시커먼 연기가 치솟았다. 중국군 부상병들을 실은 군용 트럭들이 차페이 쪽에서 국제 조계지로 줄을 지어 들어오고 있었다.

조슈아가 모래주머니로 바리케이드를 친 초소 앞에 트럭을 세우고 적십자 통행증을 건넸다.

"적십자 임시 보호소로 들어가는 길입니다."

캐나다 출신의 자위대원이 흰 가운을 착용한 안공근을 훑어보며 미 영사관에서 발급한 통행증을 재차 확인했다.

반대편 차선에서는 카빈총을 둘러멘 영국인 민병대가 조계지 병원으로 후송되는 부상병을 실은 트럭들을 통과시키고 있었다. 조슈아가 자위 대원에게 물었다.

"어디서 오는 부상병들입니까?"

"치앙완 전선에서 중국군에 엄청난 사상자가 났소. 이런 공습은 처음이오."

벤슨 공사 트럭이 검문소를 지나 차페이로 들어섰다. 폐허 사이로 햇살이 내리고 부패한 시체 냄새와 함께 시커먼 연기가 피어올랐다.

무거운 침묵을 깨고 조슈아가 안공근에게 물었다.

"중국군은 다 어디에 있습니까?"

"저 건물 잔해 아래 참호를 파고 숨어 있을 거요."

차창 밖 폐허에 시선을 고정한 안공근이 낮게 중얼거렸다.

"일본군도 전열 재정비를 명분으로 전선에서 퇴각했다고 들었소. 왠지 중국과 일본 간에 전면전이 임박했다는 기분이 드는군."

부서진 건물 잔해 사이로 교묘하게 위장한 19로군 참호가 보였다.

참호 주위에는 여러 겹의 철조망이 둘러 있고 건물 파편 더미 틈으로 기관총 속사포의 총신이 삐죽이 나와 있었다.

참호 속 기관총의 총구가 상공을 선회하던 일본 전투기를 따라 천천히 움직였다.

안공근이 조슈아에게 다급히 말했다.

"빨리 철로 구간을 벗어나야겠소."

교차로를 향해 달리던 트럭이 일본군 전차가 지나지 못하게 급조된 방어벽에 가로막혀 아슬아슬하게 멈췄다.

조슈아가 방어벽 주위를 둘러보았다.

상공을 선회하던 일본 전투기에서 떨어뜨린 폭탄이 폐허가 된 북부역 건물 잔해 위로 떨어지고 있었다.

차창 밖을 살피던 안공근의 눈동자에서 붉은 실핏줄이 올라왔다.

"방어벽 사이로 넘어가는 길이 분명히 있을 것이오."

뿌옇게 먼지 폭풍이 일며 세상이 다 부서지는 것 같은 굉음이 일더니, 참호에 숨어 있던 중국군 대공포가 일본 전투기를 향해 불을 뿜었다.

허공을 날아다니던 파편이 방어벽을 따라 달리는 트럭 위로 우수수 떨어지며 차창 앞으로 튀어 올랐다. 벤슨 공사 트럭이 한 치 앞도 보이지 않는 잔해더미를 뚫고 방어벽 사이 간극을 통과하며 철로 선을 넘었다.

트럭이 공단 길을 따라 북쪽으로 한참을 달리자 먼지 폭풍에서 벗어나며 조금씩 시계가 트였다. 잿더미로 변해버린 공단을 따라 흐르는 수로 앞에 모래주머니로 쌓은 방어막이 보였다. 그 너머로 19로군 61연대 깃발이 위태롭게 나부꼈다.

긴장이 다소 풀린 듯 안공근이 차창을 내리며 담배를 피워 물었다.

"바로 여기가 그 유명한 출판단지 '상무인 서관'이 있던 곳이오."

입 안 가득 서걱거리는 모래를 뱉어내던 조슈아가 골격만 남은 채 무너져 내린 건물의 잔해를 바라보았다.

안공근이 피우다 만 꽁초를 내던지며 차창을 올렸다.

"우리 같은 조선 사람이 어디 상상이나 할 수 있겠소? 한 달 전만 해도 이곳에서 일하던 직원이 만 오천 명이나 되었다니 말이오."

트럭이 폐허가 된 출판단지를 벗어나 한참을 내달렸다. 황폐한 도로 갓길에 유안로라는 도로 표지판이 덩그러니 서 있었다.

조슈아가 시선을 먼발치로 옮겼다. 한 치 앞도 분간할 수 없는 황사 속에서 조그만 점들이 흙먼지를 일으키며 다가왔다.

"여기예요! 여기예요!"

황사 먼지 속에서 젊은 백인 여자가 다급하게 손을 흔들었다.

그녀 곁에는 열 살 전후의 아이들 열 명 정도가 중국인 여학생 두 명과 함께 손을 잡고 황망한 표정으로 서 있었다.

"파오샨 구호소에서 오셨나요?"

조슈아가 난처한 듯 고개를 좌우로 흔들었다.

그제야 백인 여자는 이 트럭이 자신들을 태우러 온 것이 아니란 걸 알아채고는 난망한 표정으로 조슈아를 바라보며 애원했다.

"제발, 제발 도와주세요."

한시가 급한 상황이지만 인간이라면 외면할 수 없는 노릇이었다.

"파오샨 구호소로 가는 길을 내가 알고 있소. 얼른 아이들을 태웁시다."

안공근이 트럭에서 내리더니 장막을 걷고 짐칸으로 재빠르게 뛰어 올라갔다.

"민딩, 너는 아이들과 함께 먼저 가는 게 좋겠어."

백인 여자의 지시에 탈진한 여아를 업고 있던 학생이 마지막으로 짐칸에 올랐다.

"감사합니다. 아이들을 파오샨 구호소까지 잘 부탁드립니다."

아이들이 무사히 짐칸에 다 탄 것을 확인한 후 백인 여자가 조슈아와 안공근에게 감사를 표했다.

"우리와 함께 가시죠."

"먼저 가세요. 우리는 뒤에 올 차량으로 아이들을 더 찾아서 갈게요. 지상전이 잠시 소강상태라 지금이 살아남은 아이들을 구할 수 있는 마지막 기회예요."

"이 폐허가 된 공장에 아이들이 더 있단 말입니까?"

"실크 공장들이 몰려 있는 이 지역에만 부모들이 팔아넘긴 아이들이 수천

181

명도 더 있었는데 지금 그 아이들의 생사를 알 수 없어요."

무너진 공장 지척 어딘가에서 남아 있던 인화성 물질이 폭파한 듯 불꽃이 사방으로 튀어 올랐다. 여자는 불안한 눈빛으로 폭음의 진원지를 바라보며 말했다.

"한 명이라도 더 찾아내야 해요. 어른들이 떠난 빈 공장에 방치되어 있다가 대부분 죽은 채 발견되지만, 간혹 버티고 살아남은 아이들이 있어요."

안공근은 불씨가 트럭 안으로 튀지 않게 장막을 단단히 고정했다.

그 순간 일본 전투기 두 대가 상공을 선회하며 저공비행을 시작했다.

젊은 여자가 다급히 소리쳤다.

"어서 출발하세요!"

조슈아가 무어라 대답하기도 전에 여자는 중국 여학생과 함께 무너져 내린 벽돌 건물 사이로 뛰어갔다.

그녀들이 달려간 방향으로 아직은 온전한 채 남아 있는 공장 건물들이 눈에 들어왔다.

꿍음 소리와 함께 날개에 새겨진 일장기를 선명하게 드러내며 전투기가 가까이 다가왔다. 왠지 전투기들이 그냥 지나가지 않을 것 같은 불길한 예감이 들었다.

조슈아는 재빨리 운전석으로 뛰어올랐다.

상공을 선회하던 폭격기는 구부러진 원통형 관으로 연결된 화학 공장을 겨냥한 듯 목표물을 향해 반경을 좁혀 들어갔다.

하늘에는 하얀 구름이 천천히 흘러갔다. 시간은 마치 끊어지기 직전의 현악기 줄처럼 팽팽했다.

전투기에서 투하된 폭탄이 찰나 같은 시간의 줄을 타고 화학 공장의 번쩍이는 원통형 관을 향해 하강했다. 이윽고 연이어 떨어진 폭탄이 회색 공장 건물을 강타했다. 순간 요란한 폭음과 함께 하늘이 보라색으로 물들었다. 그리고 화산이 폭발하듯 수백 미터 상공으로 솟아오른 불기둥이 사방으로 떨어지며 주변을 태웠다.

안공근의 목소리가 분노로 떨렸다.

"놈들이 리놀리움 공장을 조준 폭파했어. 차페이를 모두 불태워버리자는 속 셈이군."

트럭 앞까지 불꽃이 떨어지고 주위는 숨 쉴 수 없을 정도로 가스 냄새가 진동했다.

조슈아가 트럭 뒤를 돌아보며 소리쳤다.

"아이들 입과 코를 막아주세요! 고개 숙이고 서로 꼭 붙잡아!"

뿌연 시계 속에 불꽃을 안은 거대한 먼지 폭풍이 소용돌이를 일으키며 빠르게 다가왔다.

조슈아는 먼지 폭풍에 휘감기지 않고 아이들을 지켜내기 위해 전속력으로 트럭을 몰아 이글거리는 화염 속으로 돌진했다.

잿더미가 휘몰아치고, 한 치 앞도 분간할 수 없는 화마 속에서 불현듯 조슈아의 마음 깊은 곳에 묻혀 있던 기억의 조각들이 선명한 형상을 이루며 그에게 엄습했다.

조슈아는 헝클어진 머리를 운전대에 박고 절규하듯 가속페달을 힘주어 밟았다. 엔진의 출력이 최고조에 이르고, 질주하던 트럭이 공중으로 부유하자 조슈아는 본능적으로 고개를 들고 울분을 토해내듯 괴성을 질렀다.

트럭의 끝, 지옥의 불구덩이 맞은편에서 다나카 류세이가 맹렬히 달려오고 있었다.

제3 저지선

드넓은 삼각주를 따라 흐르는 수로와 겹겹이 둘러쳐진 철조망 위로 물새들이 날아올랐다. 치앙완 전선에서 퇴각하는 제5군 87사단 병사들을 태운 트럭들이 수로 앞으로 난 다리를 건너 타이창으로 들어가는 관문을 지나갔다.

적십자 장막을 씌운 조슈아의 트럭이 중국군 초소 앞에 멈췄다.

주변에는 수로를 잇는 해자를 구축하는 작업이 한창이었다. 수심이 2미터는 족히 될 만큼 깊어 보였다.

초소를 지키는 군인이 안공근이 건넨 19로군 병기창의 직인이 들어간 허가증과 함께 적십자 통행증을 살피며 물었다.

"정말 차페이로 넘어왔단 말입니까?"

"그렇소. 차페이를 지나 파오샨 구호소에 들렀다 오는 길이오."

밤낮을 쉬지 않고 해자와 진지 주변 참호를 파고 있다는 리영천 대원들의 하얀 교복 셔츠는 흙물을 들인 듯 붉게 변해 있었다.

참호 속에서 학도 의용군들과 함께 열십자 참호의 통로를 점검하는 푸른 눈의 독일군 교관들도 보였다. 이 독일 용병들은 이번 중일전쟁에서 중립을 선언한 본국의 소환 명령을 거부하고 중국군에 남은 이들이었다.

보초병이 불길에 여기저기 구멍 난 트럭의 장막을 돌아보며 물었다.

"차페이 상황은 어떻습니까?"

생사의 갈림길에서 생환한 조슈아의 목소리가 갈라져 나왔다.

"아무것도 남은 게 없소. 일본군 전투기가 남아 있는 모든 건물에 폭탄을 쏟아붓고 있소."

보초병이 경례를 붙이며 통행증을 돌려주었다.

중국군 차량의 뒤를 따라 언덕길을 오르니, 곳곳에 봉긋이 솟은 봉분들이 견고한 사격대로 탈바꿈해 있었다. 삶과 죽음이 교차하는 이 전장에서는 사자들까지 기꺼이 살아남은 자들을 위해 희생되고 있었다.

사격대를 지키는 기관총 사수들은 얇은 제복에 대나무 모자를 쓴 19로군 병사들이었다. 무덤에 몸을 기댄 채 총대를 쥐고 있는 앳된 소년 병사의 얼굴 위로 오후의 태양이 내렸다.

가파른 둔덕을 넘어서자 제2저지선, 타이창 기지와 병기창이 한눈에 들어왔다. 그곳에서 화약과 폭탄을 적재한 트럭들이 열을 지어 기지를 빠져나가고 있었다. 전쟁이 발발하고 벌써 세 번째 병기창을 옮기는 상황이었다.

약간 마른 체구에 신중한 눈빛이 인상적인 19로군 대장 왕웅이 안공근의 손을 힘껏 잡았다.

"안 동지, 상황이 여의치 않아 시한폭탄은 제조하지 못했습니다."

그는 목소리에 힘을 빼고 상황을 설명했다.

"왕백수 박사와 화약 공장 기술진들이 오늘 아침에 일차로 쿤산으로 떠났습니다. 이 폭탄들은 왕 박사가 떠나기 전에 부랴부랴 모아준 겁니다."

조슈아가 안공근을 도와 폭탄들을 약품 궤짝들 속에 넣어 위장한 후 트럭 짐칸 안쪽에 실었다.

"허베이에서 공산당과 싸우던 47연대와 키앙시에 있던 9연대까지 들어오고 있습니다."

"공산당과 싸우던 부대까지 전선으로 들어온다면 일본과의 전면전이 사실이란 말입니까?"

"안 동지, 전면전이 발생하면 프랑스 조계도 안전하지 않을 겁니다. 김구 주석의 안전이 위급해지면 제3저지선을 넘어 쿤샨으로 오십시오."

왕웅 대장은 안공근에게 급변하는 전세에 대한 상황을 전하며 당부의 말을 잊지 않았다.

타이창 기지 주변으로는 제2저지선을 따라 증원군 대열을 실은 트럭들이 속속 귀대하고 있었다.

조슈아는 폭탄이 실린 짐칸 위로 적십자사 로고가 새겨진 장막을 단단히 고정했다.

왕웅 대장이 떠나는 안공근을 향해 거수 경례를 붙였다.

이제 다시 돌아가는 길이었다. 이 험로를 지켜줄 유일한 방패막이는 트럭 장막 위에 새겨진 적십자 로고뿐이었다. 그것도 해가 지면 아무 소용이 없을 터였지만.

뿌연 흙먼지가 이는 길 위로 늦은 오후의 햇살이 그 각도를 낮추며 빠르게 기울고 있었다.

9

쇼와 7년 5월 16일 월요일

-

W에게 - 1932년 3월 7일

-

정전

영광의 뒤안길

안개

쇼와 7년 5월 16일 월요일

"선배, 굉장히 과감하지 않아요?"

깍지 낀 손으로 뒷머리를 받친 채 의자에 기대 쉬고 있던 나에게 요시모토가 막 인쇄되어 나온 통문 한 장을 들고 다가왔다.

나는 그것을 받아 들고 주위 사람들이 알아들을 수 있을 만큼 큰 소리로 읽었다.

천장절을 맞이하여 훙커우 공원에서 일어난 폭파 사건은 조선이 독립된 주권 국가임을 전 세계에 선포하고 중국 민중을 침탈하는 일본의 만행에 항거하기 위해 대한제국 상하이 임시정부 산하 '한인애국단'이 일으킨 일대 거사임을 세계만방에 고하는 바이다.

－1932년 5월 8일 한인애국단 단장 김구

고노 지국장이 책상을 손으로 세차게 두드렸다.

"오자키. 굳이 그렇게 안 해도 지금 모두 쇼크 상태라고."

'한인애국단 단장 김구'라는 서명이 들어간 짧은 포고문 한 장이 로이터 통신을 통해 ≪시카고 트리뷴≫, ≪뉴욕 타임스≫, ≪가디언≫, ≪프랑크프루트 자이퉁≫ 등 상하이 주재 주요 외신에 전달된 것은 천장절 폭파 사건이 일어나고 만 이주일이 지난 월요일 저녁 마감 시간 즈음이었다.

이 포고문이 어떤 경로로 로이터 통신에 전달되었는지, 그리고 왜 언론 공개가 발표 날짜보다 일주일이나 미루어진 것인지는 알려지지 않았다.

이 포고문이 전달된 지 채 한 시간도 지나지 않아 일본영사관 명의로 각 신문사의 데스크에 협조 공문이 날아들었다. 그 내용은 조선인 테러 단체 기사를 1면에 싣지 말 것과 부득이하게 기사화한다면 사회면 하단에 단신으로 게재하라는 단호한 요구사항이었다. 기사 게재 시 '김구'의 이름 앞에는 '극악무도한 테러 단체의 주범'이라 명시하고, 폭파범 '윤봉길' 앞에는 '잔혹한 테러리스트'라는 수식어를 반드시 붙여달라는 요구사항도 덧붙였다.

호외나 특종이 보도되는 오늘 같은 날이면, 상하이 주재 기자라면 '비하인드 뉴스'를 캐기 위해 대부분 코튼클럽에 모여들었다. 편집국을 나선 나도 코트를 챙겨들고 발걸음을 재촉했다.

클럽 입구에 붙어 있던 '라라의 이브닝 램블링' 포스터는 어느새 '루루의 매혹적인 밤'으로 바뀌어 있었다. 포스터 속의 여인은 보브 단발머리에 드레스며 화장법까지 라라의 모습과 흡사했다. 그녀가 누구이며 어떤 사람인지는 중요하지 않았다. 재즈를 적당히 따라 부를 줄 아는 예쁘장한 동양 여자라면 족했다.

그러고 보니 그녀들의 예명도 하나같이 '라라', '루루', '지지', '미미' 같은 아무런 개성이 담기지 않은 것들이었다.

"…당신은 그저 외로운 강물일 뿐인데. …언젠가 당신이 내 작은 집으로 넘쳐 들것이라고…."

무대에는 라라의 복사판인 여자가 역시 그녀의 레퍼토리를 읊조리고 있었다.

무대 오른쪽에 모여서 술잔을 홀짝이는 기자들 가운데 에드거 스노우의 목소리가 들려왔다.

"일본이 신경을 곤두세울수록 ≪시카고 트리뷴≫에서는 당연히 1면에 실어야지."

최근에 ≪위클리 리뷰≫에서 중국 최대 일간지 ≪순포 신번≫으로 옮긴 주룽화가 한마디 거들었다.

"≪순포 신번≫에는 사회면 탑 기사로 나갈 겁니다."

기자들에게 둘러싸여 있던 아그네스가 나를 발견하고는 살짝 손을 흔들었다.

"나는 상하이에 있는 조선 독립운동 단체에 대한 특집 기사를 쓰려고 준비 중이야. 김구의 오른팔이 안공근이라고 하던데…."

역시 아그네스 스메들리였다. 그녀는 언제나 남보다 한발 앞서 움직이는 기자였다.

"이봐 오자키! 그들이 어디 있을까? 이미 상하이를 벗어났겠지."

나는 아그네스가 무슨 대답을 기대하며 질문하는 것이 아니라는 것 정도는 알고 있었다. 상대에 관한 관심의 표현이기도 하고, 또 그녀만의 화술이기도 했다. 아그네스는 스스로 질문을 던지고 상대방이 말하기도 전에 답하는 버릇이 있었다.

"장제스의 국민당 정부에서 그들의 신변을 보호하고 있다는 얘기가 있어."

누군가 대화에 끼어들었다.

"그 안공근이 하얼빈의 영웅 안중근의 동생이라는 말이 사실이야?"

"가림 극장에서 막을 올린 영웅 안중근 연극이 장기공연에 들어갔다던데."

일본영사관의 협조 요청 공문은 가뜩이나 상하이 전쟁을 못마땅해하는 외신들을 더 들쑤셔놓았다. 만약 다나카라면 지금의 상황을 이런 식으로 처리하지는 않았을 것이다. 토리츠메 특무대 부소장이 다나카의 흉내를 내고는 있지만, 그는 애송이에 지나지 않았다.

나는 시답지 않은 이야기에 굳이 참견하고 싶지 않았기에 시선을 바 테이블의 구석으로 돌렸다. 벌건 얼굴의 쇼타하루가 홀로 술잔을 기울이고 있었다. 그는 이 세계에서 철저히 혼자였다. 쇼타하루는 다나카와 함께 만주로 간다는 소문이 있었다. 퀭한 눈의 쇼타하루가 술잔을 단숨에 비우고 그대로 클럽 밖으로 나갔다. 나는 서둘러 그를 따라나섰다.

"이봐, 쇼타하루!"

그는 클럽 입구에서 얼핏 고개를 돌려 나를 발견하고는 잠시 멈추어 섰다. 나는 부지런히 그에게 다가갔다.

"곧 묵던으로 옮긴다는 말이 있던데?"

"제길. 오자키, 내가 저번에 경고했잖아. 제발 아는 체하지 말게. 내가 자네랑 얘기하는 걸 누가 보기라도 하면 난감해진다고."

그의 눈빛에는 길 잃은 아이 같은 막막함이 그대로 묻어났다.

"이봐 쇼타하루, 그래서 내가 밖으로 나온 것 아닌가."

그는 잠시 나를 노려보다 발걸음을 옮겼다. 나도 총총걸음으로 보조를 맞추었다.

"예나 지금이나 못 말리겠군."

그가 시선을 정면에 둔 채 입술을 오물거렸다.

"자네가 제일 먼저 한인애국단이 홍커우 사건의 배후라고 밝힌 포고문을 접했겠군."

쇼타하루는 걸음을 멈추고 나를 째려보았다.

"그래서?"

나는 그가 반응을 보이자 마음속으로 쾌재를 부르며 그에게 계속 걸을 것을 권했다.

"자네가 일러준 트럭을 애타게 찾고 있다는 양키. 벤슨 스나이더의 말에 의하면 자신의 트럭은 우창소학교 인근에 있었다는 것이 마지막 목격담이더군. 조슈아 칼린이라는 미국 청년이 그날 그 트럭을 몰았다던데."

쇼타하루가 도저히 못 참겠다는 듯이 걸음을 멈췄다.

"자네, 무슨 이야기를 하는 거야?"

나는 시치미를 뚝 떼고 능청스럽게 그를 지나치며 말했다.

"재밌지 않나? 우창소학교 근방에서 그날 조슈아 칼린과 함께 있던 사람이 누구였는지?"

이번에는 쇼타하루가 총총걸음으로 나를 따라잡았다.

"내가 경고하는데 오자키, 이 일에서 손을 떼게."

나는 따라오는 쇼타하루를 뒤돌아 마주하며 강하게 말했다.

"쇼타하루, 자네나 조심해! 한인애국단이 천장절 행사장을 엉망으로 만든 건 결국 그날 경비와 경호를 등한시한 다나카의 책임이 크다고. 결국, 그가 홍커우 폭파 사건을 방조한 셈이나 마찬가지잖아!"

내가 말을 마치자 쇼타하루가 주먹을 불끈 쥐고 고개를 떨궜다. 나는 쇼타하루를 더 세차게 몰아댔다.

"지난 주말 만주를 다녀온 에드거 스노우에 의하면 다나카가 만주에 머문 것을 보았다는 이는 아무도 없어. 아니, 그가 스쳐 지나간 흔적조차 발견되지 않았어. 다나카가 도대체 어디에 있는지 당장 불어!"

W 에게

3월 3일. 주중공사 시게미쓰는 일본 외무성발로 상하이 유니온 프레스에서 정전성명을 발표했다. 내부 소식통에 의하면 다나카 류세이는 상하이사변 안건이 상정된 '3월 3일 국제연맹 회의'가 시작되기 전에 제네바와의 7시간 시차를 감안해서 내외통신을 통해 정전소식을 긴급하게 타전했다.

3월 5일. 일본군 사령관 시라카와 요시노리 장군이 라디오 방송으로 정전 선언문을 발표했다.

3월 6일. 연합국 측의 중재로 상하이 중앙병원에서 중국 대표 쿠오타이치와 일본 대표 우에다 장군이 정전조항 협상을 위한 합의서에 서명했다.
(참고) 쿠오타이치는 중국 관료 중 펜실베이니아 대학을 졸업한 미국통으로 알려졌다. 번드의 식당에서 정전협정에 반대하는 한 학생운동가가 던진 뜨거운 찻잔에 화상을 입어 병원 치료 중이다.

별첨: 〈일본 외무성발 정전 성명서〉 전문, 〈상하이 일본군 총사령관 정전 선언문〉,
　　　〈중일 정전조항 협상을 위한 합의서〉 전문

1932년 3월 7일
Otto

정전

"1932년 3월 5일, 오후 2시를 기해 일본군 총사령관 시라카와 요시노리는 상하이 주둔 일본군에게 포격 중지와 진격 정지 명령을 하달한다. 일본군은 거류민의 생명과 자산을 보호하고 상하이 국제 조계지의 안전을 보장한다는 일차 목표를 완수하였다. 우리 일본제국은 인류의 평화를 수호하려는 국제연맹의 정신을 계승하고 선량하고 평화를 사랑하는 중국 국민과 협력하여 손에 손을 잡고 대동 아시아 번영의 길로 함께 나아가기를 희망한다."

시라카와 장군이 유니온 프레스 녹음실에서 정전 선언문을 읽어 내려가는 동안 이를 작성한 다나카와 쇼타하루는 방음창 밖에서 낭독을 주의 깊게 바라보았다.

이 정전 발표문은 기자회견이 열리는 시각인 오후 2시를 기해 상하이와 일본 열도에 퍼져 나갈 예정이다.

위대한 제국의 승리를 알리는 시라카와 장군의 목소리가 울려 퍼질 때 황국의 신민들은 마침내 상하이 전쟁이 끝나고 드넓은 만주 땅에 일본의 식민국가 만주제국이 건립되었다는 사실에 환호할 것이다.

방음문이 열리며 다소 흥분한 시라카와가 나왔다.

"자네 이름이 뭐라고 했나?"

"공보관 쇼타하루라고 합니다."

시라카와는 정전 성명서를 읽어 내려가는 동안 일본제국의 대(對)상하이 전략에 일조한 자신에 스스로 도취된 듯 보였다.

"이제부터 기자 회견문은 자네에게 맡겨야겠어. 역시 다나카 소장이 사람 보는 눈이 있어."

시라카와는 쇼타하루를 빌려 다나카를 치켜세웠다.

"노무라 제독에게는 시라카와 사령관께서 직접 정전성명을 발표하실 거라고 통보했습니다."

다나카는 시라카와의 칭찬에 덧붙여 자신이 조처한 일을 일러주었다.

"무라이 영사가 뭐라고 하지는 않던가?"

"노무라 제독이 영사한테 정전 발표를 하려면 전쟁을 선언했던 해군 기함 이즈모호에서 하든지 아니면 영사관에서 하는 것이 도리가 아니냐고 호통을 쳤다고 합니다."

이 대목이 바로 시라카와가 듣고 싶었던 얘기일 것이다.

해군이 시작한 전쟁을 육군이 마무리 짓는 모양새에 해군 제독 노무라의 심사가 뒤틀렸다. 육군 임시사령부인 가네보 쿵다 공장에서 전 세계 기자들을 불러놓고 정전 발표를 한다니. 쿵다 면방직공장은 육군과 연결된 미쓰비시 계열사이다. 이렇게 되면 가뜩이나 불황인 국내에서 해군의 연줄인 미쯔이 사가 이 상황을 좋게 볼 리 만무했다.

시라카와가 빙그레 미소 지으며 다나카를 바라보았다.

"아라키 장관께서 이 마지막 작전의 지휘권을 나에게 맡기신 것에 대해 이제야 보답을 하게 되었네."

다나카는 시라카와의 의중을 누구보다 잘 알고 있었다.

러일전쟁에서 육군이 203고지를 비롯해 여러 곳에서 고전을 거듭하는 동안, 쓰시마 해전으로 단방에 러시아를 협상 테이블로 끌어낸 이후 해군의 기세는 얼마나 등등했던가.

시라카와 또한 11사단의 장교로 눈 덮인 만주 벌판에서 분전했지만, 전쟁의 공은 고스란히 해군의 몫으로 돌아가자 그는 때를 기다려왔다.

다나카가 시라카와의 기분을 한껏 고조시켰다.

"쇼타하루가 쓰는 '우리들의 영웅 이야기' 코너가 아주 재밌습니다. 이번 주부터는 승전보와 함께 시라카와 장군님이 이끄시는 황군 11사단의 '리우호 상륙 작전' 이야기를 장려한 필치로 생생하게 전달할 예정입니다."

시라카와 장군을 태운 차량이 헌병대 광장을 지나 기자회견이 열릴 양제푸 공단으로 향하는 것을 지켜보며 다나카는 홀로 생각에 잠겼다.

인생을 마라톤 경기에 비유한다면 지금이 바로 수많은 관중이 기다리고 있는 경기장으로 들어서는 그 순간이다. 하지만 영광의 월계관은 언제나 다른 이들의 몫이었다. 자신은 사력을 다해 그 누구보다 앞선 선두 주자로 달려왔지만 수많은 군중의 찬사가 기다리는 경기장으로 들어가지는 못했다.

다나카는 알고 있다. 이번 정전 발표의 상징적인 의미를 기획하고 극적으로 연출한 당사자 임에도 결코 자신을 드러낼 수 없음을. 자신의 역할은 딱 거기까지였다.

"일본군은 차페이로 돌아오는 모든 중국 시민들을 진심으로 환영합니다. 이제 우리 일본은 평화로운 중국 시민들과 함께 차페이의 재건에 힘써 나갈 것입니다."

라디오에서 일본의 정전 발표에 대한 뉴스 속보가 흘러나왔다.

통제되었던 도로 곳곳의 바리케이드가 철거되고 모처럼 통행금지가 풀린 홍커우의 밤거리는 몰려나온 차량과 시민들로 넘쳐났다. 열린 차창으로 거리의 소음과 함께 습기를 머금은 눅눅한 공기가 밀려들었다. 차도와 인도를 넘나드는 사람들의 물결은 차의 진행을 더디게 만들었다.

정전 발표 후 어깨를 짓눌렀던 짐을 내려놓고 홀가분한 기분을 만끽하던 순간이 겨우 몇 시간 전이었다. 그는 '잠깐의 여유가 사치와 같은 것'임을 절감하면서 아직도 해결하지 못한 일 하나를 생각해냈다.

며칠 전 다나카의 밀정이 조슈아 칼린을 태운 인력거를 따라갔지만 상하이 개미굴에서 놓쳐버렸고, 페어몬트 피스 호텔의 수상한 자는 중국인 인력거꾼으로 밝혀졌다. 그자의 진술에 따르면 사건이 있기 전날, 길에서 마주친 조선인 신사가 하루 동안 서로 신분을 바꾸어주는 대가로 넉넉하게 품삯을 챙겨주었다고 했다.

조슈아가 증언한 한인애국단 안공근의 인상은 이 중국인 인력거꾼의 진술과 정확히 일치했고 그 진술은 인화된 사진으로 인해 더욱 확고해졌다. 변장의 귀재로 알려진 안공근의 사진은 폭탄을 들고 촬영에 임했던 이봉창의 사진과 정확히 일치하는 구도와 배경이었다.

이봉창 사건 이후, 불행부중 즉 '불행하게도 명중하지 못했다.'라는 사설을 실었던 ≪민국일보≫는 폐간되었고, 그 사설을 작성한 왕쥐린 기자는 죽음을 면치 못했다.

하지만 정작 사건의 배후인 한인애국단 단장 김구와 그의 오른팔 안공근은 아직도 상하이를 버젓이 누비고 다니며 대담한 짓을 벌이고 있었다.

다나카는 이즈모호 폭파 미수 사건의 유력 용의자인 안공근을 놓친 후 부랴부랴 중간책인 최기수를 검거하고자 했으나, 어차피 안공근과 최기수는 자신들이 페어몬트 피스 호텔에 잠복했다는 것을 눈치채지 못했으므로 조슈아를 이용해 훗날을 도모코자 했다.

한인애국단의 구성원들은 상당히 주도면밀하게 움직였다.

다나카는 좀 더 신중해야 함을 스스로 다짐하면서, 일단 만주에서 암약하는 조선인 밀정들을 상하이로 불러들였다.

다나카는 조선인 테러 집단의 행동대장인 안공근을 잡아들이고 그를 미끼로 진짜 배후 김구를 도쿄로 압송하는 상상을 머릿속으로 그려보았다. 그들을 법정에 세울 수만 있다면, 불황으로 인해 들끓는 열도 민중의 분노 방향을 바꿀 수 있을 것이다.

영광의 뒤안길

진흙이 잔뜩 엉긴 험로의 양옆에는 입구에 주렴을 길게 늘어뜨린 상점들이 닥지닥지 붙어 있어 왠지 모를 답답함을 자아냈다.

'영광의 뒤안길, 이보다 더 정확하게 이 거리를 묘사할 표현이 있을까?'

다나카는 중일전쟁의 시발점이 되었던 삼우실업사 사건을 도모하기 위해 처음 이곳에 왔던 날을 떠올렸다.

다나카는 이 지저분한 거리야말로 만주국 건립을 위한 노정에서 그가 반드시 통과해야만 하는 길이라고 자위하면서, 오늘이 이 음습한 거리를 걸어가는 마지막 날이 되기를 진심으로 바랐다.

협소한 수로를 지나 '만주용마'라는 간판을 단 가게 앞에 먼저 당도한 히노키가 다나카를 기다렸다. 다나카는 입구에 반쯤 내려뜨린 발을 젖히며 안으로 들어섰다.

무두질이 한창인 작업장을 가로질러 소가죽이 널려 있는 마당에서는 만주족 여인네들이 노동요를 부르며 말총을 다듬고 있었다.

한 젊은 처녀가 고운 목소리로 선창을 하자 나머지 여자들이 후렴을 이어 붙였다.

"어여쁜 처녀가 아모르강 가에서 노래를 부르네. 흑마는 아모르강의 맑은 물을 마시네. 저 흑마의 주인은 누구인가? 처녀의 노랫소리에 귀 기울이네."

이들을 지나 사랑채로 발걸음을 옮기던 다나카는 마룻바닥에 태평히 앉아 있는 한 모녀를 바라보았다.

여자는 빨간 핀을 입술에 물고 딸아이의 머리를 빗으로 곱게 빗어 양 갈래로 땋고 있었다. 모녀의 모습은 그에게 묘한 감흥을 일으켰다.

히노키에게 밖에서 기다리라 명하고, 격자무늬 문을 열자 다실 중앙에 만주 실세 진지룽이 호탕한 미소를 지으며 가부좌를 틀고 있었다.

"소장께서 만주로 가신다는 소식에 염치를 무릅쓰고 이렇게 누추한 곳까지 오시라 청했습니다."

"저야 대인께서 불러주시면 언제든지 달려와야지요."

물론 다나카는 노회한 진지룽이 단지 한가하게 다과나 나누려 자신을 초대한 것이 아니라는 것을 잘 알고 있었다. 그는 정신을 바짝 차리고 다완에 차를 받았다.

여우 같은 노인네가 변죽을 울리기 시작했다.

"소장께서 늘 저희를 염려해주신 덕에 그동안 얼마나 든든했는지 모르오. 버팀목이 베어지고 바람막이가 벗겨지면 저희 같은 떠돌이들이 다시 어디로 헤매게 될지 이 촌옹은 근심이 많소이다."

다나카가 찻잔을 양손으로 들어 올리며 말했다.

"과찬의 말씀이십니다. 대인, 제가 잠시 상하이를 떠나게 되었지만, 대인과 식솔들의 안녕을 위해 각별히 유념하도록 신임 소장에게 조처할 것입니다."

진지룽이 한 손으로 찻잔을 휘휘 돌리며 답했다.

"처음 달인 차 맛이 우려낸 차의 깊이만 하겠습니까?"

노인이 차를 마시며 미간을 좁히자 눈꼬리 새로 길게 뻗친 흰 눈썹이 잘게 흔들렸다. 다나카는 잠시 숨을 죽이고 머리를 숙였다.

진지룽은 심중을 헤아리기 힘든 노인이었다.

그와의 대화는 마치 신선을 앞에 두고 펼치는 바둑 같았다. 노인의 포석은 항상 예측하기 힘들었고 그의 신묘한 착점은 언뜻 악수로 보였으나 어느새 묘수가 되어 돌아왔다. 그의 형세 판단은 실리적이었고, 상대방이 공세를 취하기 전에는 절대로 먼저 공격하지 않았다.

진지룽 특유의 이런 화술이 곧 거래의 수순이란 것은 분명했다.

"제가 어떻게 해드려야 대인의 마음이 두루 평안하시겠습니까?"

다나카가 진지룽의 안색을 살피며 묻자 노인이 파안대소하며 소리쳤다.

"여기 견지와 붓 그리고 벼루 좀 내어오거라."

진지룽의 호령이 떨어지자 얼마 안 되어 아까 마루에 앉아 딸의 머리를 땋던 여인이 다실로 들어와 준비한 두루마리와 문필구를 내려놓고 나갔다.

"이것이 다 무엇입니까, 대인?"

"소장의 글씨가 아주 유장하고 호탕하다고 들었소. 그 호방한 필치를 직접 체감코자 이렇게 무례하게 청을 드립니다."

다나카가 아리송한 표정으로 두루마리를 펼치자 내지에 휘갈겨 쓴 초서체가 눈에 들어왔다. 다나카가 한숨에 통독하고는 두루마리를 접었다.

"명필로 잘 알려진 대인께서 이미 유려한 글귀를 적어 놓으셨는데, 제가 어찌 감히 몇 자 적어 올리겠습니까? 부끄러울 따름입니다."

노인은 흐트러지지 않은 자세로 앉아 길고 흰 수염을 쓰다듬었다.

"소장께서 그저 한구석에 성함과 날짜만이라도 적어주신다면 본 글씨가 비로소 완생하고 떠도는 언어가 성문화되는 것이 아니겠습니까?"

다나카는 마지못해 붓을 들었다. 두루마리에는 일전에 구두로 약조했던 미쓰이 헤이룽장 제조소 제품에 대한 독점 판매권이 명문화되어 있었다.

이것은 다나카와 진지룽 간의 일종의 밀약서인 셈이었다.

진지룽이 몸을 숙이며 다나카에게 속삭였다.

"사실 소장께서 상하이를 떠나시기 전에 그간 진행하시던 일들이 깔끔하게 마무리되도록 저희가 좀 신경 쓰고 있는 것이 있습니다."

다나카는 촉각을 곤두세웠다.

"2월 28일, 별다른 동향이 감지되지 않던 푸단 대학 광시루 실험실에 대공습이 있던 날 저녁 무렵 적십자사 트럭 한 대가 다녀갔습니다. 그날 이후 스티브 람이 일하던 수광광철 지질연구소와 광시루의 화학 실험실 어느 곳에도 그자가 모습을 드러내지 않고 있소."

"그렇다면 그가 적십자사 트럭을 타고 사라졌다는 말씀입니까?"

이 대목에서 진지룽의 어조가 약간 높아졌다.

"그렇소. 2월 28일에 외근 나간 적십자사 관용 차량의 행적을 조회한 결과 광시루에 다녀온 차량은 없었소이다. 말하자면 트럭은 적십자사 관용차로 위장된 것이라는 이야기인데… 상하이 전역에서 포드 원 트럭을 가지고 있는 사람 중 당일 운행기록을 추적해본 결과 그 트럭은 벤슨 스나이더라는 미국인 통조림 군납업자의 것이 틀림없다는 게 우리의 판단입니다."

다나카는 갑자기 망치로 뒷머리를 맞은 것 같았다.

진지룽이 언급한 벤슨 공사의 트럭과 조슈아와의 관련을 머릿속으로 추측하면서 겉으로는 최대한 태연하게 물었다.

"그렇다면, 스티브 람은 도대체 어디로 사라졌을까요?"

"그것까지 내가 알 수는 없는 노릇이요. 스티브 람의 정체와 그의 행방을 밝히는 것은 소장의 몫이요. 다만…."

다나카는 잔뜩 긴장하며 진지룽의 말을 되받았다.

"다만?"

그러자 진지룽이 음침하게 웃으며 붓을 쥔 다나카의 손을 내려다보았다.

다나카는 그의 이름과 날짜를 두루마리에 적고는 진지룽을 노려보았다.

노인이 천천히 입을 뗐다.

"다만, 최근 옌싱 병원 최 박사의 이상 행적이 포착되었소. 그가 조선 원산행

202

배편으로 곧 상하이를 떠날 것이라는 첩보요. 조선인들이 무슨 일을 꾸미기 전에 그를 체포하는 것이 상책일 듯하오."

진지룽이 다실에서 안뜰로 나와 다나카를 배웅했다.

별채의 마루에는 앞서 보았던 두 모녀가 이전과 똑같은 광경을 되풀이하고 있었다.

다나카가 그들을 쳐다보며 진지룽에게 속닥였다.

"참으로 다정한 모녀입니다."

그러자 진지룽의 안광이 번뜩였다.

"소장님의 눈에는 저 여자와 계집아이가 모녀로 보이십니까?"

"네?"

다나카가 다시 여자와 여아를 바라보았다.

"저들은 경극 공연을 위해 연습 중인 배우일 따름이오."

다나카는 그제야 모녀라고 생각되었던 여자와 여아가 어딘지 낯이 익다는 느낌이 들었다. 진지룽의 배웅을 뒤로하고 출입구를 벗어나자 다나카는 잠시 뒷짐을 지고 눈을 감았다.

다나카가 조선놈들에게 뒤통수를 맞은 날 카페에서 다나카 맞은편에 앉아 태연히 웃고 있던 여자아이와 엄마가 바로 저들이었다.

눈을 가늘게 뜨며 다나카가 나지막이 혼잣말을 내뱉었다.

"진지룽. 상하이 어디를 가든 도처에 그의 밀정들이 깔려 있군."

안개

이즈모호의 선상에는 형형색색의 종이 등롱들이 안개 속에 아스라이 빛나고, 군악대의 반주에 맞추어 여인의 노래가 바람을 타고 황푸강으로 퍼져나갔다.

천황의 대는 천년만년 작은 조약돌이 큰 바위가 되어 이끼가 낄 때까지….

갑판 위의 초청객들이 넋을 잃고 무대를 바라보았다. 다나카 류세이도 갑판 난간에 기대서서 라라를 바라보았다. 일장기를 연상시키는, 하얀 무대 위 붉은 새틴 드레스를 입은 그녀의 자태는 그의 가슴을 붉게 취하게 했다.

잠시 후, 숙연함을 뒤로하고 밀려오는 격랑의 파도처럼 객석의 이곳저곳에서 우레와 같은 박수가 쏟아졌다.

시라카와 요시노리 장군이 상하이 전쟁 사령부인 카네보 쿵다 공장에서 전 세계 특파원들을 모아놓고 정전선언문을 발표하자, 해군은 이에 질세라 상하이전쟁을 선언했던 기함 이즈모호에서 각국 외교관들을 초대해서 승전 기념 연회를 개최했다.

다나카는 국내외 귀빈들이 대거 참석한 이번 승전축하연 무대에서 〈기미가요〉를 제창할 가수로 라라를 천거했다.

"소장님, 기대 이상입니다."

이번 선상 파티를 준비한 영사관의 해군 무관 기타오 하루오가 상기된 얼굴

204

로 다가왔다. 그는 다나카의 요청에 아무런 토도 달지 않고 라라에게 〈기미가요〉를 불러달라는 공식 초대장을 발송했었다. 기타오의 표현처럼 갯벌을 구르던 조개에서 진주라도 캔 것처럼 초대객들의 반응은 호평 일색이었다.

다나카는 한물간 이혼녀 진비후이를 만주 공주로 포장해 처음으로 상하이 사교계에 데뷔시키던 때를 떠올렸다. 그런 진비후이와 견주어도, 라라에 대한 연회 참가자들의 찬사는 모자람이 없었다.

높이 솟은 돛대 위에서 욱일승천기가 힘차게 펄럭이고 군악대의 팡파르와 함께 샴페인이 여기저기서 터졌다.

사흘 안에 중국군을 몰아내리라 호언장담하며 바로 이곳, 이즈모호에서 전쟁을 선포했지만, 중국군에 역공당해 물러나는 수치를 감내해야 했던 시오자와 고이치 부제독은 감정에 복받친 듯 떨리는 목소리로 건배사를 외쳤다.

"천황폐하 만세! 위대한 일본제국 만세!"

밤을 밝히는 폭죽이 사방에서 터지고, 샴페인을 손에 쥔 각국 조계지의 외국인 초청객들은 어색한 미소를 지으며 불편한 심기를 애써 누르고 있었다.

희뿌연 물안개가 수면 위를 벗어나 선상 난간에 내걸린 연등 사이사이로 짙어지고, 하얀 세일러복을 입은 당번병들이 식음료 쟁반을 들고 분주하게 움직였다.

다나카는 선상 난간에 기댄 채 〈애니버서리 왈츠〉를 흥얼거리면서, 라라가 주위에 모인 남자들의 시선을 어떻게 무례하지 않게 거절하고, 또 선택하는지 흥미롭게 관찰했다.

"참, 아름답고 흥미로운 여자군요."

어디선가 불쑥 마쓰오카 요스케가 나타나 다나카에게 말을 걸었다.

그는 천황의 밀사로, 이번 정전 협정의 막후에서 도쿄 난징 간의 가교 역할을 해낸 것으로 알려져 있을 뿐 아니라, 일중전쟁의 부산물인 만주국에 대한 야욕을 드러내고 있는 야심가다.

그는 다나카의 심중을 꿰뚫고 있는 것처럼 그의 시선을 한눈에 사로잡고 있는 코튼클럽의 가수 라라를 화제로 올렸다.

"이번 천장절 행사에서도 라라 양이 〈기미가요〉를 부르면 어떨까요?"

지략과 술수가 둘째가라면 서러워할 마쓰오카는 결국 다나카가 가장 흡족해할 대사를 뱉어냈다. 다나카 역시 마쓰오카가 자신에게 원하는 것이 무엇인지 헤아렸다.

"저도 잠시 그런 생각을 하고 있었습니다."

두 남자의 시선이 춤추는 사람들 사이에서 빠져나와 그들을 향해 천천히 걸어오는 라라에게 고정되었다.

마쓰오카는 자리를 비켜주며 다나카의 귀에 나직이 속삭였다.

"조선인인 라라 양이 바로 이곳 상하이에서 일본 국가를 부르는 것이야말로 오족협화의 꽃이 피어나는 것 아닐까요?"

오족협화의 꽃. 새나라 만주국 건설에서 다나카가 맡을 새로운 임무에 걸맞은 새로운 여자. 그녀의 향기가 코끝을 스치고, 다나카는 그녀가 내민 손을 잡았다.

군악대의 음악이 바뀌고 다나카가 라라의 허리를 바짝 당기며 감싸 안았다. 안개 속으로 희미하게 번지는 불빛 아래 드러나는 그녀의 둥근 어깨와 하얀 목덜미가 다나카의 마음을 더욱 파고들었다.

다나카는 음악이 지속되는 동안만이라도 이 설렘과 떨림에 온전히 자신을 맡기고 싶었다. 어느 순간 그의 마음으로 들어와 쉽게 나가지 않는 여자. 그녀를 품에 안고 바라보는 화려한 번드의 고층 건물들은 안개 속에 휘감겨 공중에 떠 있는 것 같았다. 마치 신기루를 보고 있는 느낌이었다.

그는 자신을 향해 '이것이 사랑인가' 하고 자문했다. 쉽게 답할 수 없는 어려운 질문이었다.

10

쇼와 7년 5월 18일 수요일

-

W에게 - 1932년 3월 16일

-

잠행

봄비

테러리스트

쇼와 7년 5월 18일 수요일

"소장께서는 늘 이 방에서 차를 드시곤 하셨어요. 다도의 참멋을 아는 분이셨죠."

찻집 하이루의 마담이 내실의 발을 걷어 올리고 여닫이문을 열었다. 마담은 내가 입구에서부터 다나카에 대해 탐문하자 손수 나를 조그만 방으로 이끌었다.

나는 마담에게 아사히 신문사의 직인이 들어간 명함을 건넸다.

홍커우 거리의 골목 안쪽에 자리 잡은 찻집 하이루는 비록 규모는 작지만 차를 제대로 달여주는 곳으로 정평이 난 곳이었다.

마담이 찻주전자와 다구를 탁자 위에 올리고 마주 앉았다. 마담의 행동은 겉으로는 단아하고 빈틈이 없었지만 눈빛에는 긴장하는 기색이 역력했다.

나는 뜸을 들이면서 방 안을 한번 둘러보았다.

"다나카 소장이 마지막으로 다녀간 것이 언제였습니까?"

"천장절 참변 전이긴 했는데…."

"혹시, 혼자였나요?"

"글쎄요. 워낙에 많은 인사와 교류하시는 분이셔서… 그날 딱히 누구와 왔는지 기억나지 않아요."

그녀의 대답은 실망스러웠지만 나는 조그만 단서라도 잡으려 애썼다.

"그래도 기억나는 것이 없을까요?"

"글쎄요. 딱히… 아! 그러고 보니…."

나는 그녀의 반응을 유심히 살피며 되물었다.

"그러고 보니?"

"제가 차와 모찌 접시를 들고 안에 들어갔을 때 다탁 위에 미화 뭉치와 함께 영어로 적힌 명함이 있었어요."

나는 그녀의 말이 끝나자 무엇인가 생각난 듯 조슈아 칼린의 더플백에서 발견한 빛바랜 사진 한 장을 꺼내 탁자 위에 올려놓았다.

"혹시 그때 보았던 손님이 이 사람 아닌가요?"

마담은 사진을 가만히 들여다보면서 고개를 갸웃했다.

"아, 이제 생각나네요. 맞아요. 이분. 그날 소장님이 먼저 자리에서 일어나셨어요. 절대 손님을 먼저 두고 일어나시는 분이 아니거든요."

마담의 얼굴에서 어느새 경계의 눈빛이 사라졌다.

나는 다나카와 조슈아 칼린이 함께 차를 마셨다는 낡은 다탁을 앞에 두고 생각에 잠겼다.

둘의 인연이 어디서 시작되었는지 전혀 갈피를 잡을 수 없었다.

심지어 둘 사이가 아군인지 적군인지 분간조차 어려웠다.

마담은 나의 빈 찻잔을 다시 채웠다.

W에게

3월 14일, 다나카 류세이가 감만 비행장에서 비밀리에 만주 묵던으로 떠났다. 관동군 수뇌부와 만주국 핵심 인사들이 대거 참가하는 '3월 20일 정례 춘분 회의'를 앞두고 만주에서 모종의 사전 비밀회합이 열리는 것으로 추정된다. 일명 '12인 회동'이라고도 불리는 회합 참석자 명단 확인 중.

3월 15일 국제연맹 제네바 회의에서 상하이전쟁 정전협정을 집중적으로 다룰 '19인 위원회'가 창설되었다. 벨기에의 폴 하이 만을 단장으로 선출하고 정해진 기간 내에 일본군이 상하이에서 반드시 완전히 철수할 것을 요구하는 정전결의안을 발표했다.

참조. 〈상하이 전쟁 중국군 일본군, 사상자 보고〉
난징정부에 보낸 상하이시 비공식 보고와 미군 군령으로 상하이에 주둔 중인 정보장교 존슨 테일러의 비공식 보고 참조.

중국군 총 사상자 1만 4,326명.
19로군 손실
60사단 : 장교 29명 사망, 92명 중상 / 사병 350명 사망, 75명 중상
61사단 : 장교 44명 사망, 195명 중상 / 사병 764명 사망, 2,802명 중상
78사단 : 장교 46명 사망, 114명 중상 / 사병 1,170명 사망, 1,965명 중상
총계 : 사망 2,403명(장교 119명 포함), 중상 5,243명(장교 401명 포함), 행방불명 131명

제5군 손실
87사단 : 장교 23명 사망, 99명 중상 / 사병 452명 사망, 358명 중상
88사단 : 장교 57명 사망, 141명 중상 / 사병 1,034명 사망, 1,657명 중상
총계 : 사망 1,566명(장교 80명 포함), 중상 2,255명(장교 240명 포함), 행방불명 579명

일본군 손실
전사자 634명. 부상자 1,791명으로 공식 발표.
관동군 내부 정보에 의하면 총 사상자 수는 3,091명으로 집계.

1932년 3월 16일
Otto

잠행

조슈아는 양아버지 칼린 선교사의 성경책 옆에 가지런히 놓아둔 브라우닝 반자동 권총을 두 손으로 살포시 쥐었다.

그는 손잡이의 묵직함을 왼손과 오른손으로 나누어 느끼면서 브라우닝의 슬라이드를 끝까지 잡아당겨 고정한 후 프레임과 반동 스프링 그리고 총열을 각각 분리했다. 마른 총기 수입포로 총열 내부를 닦아내고, 익숙한 손동작으로 마른 천에 윤활유를 묻혀 구동 부품들에 도포했다. 마지막으로 탄창의 약실에 반짝이는 구릿빛 총알 여섯 개를 차곡차곡 장전하고 마치 성스러운 무엇인가를 다루듯 역순으로 총을 조립했다.

조슈아는 브라우닝 권총에 탄창을 장착하고는 안전핀을 채웠다. 그리고 옷걸이 아래 걸린 둥근 거울에 총구를 겨냥했다. 거울 속에는 낡은 감색 외투에 벌겋게 충혈된 눈의 청년이 역시 조슈아를 향해 총구를 겨누고 있었다.

조슈아는 외투 품에 권총을 넣고 벤슨의 포드 원 트럭에 시동을 걸었다. 트럭은 넓은 차로의 가장자리에 심어놓은 가로수를 따라 프랑스 조계 듀바일가로 느리게 나아갔다. 인도에는 낙농장 배달원이 아침에 막 짜낸 우유병이 든 나무 궤짝을 자전거 뒤에 싣고 달려가고 있었다.

포성이 멈춘 거리에는 사라졌던 새들이 돌아와 전선 위에서 조잘대고, 열려진 차창으로 갓 구운 빵 냄새가 따스한 햇볕과 함께 스며들었다.

아주 오랜만에 도시가 잠에서 깨어나는 수다스러운 소리를 들으며 조슈아는 운전석에 몸을 묻고 길 건너를 뚫어지게 바라보았다. 상하이에서 손꼽히는 고급 아파트인 듀바일 팰리스 현관 앞에는 다나카의 검은색 닷선 승용차가 대기 중이었다.

조슈아는 오늘 아침 거의 충동적으로 이곳을 찾아왔다.

상하이에 발을 디딘 이후 그에게 발생한 모든 일은 그의 의지와는 무관한 것들이었다. 하지만 그가 다나카의 집무실을 방문한 이후 모든 것이 달라졌다. 다나카 류세이를 죽여야 한다는 열망이 그의 하루하루를, 그리고 매 순간을 채웠다.

조슈아는 오른손으로 외투 속에 숨겨놓은 권총의 손잡이를 쥐고 왼손은 운전대에 얹었다. 벤슨 공사 트럭은 듀바일 팰리스 정문 앞 회전교차로에 진입하기 50미터 전 가로수 그늘에 비스듬히 정차되어 있었기 때문에 크게 눈에 띄지 않았다.

다나카를 그의 현관문 앞에서 서성이다 처치하는 것은, 마치 그의 헌병대 집무실을 아무런 절차나 검색 없이 입장하는 것과 같은 이치였다. 그런 시도는 붙잡힐 것이 불을 보듯 뻔한 것이었기에 조슈아는 트럭의 기동력을 이용해 그를 처치한 후 그대로 달아나려 했다.

그런 후… 그 이후는 생각하지 않았다.

이제 곧 듀바일 팰리스의 현관문이 열리고 러시아인 수위의 경례를 받으며 다나카 류세이가 등장할 터였다. 그는 별일이 없다면 홍커우의 헌병대 본부 건물로 향하는 관용차에 승차할 것이다.

조슈아는 바로 그 틈을 노렸다. 그가 차에 오르려는 순간, 트럭의 출력을 최대한 높여 다나카의 닷선 승용차 앞을 틀어막고 운전석에서 그대로 방아쇠를 당길 것이다. 가능하면 장전된 총알 여섯 발을 모두 다나카의 머리와 몸통에 박아줄 것이지만, 아무래도 몇 발은 그의 운전기사에게 나눠줘야 할지도 모를 일이었다.

조슈아가 손목에 찬 시계의 초침을 바라보았다. 가슴이 쿵쾅거리며 요동치기 시작했다.

조슈아는 운전석 아래로 몸을 낮추고 천천히 서행하면서 트럭을 듀바이 펠리스 쪽으로 몰았다. 타이밍이 중요했다. 자칫하다가 오히려 조슈아 자신이 당할 수도 있는 노릇이다.

하나, 둘, 셋, 넷, 다섯. 조슈아가 자신의 심장 박동 수와 같은 속도로 숫자를 세자 드디어 러시아인 문지기가 문을 열었다.

조슈아는 오른손으로 품에 숨겨놓은 권총의 안전핀을 제거하고는 재빨리 꺼냈다. 그러고는 운전대를 잡은 왼손을 급히 내려 브라우닝 권총의 슬라이드를 뒤로 젖히고 다시 핸들을 잡았다. 차는 아주 서서히 코너를 돌아 듀바일 펠리스 현관 중앙에 세워놓은 닷선 승용차를 향해 나아가고 있었다.

"지금이야, 지금!"

조슈아는 거의 본능적으로 오른손에 쥔 권총을 치켜들며 다급하게 혼잣말을 내뱉었다.

다나카의 운전기사 히노키가 운전석에서 하차해 뒷문을 여는 순간 다나카가 러시안 수위의 배웅을 받으며 현관 밖으로 모습을 드러냈다.

트럭이 듀바이 펠리스 앞의 원형 교차로를 돌아 다나카의 닷선 승용차 옆구리에 밀착하는 순간, 갑자기 조슈아의 오른손에서 힘이 풀리는가 싶더니 운전석 바닥으로 권총이 떨어졌다.

"라라!"

조슈아의 입에서 낮은 탄성이 새 나왔다.

선홍빛 스카프를 두른 라라가 먼저 걸어오며 다나카의 상반신을 가린 것이다. 조슈아의 트럭이 승용차를 지나치는 그 짧은 순간 불꽃이 튀듯 조슈아와 라라의 눈이 마주쳤다.

조슈아는 거의 반사적으로 운전대를 돌려 아슬아슬하게 승용차를 비껴갔다. 뒷문을 잡고 있던 히노키가 놀라서 소리쳤다. 라라의 뒤에 서 있던 다나카는 조슈아를 알아보지 못한 듯했다.

홍커우 비행장의 텅빈 활주로를 따라 일본군 군용 비행기들이 오르고 내렸다. 전쟁이 끝나서인지 격납고를 가득 채웠던 일본 전투기들은 더 이상 보이지 않았다. 활주로를 따라 아무렇게나 펼쳐진 풀밭 위에 철조망이 길게 세워져 있었다.

다나카 류세이는 오늘 오후 한시경에 헌병대 집무실을 나와 양제푸 공단의 미쓰비시 쿵다 공장에 있는 상하이전쟁 일본군 총사령부를 방문했고, 그곳에서 누군가와 함께 곧바로 홍커우 비행장으로 이동했다.

다나카가 어디로 갔는지 언제 돌아오는지, 조슈아는 알지 못했다.

'놈을 죽일 절호의 기회였는데.' 그의 무의식은 판단을 내리고 행동에 옮기기도 전에 먼저 총을 놓아버렸다.

라라. 온종일 듀바일 팰리스에서 마주쳤던 그녀의 모습이 뇌리에서 떠나지 않았다.

횅한 들판을 지나 차창으로 밀려드는 바람에서 여린 풀 냄새가 묻어났다. 다시 봄이 다가오고 있었다.

봄비

'조슈아 칼린, 그가 왜?'

라라는 오늘 아침 듀바일 팰리스 앞에서의 그 찰나 같은 순간을 떠올렸다.

그 남자는 그녀의 기억 속에 존재하던 그 상냥하던 선원이 아니었다. 총구 너머로 화마처럼 증오가 불타는 비정한 눈빛을 보았다. 그녀가 알지 못하는 다른 세상에서 온 사람 같았다. '그는 도대체 누구인가?' 조슈아 칼린에 대해 알아보라고 지시를 내렸던 최기수 박사는 그날 이후 연락이 없었다.

골목을 따라 봄을 재촉하는 비가 촉촉이 내리고, 자판을 두드리는 소리가 좁은 방 안을 가득 채웠다.

라라는 타자를 치다 말고 놓친 것이 없는지 기억을 하나하나 되짚어보았다.

전날 밤, 다나카는 9사단장 우에다 장군을 보좌하고 오늘 오후에 만주로 떠난다고 일렀다. 그리고 현재 조선에 머무는 대동아 공영 이론의 창시자인 에이다 시마노 선생도 곧 묵던으로 합류할 것이라 말했다.

3월 21일 춘분절을 목전에 두고 우에다와 다나카, 그리고 그들의 정신적 스승인 에이다 시마노가 동시에 그곳으로 움직이는 것으로 보아 이들의 만주행은 관동군 비밀 회동이 될 것이 자명했다.

그리고 다나카는 4월 29일 상하이에서 열릴 예정인 천장절 행사에 라라에게 〈기미가요〉를 선창해달라고 요청했다. 그는 이번 천장절 행사에 일본의 주요 일간지 기자단이 대거 몰려들 것이고 각국의 귀빈들이 참석할 것이기 때문에 이날 무대에 서는 것이 라라의 성공을 보장하는 특별한 기회가 될 것임을 재차 강조했다.

그녀는 이런 내용의 보고서를 암호화시켜 활자화했다.

이즈모호에서 연회가 열린 날 라라는 자신을 바라보던 다나카의 강렬한 눈빛 속에 그녀가 모르는 낯선 것이 스며 있음을 느꼈다.

부드러운 선율의 연주가 흐르고 다나카가 내민 손을 잡은 그녀의 손끝이 살짝 떨렸다. 이 음악이 끝나면 저 안개 속으로, 저 어둠 속으로, 다나카 같은 인간이 존재하지 않는 곳으로 달아나고 싶었다.

하지만 음악이 멈추자 라라는 샴페인 잔을 들어 올리며 다나카에게 미소를 보냈다. 살짝 상기된 얼굴의 다나카도 라라의 잔에 술잔을 부딪쳤다.

라라는 타이프를 마친 종이를 도르르 말아 담배 개비 모양으로 만들어 담뱃갑 안에 끼워 넣었다.

식탁 위에 어지럽게 널려 있던 파지에 불을 붙이자 불꽃이 일렁이며 타올랐다.

라라는 까맣게 타들어간 불꽃을 들여다보며 조슈아 칼린을 생각했다. 그 남자의 불꽃 같은 증오가 다나카 류세이 같은 인간을 까맣게 태워버렸으면 하고 바랐다.

'조슈아 칼린, 그는 왜 마지막 순간에 총구를 거두었을까?'

화창한 날씨 때문인지 인쇄소마다 문을 활짝 열어놓았다. 라라는 상하이의 거리 중에서 유독 이 왕핑가를 좋아했다.

인쇄소와 책방 앞에 늘어선 좌판에는 비련의 사랑 이야기를 다룬 소설책, 최신 유행을 알려주는 패션 잡지, 한 시대를 풍미한 중국과 할리우드 배우들의 사진, 그리고 상류층 부인들의 불미스러운 가십을 다룬 타블로이드가 가득했다.

조금 이르게 도착하기는 했지만 인쇄 골목에 있는 '광시 만물상'의 문은 굳게 닫혀 있었다. 어쩔 수 없이 주위를 서성이던 라라는 길거리 판매대 위에 걸려있는 한 여배우의 브로마이드에 시선이 갔다.

먼 곳을 바라보는 그녀의 눈빛은 이 세상에서는 찾아볼 수 없는 그런 갈망을 품고 있었는데, 그것은 누구도 채워줄 수 없을 것 같았다.

"아저씨, 이 배우가 누구죠?"

나이가 지긋한 판매상이 웃으며 대답했다.

"〈지옥의 천사〉에 나오는 진 할로우예요."

"〈지옥의 천사〉요? 지금 캐세이 극장에서 상영하는 영화 말인가요?"

"네, 요즘 가장 인기 있는 영화죠."

그새 '광시 만물상'의 유리창에 드리워졌던 발이 걷혔다. 라라는 가판대 주인이 건네준 여배우의 사진을 말아 쥐고 상점 안으로 들어섰다.

안공근은 인기척에도 아랑곳없이 진열대 안을 살피고 있었다. 가게 주인인 중국인 하링이 가게 문을 닫고 유리창의 발을 내리자 안공근이 고개를 돌리고 라라를 바라보았다.

"지난번 보고서는 잘 받았소."

라라가 사진기가 든 은제 담뱃갑을 하링에게 건넸다. 하링이 진열장 뒤 작은 문 뒤로 들어가는 것을 지켜보며 라라는 안공근의 다음 지시를 기다렸다.

"이제부터는 천장절 행사와 관련된 정보를 수집하는 데 모든 촉각을 곤두세워야 하오. 그리고 한 가지 더. 조슈아 칼린. 이자에 대해선 더욱 상세한 정보가 필요하오. 우리에게 유용한 존재인지, 아니면….”

라라는 어제 아침 듀바일 팰리스 앞에서 일어났던 일을 어떻게 보고해야 할지 아직 결정을 내리지 못했다. 무엇이 그녀를 주저하게 하는지 스스로도 알 수 없었다.

라라는 신경을 곤두세우며 안공근에게 되물었다.

"아니면?"

"제거해야 할 대상인지.”

테러리스트

흙먼지에 엉긴 바람이 환하게 불을 밝히고 조업 중인 골든하베스트호 주위로 밀려왔다. 예정대로라면 오늘은 미국산 기호품들과 일용품들을 벤슨 공사의 창고에 대거 입고하는 날이었다.

조슈아가 매니저 루이와 함께 하역작업 중인 갑문으로 다가가보니 수십 명의 일꾼이 '파손 주의'라고 새겨진 나무 궤짝들을 쉼 없이 짐배로 옮기고 있었다.

어디선가, 해풍에 실려 온 귀에 익은 노랫가락이 조슈아의 귀를 간지럽혔다.

산도 싫고 물도 싫고
누굴 바라 여기 왔나
아리랑 아리랑 아라리요
아리랑 알선 아라리오

그의 가슴 한편에 단단히 묻어두었던 분노가 불씨를 지폈다. 조선인 조슈아 칼린. 아무리 도망치고 싶어도 이것은 부인할 수 없는 사실이었다.

엊그제 아침, 다나카의 아파트 입구에서 마주쳤던 조선 여자 라라의 얼굴이 떠올랐다. 그녀가 만약 다나카 류세이의 정부인 것이 사실이라면 둘 다 죽였어야 마땅했다. 하지만 그녀와 눈이 마주친 그 순간, 조슈아는 차마 방아쇠를 당기지 못했다.

"무슨 생각을 그렇게 골똘히 하십니까? 선적이 끝날 때까지 트럭에서 기다리시죠."

루이가 다가오며 말했다.

"먼저 가서 눈 좀 붙이세요. 저는 오늘 일 좀 해야겠어요. 몸이 근질근질합니다."

조슈아가 짐배로 성큼 뛰어내리자 루이는 고개를 절레절레 흔들고는 선착장을 벗어났다.

조슈아는 조선인 행색의 노역자들을 도와 담배, 커피, 모자 등으로 분류된 궤짝을 날랐다. 노동자들이 아리랑을 함께 부르며 일하는 동안, 조슈아는 일에만 집중했다. 하지만 어느 틈엔가 조슈아는 아리랑 가락을 흥얼거리는 자신을 발견했다.

"벤슨 공사에서 나오셨소?"

작업의 끝이 보일 무렵 조선인 짐꾼들 틈에 섞여 삼판선에 올라선 사내가 땀으로 흠뻑 젖은 상의로 얼굴을 훔치며 말을 건넸다.

청년의 얼굴은 깊은 쌍꺼풀을 지닌, 꽤나 서구적인 모습이었다.

조슈아가 대답하기도 전에 사내는 뭉툭하고 커다란 손을 내밀었다.

"난 윤봉길이라 하오. 벤슨 공사에서 받은 원단으로 모자를 만드는 삼미종품공사의 공원이었소만…."

사내는 목을 가다듬고는 이야기를 계속했다.

"박진이라는 한인 공장주의 임금 체불과 폭언에 맞서 친목회를 조직했다가 해고되었소. 보시다시피 지금은 날품팔이 부두 노동자로 하루하루를 연명하고 있소이다. 여기 이 사람들이 다 이전에 같이 일했던 친목회 회원들이오."

마른기침을 연신 해대던 짐꾼 하나가 삭힌 침을 바다에 내뱉고는 소리쳤다.

"타지에서는 동포가 제일 무섭다오. 같은 민족의 골을 파먹다니!"

봉길은 손으로 그만하라는 동작을 취하며 조슈아를 쳐다보았다.

"혹시, 댁도 조선인이오?"

조슈아는 갑작스러운 질문에 망설이다 어렵사리 고개를 끄덕였다.

"담배 하나 태우시겠소?"

조슈아가 응낙하자 봉길은 사람 하나 겨우 올라설 수 있는 좁은 가교 위로 훌쩍 뛰어올라 조슈아의 손목을 잡아 올리고는 희뿌연 수증기의 잔재가 남아 있는 교각 끄트머리로 그를 이끌었다.

봉길은 성냥불을 댕겨 먼저 자신의 궐련에 불을 붙였다. 그의 충혈된 동공에 노란 불꽃이 이는가 싶더니 역한 연초 연기가 길게 뿜어져 나왔다.

그는 익숙한 동작으로 사그라져가는 성냥의 불씨를 살리며 조슈아의 입에 물린 빈 담배에 손을 가져갔다.

조슈아가 살짝 고개를 숙이며 불을 댕기려 하자 봉길은 이내 주먹을 쥐고는 그대로 조슈아의 왼쪽 턱을 향해 뻗었다. 조슈아는 예기치 못한 가격의 충격으로 무릎이 힘없이 밑으로 꺾인 채 고개를 떨궜다.

입안에서 비릿한 피 맛이 느껴졌다. 봉길이 나지막한 목소리로 말했다.

"다시 보게 된다면, 담배는 그때 태우도록 합시다."

조슈아는 오른 소매로 입술을 한번 훔치고 봉길을 쏘아보았다. 봉길도 조슈아의 눈길을 피하지 않았다. 육체노동으로 단련된 그의 건장한 어깨 너머로 항만노동자 차림의 건각들이 희미한 안개를 헤치며 다가왔다.

조슈아는 양손이 포박되고 검은 천으로 눈이 가려진 채 낯모르는 배에 태워졌다. 배는 물길을 거슬러 강 상류로 나아가고 있었다.

불안이 엄습했지만, 자신을 포박한 이들이 강 중심부의 소용돌이에 자신을 떨구지는 않았으므로 죽음에 대한 공포는 잠시 거둬들였다.

정체를 알 수 없는 퀴퀴한 내음으로 가득한 공간은 부두 근처의 방치된 창고인 것 같았다. 몇몇 사내들의 뜨거운 숨결이 결박된 조슈아의 목덜미로 전해졌다.

누군가 조슈아의 눈가리개를 거칠게 벗기며 손전등을 비추었다. 강하게 쏟아지는 빛에 조슈아는 인상을 잔뜩 찌푸린 채 고개를 아래로 떨궜다.

검은 펠트 모자를 쓴 사내가 조슈아의 머리카락을 움켜쥐고는 고개를 쳐들었다.

"자네가 여기서 살아서 나갈 확률이 얼마나 된다고 생각하나?"

조슈아는 자신을 심문하는 자가 누구인지 파악하려고 미간을 좁혔다. 귓가에 맴도는 사내의 카랑카랑한 목소리가 익숙했다.

사내는 조슈아의 침묵이 마음에 들지 않는 듯 허리춤에서 총을 꺼내 그의 관자놀이에 바싹댔다. 조슈아는 개의치 않고 사내를 향해 소리쳤다.

"난 아직은 죽을 수 없소. 안공근 선생."

안공근은 코웃음을 치며 다그쳤다.

"너 때문에 최기수 동지를 잃었다. 전득선의 미화 오천 불은 결국 다나카 류세이의 미끼였던 것인가?"

안공근은 겨누고 있던 총구를 습관처럼 위로 향하게 한 뒤 총의 슬라이드를 뒤로 젖혀 장전했다.

"그때 너를 살려 보내지 말았어야 했다. 중선과 나의 오판이었다."

그때였다. 결박당한 채 의자에 앉아 있던 조슈아가 굉음에 가까운 비명을 내지르며 그대로 일어나 머리로 안공근의 얼굴을 들이 박았다. 공근이 고꾸라졌고 그 위로 결박당한 조슈아가 함께 나뒹굴었다. 손전등이 굴러가고 방향을 잃은 빛이 창고 바닥에 내팽개쳐졌다.

순간, 애국단원들은 일제히 바닥에 쓰러진 조슈아에게 총을 겨눴다.

"내가 다나카를 먼저 죽이고, 그 후에 나를 죽여도 늦지 않을 것이다. 그자는 반드시 내가 죽여야 한다. 내가…, 내가 죽여야 한다."

조슈아의 외침이 어둑한 공간을 울렸다.

팽팽한 긴장 속에서 굵은 중년 남자의 목소리가 울렸다.

"모두 총을 거두게. 어서! 총을 거둬."

숨죽이고 있던 사내들이 일제히 총구를 거뒀다.

검고 긴 중국식 무명 장삼에 모자를 눌러쓴 중년 남자가 뒷짐을 진 채 조슈아 앞으로 다가왔다. 누군가 집어 든 손전등 불빛이 벽면을 비추며 반사되었다.

"혹시 나의 이름을 들어본 적 있는가? 나는 독립운동을 하는 김구라고 하네."

아직 채 흥분이 가라앉지 않은 조슈아가 결박당한 양손에 잔뜩 힘을 주었다.

"선생이 누구시든지, 무슨 일을 하든지 나와는 상관없는 일이요. 난 그저 다나카의 목숨만 필요합니다."

곁에 서 있던 안공근이 노여운 눈빛으로 거들었다.

"이놈을 믿지 마십시오. 더러운 이중첩자입니다."

김구가 싸늘하게 안공근을 바라보며 말했다.

"어찌 되었건 중선의 도피를 도왔고, 자네를 조력해 폭약을 싣고 오지 않았는가. 이자의 모든 행동이 다 연기였다고 생각하나?"

김구는 예의 그 얼음장 같은 목소리로 물었다.

"다나카의 목이 그렇게 필요하다면 왜 처단하지 않았나? 분명 기회는 있었을 텐데."

조슈아의 울대가 마치 파고가 일듯 심하게 출렁였다.

"그가 내 아버지를 죽인 자라는 명확한 확신이 필요했을 뿐입니다."

일순간, 모두가 숨을 죽이고 조슈아를 쳐다보았다.

김구의 목소리가 창고 안으로 퍼졌다.

"자네 친부의 함자가 어떻게 되는가?"

"김 자, 장 자, 규 자, 김장규 목사이십니다."

조슈아가 어렵게 입을 떼자 김구의 얼굴이 순간 고통으로 일그러졌다. 김구는 아무 말 없이 손수 조슈아의 결박을 풀었다.

조슈아의 가슴으로 굵은 눈물이 흘러내렸다. 하지만 그의 눈동자는 분노로 메말랐다.

"내 아버지의 이름으로 다나카 류세이를 반드시 처단할 것입니다."

"조슈아 칼린 군! 정수불범하수(井水不犯河水)라 하지 않던가? 오직 강물만이 큰 바다에 이른다네. 이제 자네도 개인적인 원한을 묻고 도도한 역사의 강줄기에 자신을 온전히 던져야 할 것이네."

김구의 목소리는 부드럽지만 단호했다.

"그렇지 않다면 무의미한 피를 뿌리는 한낱 테러리스트가 될 뿐이네."

김구는 안공근의 반대를 무릅쓰고 조슈아를 풀어줄 것을 지시했고, 조슈아는 잡혀 올 때와 같은 방법으로 짐배를 이용해 부두 선착장으로 돌아왔다.

차가운 안개 바람이 조슈아의 뜨거운 가슴을 식히며 지나갔다.

조슈아는 고개를 내저으며 속으로 중얼거렸다

'나는 조국의 독립이라는 이상과 명분을 위해 목숨을 건 독립 운동가도 순교자도 아니다. 그저 상하이의 거리를 떠도는 일개 테러리스트일 뿐이다.'

부둣가 집하장에서 종일 조슈아를 기다렸던 매니저 루이가 선착장에 올라서는 조슈아를 발견하고는 달려와 그를 맞이했다.

"도대체 어디에 계셨던 겁니까? 무슨 일 있었어요?"

조슈아는 몹시 피곤한 기색을 내비치며 트럭에 비치된 담요로 어깨를 덮었다.

"아무 일도 아닙니다. 그저 조금 긴 하루였습니다."

11

쇼와 7년 5월 20일 금요일

-

W에게 - 1932년 4월 5일

-

게류

봄밤을 울리는 총성

지옥의 천사들

오동의 숨소리

쇼와 7년 5월 20일 금요일

"오자키 선배, 소문이 사실이던데요!"

카메라 가방을 챙겨 든 요시모토가 내 책상 앞으로 다가와 상기된 얼굴로 외쳤다.

새로 단장한 프랑스 조계의 캐세이 극장에서 시체 썩는 냄새가 진동한다는 소문이 상하이 전역에 나돈 것은 시라카와 장군이 끝내 숨을 거둔 직후였다. 특히, 습하고 흐린 날에는 그 냄새가 더욱 심하다고 했다.

"화장실에 갈 때는 꼭 누군가와 동행하세요."

연인들 사이에서는 이런 얘기가 공공연하게 나돌았다. 비명이 난무하는 공포영화를 관람할 때는 더욱 조심해야 한다고들 했다.

캐세이 극장은 오히려 이런 풍문을 이용해 관객을 모으는 상술을 발휘했고, 세계 최고의 극장이라는 찬사를 받으며 개장한 아르데코풍 영화관의 괴담에 역설적으로 관객들이 더 몰려드는 기현상이 일어났다.

227

하지만 홍커우 공원 폭파 사건의 여파로 상하이 외국인 조계지에 불안감이 팽배해지고 상하이에 주둔하는 일본군에 대한 불만이 고조되는 상황에서 일본이 이런 흉흉한 민심을 방관할 리 없었다.

일본 영사관 내 정보국이 프랑스 조계 경찰과의 공조하에 본격적인 조사에 착수했고, 이틀 전 캐세이 극장의 은막 뒤에서 심하게 부패한 시체 한 구가 발견되었다. 신원을 확인해줄 신분증 따위는 없었다.

"캐세이 극장 살인사건 수사 회견장에 가실 거죠?"

요시모토는 내게 동행할 것을 종용하는 듯 재촉했다.

"시체의 신원이 확인되었을까?"

내가 의구심을 표하자 요시모토가 눈을 치켜뜨고 목을 아래위로 흔들었다.

책상을 정리하고 요시모토와 신문사를 나서려는데 고노 지국장이 나를 호출했다.

"이봐, 오자키! 가는 길에 영사관에 좀 들렀다 가야겠어."

"네? 유니온 프레스에서 긴급 기자회견이라도 연답니까?"

나는 지국장에게 되물었다.

"잘못 짚었어. 영사관 특무대에서 급히 자네를 보았으면 한다고 연락이 왔네."

영사관 여직원의 안내로 특무대 집무실로 들어서자, 부소장이 단단히 벼르고 있었던 듯 위압적인 눈빛으로 나를 쏘아보았다.

"오자키 기자님, 요즘 쓸데없는 일을 하고 다니신다고요."

"기자가 하는 일이 늘 그렇지요. 하지만, 쓸데없는 일인지 아닌지의 판단은 저의 영역이 아닙니다."

"고노 지국장 말로는 아사히 신문사 차원에서 지시를 내린 게 아니고 오자키 기자의 단독 행동이라던데, 그게 사실이오?"

"사실입니다."

"당신은 왜 다나카 소장의 소재 파악에 그렇게 집착하는 거요? 이런 사소한 일에 매달릴 여력이 있으면 지금 신문사마다 대서특필하는 조선인 테러 집단에 대한 심도 있는 보도가 더 가치 있는 것 아니겠소? 괜히 애먼 곳에서 힘 빼지 마시오."

나는 기세에 눌리지 않고 답했다.

"부소장님도 정보국 요원으로서 감이 있듯 나 또한 기자로서 그렇습니다."

"하하하. 저희는 절대 감으로 일하지 않습니다. 우리는 아무리 사소한 활동이라도 구체적인 목적과 계획하에 일을 진행합니다."

부소장은 그의 직속상관이었던 다나카 류세이의 영향 탓인지 은근히 사람을 겁박하는 능력이 있었다.

"이봐요, 오자키 기자. 우리 특무대를 우습게 보면 안 됩니다. 제가 오늘 보자고 한 이유는 기자님의 의견을 듣기 위함이 결코 아니요."

그는 이 대목에서 언성을 높이면서 탁자를 내리쳤다.

부소장은 나에게 다나카와 조슈아가 연계된 것이 명백해 보이는 우창소학교 총격 사건에서 손을 떼라고 압박하고 있었다. 명백한 검열이자 위협이었다.

나는 응접실에서 대기하던 요시모토와 함께 영사관을 나와 가든 대교를 넘었다. 웬일인지 걷는 내내 마음이 거북했다.

사실 내가 인터뷰를 했던 사람들은 하나같이 결정적인 순간에 입을 꼭 다물고 사실 확인에 인색했다. 그들은 모두 무엇인가를 두려워했고, 진실에 대한 은폐에는 관대했다.

결국 우창소학교 총격 사건의 실체에는 한 걸음도 나아가지 못한 채 제자리를 맴돌고 있었으므로 부소장의 취재 중지 요구도 사실 과하다고 할 수도 없었다.

요시모토와 함께 프랑스 조계 경찰서에 당도했을 때는 이번 캐세이 극장 살인사건으로 한창 주가를 올리고 있는 프랑스 조계의 크리스티앙 경감이 브리핑을 마치고 기자들의 질문에 답변을 하고 있었다. 회견장 내부는 세간의 이목이 쏠린 엽기적인 사건에 관한 관심으로 그야말로 북새통을 이루었다. 일간지에서부터 시답지 않은 가십만을 다루는 소규모 잡지사의 기자들까지 서로 경쟁을 하며 속사포 같은 질문을 쏟아내고 있었다.

프랑스 조계의 사건 담당관 크리스티앙 경감은 당황하지 않고 이 모든 물음에 응대했다.

"살해가 발생한 장소가 극장입니까? 아니면 시신이 그곳으로 옮겨진 겁니까?"

"시신이 옮겨진 흔적은 없습니다."

"범인이 한 명입니까? 아니면 여러 명입니까?"

"범인과 피해자 간에 격투가 있었던 것으로 보이며, 총상의 각도로 보아 제삼의 인물이 개입한 것으로 추정됩니다."

"신분증이 발견되지 않았음에도 시신이 일본인이라 단정하시는 이유가 있습니까?"

"시신의 옷에서 일본인이고 특정 조직에 속한 인물임을 알려주는 단서를 발견했습니다."

"그럼 시신의 신원이 밝혀졌습니까?"

누군가가 기자석에서 이런 질문을 하자 일순간 브리핑 룸에 정적이 감돌았다.

"시신은 일본인 '이사부 히노키'로 밝혀졌습니다."

크리스티앙 경감의 입에서 이사부 히노키라는 이름이 언급되자 갑자기 정신이 번쩍 들었다.

이사부 히노키. 일본 극우단체의 정치깡패. 그는 다나카 류세이의 심복으로 상하이 분쟁을 일으킨 삼우실업사 방화 사건에 깊이 개입한 것으로 알려진 인물이었다.

다시 기자들이 앞다투어 경감에게 질문 세례를 퍼부었다.

"일본영사관에서 시신 인도 요청이 왔습니까?"

"범인 검거를 위해 일본 조계지 경찰서와 공조수사를 하실 계획입니까?"

크리스티앙 경감은 민감한 혐의 사항에 관한 질문이 나오자 난감한 표정을 지었다.

"궁금한 점은 배포해드린 수사 발표 전문을 참조해주시기 바랍니다. 이것으로 수사 중간발표를 마칩니다."

그는 기자들의 다음 질문과 독촉에 응대하지 않고 서둘러 회견장을 떠났다.

"히노키라…, 왠지 오싹한데요."

나는 사진기자 요시모토의 말에 수긍하며 함께 회견장을 나왔다.

W에게

3월 23일. 일광기지국 타전, 육아비전 50호. 발신자 다나카 류세이. "바야흐로 회천회운의 대책을 이 자리에 세운다." 일주일간의 만주국 방문 후 상하이로 돌아와 타전한 이 전보에서 다나카는 1862년 다카스기 신사쿠가 사절단을 이끌고 상하이를 방문한 후 일본으로 돌아가 남겼다는 유명한 구절을 인용했다. 소식통에 의하면 만주에서 돌아온 후 그의 일정에 나타난 주목할 만한 변화는 매일 오후 홍커우 해군기지를 방문하고 있다는 것이다.

3월 24일. 일본군 점령지에 차페이 시민유지회(zahbei Citizen's Maintenance Association)가 창설되었다. 66 밀리 로드에 사무소 개소.
직속 기구로 '시민유지회 정보부'를 두고 중국인, 만주인, 조선인, 일본인으로 구성된 형사 40명이 활동을 시작했다.
산하 기관으로 치안을 담당할 '자치위원회'를 두고 차페이 주재 모든 점포에 자치위원회 공고문을 부착하도록 했다. 주요 사업으로 프랑스 조계에서 쫓겨난 그린 갱단과 연계된 아편장, 도박장, 창녀촌을 차페이 지역으로 들여와서 자치회 소속 징수원 60명(그린 갱단원 22명, 일본 낭인 38명)을 동원해 매일 세금을 거둬들이고 있다. 내부 소식통에 의하면 자치회가 거두어들이는 도박, 마약, 매춘과 일본군 점령지역으로 들고 나는 모든 상품에 붙는 세금이 일본군 주둔군 경비로 들어가고 있다.

*자치위원회 회장 호립부. 52세. 안회이 출신으로 차페이 페리 로드의 피혁공장과 522 난징 로드의 공중목욕탕 실소유주. 아편 밀매업자 리첸(리첸의 아내 쑹하이립은 일본 영사관 통역사)과 친인척 관계.
부회장 왕두립. 35세. 후닝 출신으로, 요코하마 은행 근무 경력이 있고 일본어에 능통하며 현 상하이시 정무국 근무.

별첨 : 〈육아비전〉 50호.(전보)
　　　시민유지회 정보부 형사 명단 및 신상, 자치위원회 간부 명단 및 신상

1932년 3월 25일
Otto

232

계류

긴 항해에서 살아남으려면 온몸의 촉각을 곤두세우고 주위에서 일어나는 변화를 감지해야 했다. 배가 항구를 향해 다가갈 때 가장 먼저 신호를 보내오는 것은 멀리 보이는 등대의 불빛이 아닌 배 밑바닥을 차고 오르는 조류의 변화였다.

그럴 때면 조슈아는 기관실을 나와 어두운 갑판으로 올라갔다. 갑판 위로 불어오는 습기를 머금은 바람을 폐부 가득 들이키며 하나, 둘, 셋, 넷, 다섯, 여섯… 천천히 숫자를 셌다. 호흡이 깊어지면 조슈아의 귓가로 보리밭을 일렁이던 바람 소리가 들려왔고, 그 소리에는 언제나 그자에게서 흘러나오던 허밍 소리가 묻어 있었다. 아무리 고개를 흔들어 그 소리를 떨쳐버리려 애써도, 소리는 점점 더 커졌다.

조슈아는 칠흑 같은 바다를 향해 소리 없이 울부짖었다. 그렇게 속에 가득 담은 공기를 게우고 나면 어둠 저편에서 아스라이 항구의 빛이 떠올랐다.

사람들의 입을 통해 회자되던 김구를 대면했던 그 순간부터 조슈아의 목표는 더욱 분명해졌다. 그의 가슴 깊은 곳에서 일어나는 소용돌이는 그 누구의 조언과 동정으로 사그라질 성질의 것이 아니었다. 조슈아에게 조선독립을 위한 명분과 대의는 먼 나라 이야기였으며, 오히려 그의 개인적인 원한을 해갈할 길이 있다면, 그래서 천추의 응어리를 풀 수만 있다면, 비록 테러리스트라는 낙인이 찍힐지라도 그에게는 그것이 정의였다.

조슈아는 그날 이후 품에 피스톨을 지니고 다녔다. 그에게 정교한 계획 따위는 필요치 않았다. 다나카 류세이가 조슈아의 가시권에 들어오기만 한다면,

233

혹여 그가 자신을 불러 다시 대면할 기회가 주어진다면 그때는 가차 없이 방 아쇠를 당길 것이었다.

그런 결심을 세우자 라라가 떠올랐다. 일전에 다나카를 처치할 순간이 왔을 때, 그녀 때문에 주저했고 기회는 날아가버렸다.

조슈아는 어떤 연유로 가냘픈 조선 처녀가 쾌락을 탐하는 환락의 도시 상하 이에서 일본인 실세의 여자가 되었는지 궁금했다. 조선인 암살자들이 활개 치 는 이곳에서 그것은 위험천만한 일이었다.

"어차피, 조선인 누군가의 손에 죽임을 당할 거라면…."

조슈아는 그새 덥수룩해진 턱수염을 정리하고 머리카락을 손질하면서 혼잣 말을 되뇌었다.

어두운 밤거리에 코튼클럽의 네온사인이 번쩍였다. 조슈아는 구두 앞코에 묻은 흙먼지를 허리를 굽혀 털어내고는 입구로 들어섰다.

매니저 루이는 벤슨 사장이 만나고 싶어 한다는 메모를 조슈아에게 전했다. 아편굴에서의 만남 이후 그는 두문불출했고 아직도 요양 중이었다. 상하이의 외국인 상인들 사이에서는 벤슨이 사업을 접는다는 소문이 돌았다.

벤슨은 클럽에서 가장 구석진 곳에 홀로 앉아 있었다.

조슈아는, 넓은 챙 모양의 크리스털 잔이 벤슨의 입에 닿을 때 그의 광대뼈 가 유난히 튀어나와 보인다고 생각했다. 며칠 새 그는 더 야위었다.

"이 친구는 스카치로 주게."

두 남자가 아주 오랜만에 술잔을 부딪쳤다.

"클럽에 나오실 줄 몰랐습니다."

벤슨이 버번으로 살짝 입술을 적신 후 퀭한 눈으로 조슈아를 쳐다보았다.

"자네가 상점 일을 잘 맡아주고 있어 그저 감사할 따름이네."

조슈아는 스카치 잔 둘레를 검지로 동그랗게 쓰다듬으면서 말했다.

"더는 일을 맡아 할 수 없습니다. 전 진즉에 떠나야 했습니다."

"조슈아, 나도 곧 벤슨 공사를 정리할 생각이네. 사실, 자네가 테드의 유품을 가지고 오기 전부터 계획했던 것이긴 하네만⋯ 마지막으로 부탁 하나만 하세."

벤슨이 조슈아에게 바짝 몸을 기울이며 낮게 속삭였다.

"내가 육전대에 납품하는 귀한 물건이 있는데, 그 배달만은 다른 사람이 아닌 자네가 꼭 해주었으면 하네. 날짜와 시간은 그쪽에서 곧 알려줄 걸세."

바텐더 닉이 눈치 빠르게 두 남자의 빈 잔을 채웠다.

"이제 자네는 어떻게 할 계획인가?"

황금빛 술 방울이 잔의 표면으로 미끄러지는 것을 말없이 바라보던 조슈아가 입을 뗐다.

"이곳에서 꼭 해야 할 일이 하나 생겼습니다."

무대에서 블루스곡의 전주가 시작되고 라라가 서서히 조명 아래 그 모습을 드러냈다.

왜 당신에게는 보이지 않나요?

내 몸과 영혼은 전부 당신 거란 걸.

나는 온종일 당신을 그리며 시간을 보내요.

그녀가 부드럽게 가사를 읊조리자 조슈아는 본능적으로 외투 속에 있는 브라우닝의 총 머리에 손을 가져다 댔다.

그는 무대 오른쪽에 자리한 다나카 류세이의 전용석을 쏘아보았다.

"무슨 일인지 모르지만 쓸데없는 일에 발을 담그지 말게."

벤슨의 말에 조슈아가 천천히 품에서 손을 뺐다.

무대에서는 끈끈한 블루스곡이 절정을 치닫는가 싶더니 비명을 내지르는 듯한 트럼펫 소리를 신호로 변주가 시작되었다. 택시 걸들이 남자 손님들의 손을 잡고 하나둘 플로어로 나갔다.

취기가 잔뜩 오른 벤슨이 빈 잔을 조슈아의 잔에 맞부딪히고는 앞으로 고꾸라졌다. 바텐더는 무심하게 스트레이트 잔에 얼음 하나를 띄우고는 조슈아에게 건넸다.

"저쪽에 앉은 손님이 보낸 겁니다."

닉이 턱으로 바의 끝을 가리켰다. 자리에는 아무도 없고, 재떨이에 놓인 타다 만 궐련에서 연기가 피어오르고 있었다.

"이상하네. 조금 전까지만 해도 저기에 있었는데."

그러고는 조슈아의 잔 옆에 각을 지어 네모나게 접은 황갈색 메모지를 내려놓았다.

"그분이 약간의 팁까지 주면서 이 쪽지도 전하라 했는데…."

조슈아가 바텐더가 건넨 술잔을 삼키며 메모지를 펼치자 일본어로 된 짧은 문장이 정자체로 쓰여 있었다.

캐세이 극장, 토요일 5회 상영, 로비에서 기다림.

봄밤을 울리는 총성

다나카의 승용차는 코튼클럽 앞에 정차한 채 움직이지 않았다.

한동안 보이지 않던 다나카가 돌아온 후 클럽 입구에는 '라라의 이브닝 램블링'을 알리는 포스터가 붙었다. 라라가 자신의 이름을 내건 리사이틀을 하게 된 것이 다나카 류세이의 입김 때문이라는 소문이 자자했다. 물론 주 공연 전에 하는 오프닝 무대이긴 하지만 무명의 밤무대 가수에게는 흔치 않은 기회였다.

차창 너머로 라라의 고개가 나란히 앉은 다나카의 어깨에 살포시 기우는 것이 보였다. 잠시 후 라라가 차에서 내리자 다나카의 승용차는 그대로 출발했다.

클럽 맞은편 골목에서 대기하던 조슈아는 천천히 액셀을 밟으며 간격을 두고 앞차를 따라갔다.

4월의 첫 토요일, 도시의 거리에는 향긋한 봄기운이 묻어났다.

듀바일가를 따라 프렌치 오동나무가 늘어선 거리를 달려가던 다나카의 승용차가 듀바일 팰리스를 목전에 두고 길 한복판에서 갑자기 방향을 선회했다.

열려진 차창으로 사이프러스 나무 향이 밀려들었다. 평소보다 이른 시간에 도착한 장미원의 주차장은 텅 비어 있었다.

예상 밖이었다. 일생을 기다려온 기회가 전혀 예기치 않은 순간에 그에게 다가왔다. 조슈아는 지금이야말로 다나카를 처치할 적기라 판단했다. 차 안에서 기다리고 있는 히노키가 뛰어나오기 전, 그리고 현관문을 열고 중국인 집사가 나오기 전, 다나카가 계단을 올라가는 그 몇 분이 그를 처치할 수 있는 절호의 기회였다.

조슈아는 사이프러스 나무 아래 트럭을 세우고 재빨리 나무 담장 밑으로 기어들어갔다. 환하게 불을 밝힌 계단을 거의 다 올라간 다나카가 현관 앞에서 잠시 멈췄다. 조슈아는 품에서 총을 꺼내 안전핀을 풀고 심호흡을 가다듬었다. 검푸른 밤하늘로 달무리가 지고 있었다. 어두웠지만 목표물까지의 거리는 가까웠다. 조슈아는 다나카를 정조준했다. 방아쇠에 걸린 손가락이 미세하게 떨렸다.

그때였다. 나무 담장 뒤편에서 광채가 번뜩이는가 싶더니 검은 물체가 크게 짖으며 조슈아 쪽으로 맹렬하게 달려왔다.

"탕."

"탕."

두 발의 총성과 함께 검은색 도베르만 한 마리가 허공에서 땅으로 곤두박질했다. 그와 동시에 다나카가 짧게 외마디 비명을 지르고는 오른팔을 부여잡은 채 주저앉았다. 담장 저편에서 개 목줄을 쥐고 있던 집사는 허둥대며 총소리가 난 쪽을 가리켰다.

"저쪽이다!"

저택의 여기저기서 환하게 불이 켜졌다.

차에서 튀어나온 히노키는 한 손에 총을 쥐고 전속력으로 다나카에게 뛰어가다가 급작스레 방향을 선회해 총소리가 난 쪽으로 달려왔다.

후문에서는 다른 개들이 천지를 뒤흔들듯 사납게 짖어댔다.

조슈아는 사이프러스 나무 담장을 빠져나와 재빨리 트럭에 올라탔다. 달무리 진 하늘에 구름이 짙어지더니, 후드득 빗방울이 흩뿌리기 시작했다. 차창으로 들이치는 빗방울이 조슈아의 얼굴을 사정없이 때렸다.

지옥의 천사들

봄비가 추적추적 내리고 있었다.

조프리가를 따라 뿌연 가스등이 번지고, 카페들이 불을 밝힌 거리는 우산을 함께 쓴 연인들로 붐볐다.

새롭게 문을 연 캐세이 극장 간판에는 화염에 휩싸인 채 추락하는 전투기를 배경으로 하늘하늘한 드레스를 걸친 할리우드의 신예 진 할로와 R.F.K 공군 장교복을 입은 미남 배우가 애절하게 포옹하고 있었다.

극장의 검표원들이 상영을 앞두고 길게 늘어선 관객들을 극장 안으로 들여 보내기 시작했다.극장 앞을 서성이던 라라는 우산도 쓰지 않고 인파를 헤집고 뛰어오는 조슈아를 발견했다. 급하게 달려왔는지 얼굴에 땀이 흥건한 조슈아 는 라라를 바라보며 무뚝뚝하게 말했다.

"당신이었군요, 라라."

라라는 앙증맞은 레이스가 달린 장갑 한쪽을 벗으며 손가방에 넣어둔 티켓 하나를 그에게 건넸다.

"시간이 다 되었네요. 극장 안에 들어가 얘기하죠."

조슈아는 표를 받아 들고 잠시 망설이더니 극장 안으로 앞서 들어갔다.

화려한 아르데코 스타일의 극장은 세계 최대의 영화관이라는 광고가 무색하 지 않았다. 로비에는 영화가 시작되기를 기다리는 사람들이 삼삼오오 모여 음 료수를 마시거나 담배를 피우고 있었다. 조슈아는 타오르는 갈증을 해갈하듯 주문한 소다를 단숨에 들이켰다.

벨보이가 벨을 울리자 로비에서 서성이던 사람들이 상영관 안으로 우르르 들어갔다.

은막 위로 '지옥의 천사들'이라는 타이틀 화면이 나오고, 이어 자막이 올라
왔다.

나를 거쳐서 길은 황량한 도시로
나를 거쳐서 길은 영원한 슬픔으로
나를 거쳐서 길은 버림받은 자들 사이로

자막의 마지막에 '≪단테의 신곡≫의 지옥문 입구에 씌어 있는 글귀'라는 설
명이 붙어 있었다.

말없이 스크린을 주시하며 조슈아가 입을 뗐다.

"나를 이런 곳으로 부른 이유가 뭡니까?"

라라도 스크린에서 시선을 거두지 않고 대답했다.

"그날, 아파트 정문을 나서는 순간, 지나치는 차 안에서 다나카를 향해 총을
겨누고 있던 당신을 보았어요. 비록 찰나였지만….."

"그래서 나를 해치려고 여기로 유인한 겁니까?"

"당신을 제거하고자 한다면 굳이 이렇게 사람 많은 장소를 선택하진 않
겠죠. 쪽지를 보낸 건 내가 아니에요. 당신을 만나라는 지시를 받은 건 맞
지만….."

그제야 조슈아가 라라를 바라보았다.

화면에서는 푸르스름한 여명을 배경으로 두 남녀가 열정적인 키스를 나누고
있었다.

"누가 당신을 보냈나요? 다나카 류세이?"

라라의 눈은 여전히 화면에 고정되어 있었다. 그녀는 작정하고 자신이 하고자 하는 말만 하려는 사람처럼 보였다.

"제가 궁금한 건…."

그녀가 드디어 고개를 돌리고 조슈아를 응시했다.

"그날 당신이 겨냥한 사람이 다나카였는지… 만일 당신이 겨냥한 사람이 다나카라면 그날 왜 쏘지 않았냐는 겁니다."

조슈아가 무엇인가 말을 하긴 했지만 갑작스레 화면에서 터져 나온 효과음으로 라라는 그 의미를 가늠하기 힘들었다.

순간, 객석 통로를 따라 한 계단 한 계단 오르며 관객석을 확인하고 있는 한 사내의 모습이 라라의 시야에 들어왔다. 어슴푸레한 불빛 사이로 광대뼈가 튀어나온 뺨 위에 자리한 날카로운 흉터가 번쩍였다.

다나카의 심복 히노키였다. 히노키를 먼저 발견한 라라가 이 상황을 어떻게 설명해야 할지 당황하며 조슈아를 힐끗 바라보았다. 조슈아의 눈길도 은막이 아닌 히노키를 향하고 있었다.

"결국, 모든 것이 거짓말이었군요. 라라."

조슈아는 라라가 뭐라고 대답할 틈도 없이 재빨리 자리에서 일어났다. 뒷좌석의 여자가 불평하는 소리가 들렸다.

예상치 못한 히노키의 등장에 라라의 머릿속이 엉키기 시작했다. 정신을 차려보니 히노키가 상영관을 나서는 조슈아의 뒤를 뛰듯이 따라가고 있었다. 라라도 얼른 자리에서 일어나 히노키의 뒤를 따랐다.

무거운 상영관의 문을 열고 나서자 히노키가 통로 끝에 난 문으로 들어가는 것이 보였다. 서둘러 따라가보니 문 앞에는 '관계자 외 출입금지'라는 팻말이 붙어 있었다. 라라는 조심스레 문을 열었다. 녹색 카펫이 깔린 낮은 계단 위로 차르르 릴 돌아가는 소리가 귀에 감겼다. 한 사람만 겨우 거동할 수 있는 좁은 공간에서 영사기사가 어깨를 잔뜩 구부린 채 새 릴을 영사기에 걸고 있었다.

라라는 영사기사가 눈치 채지 못하게 잔뜩 몸을 숙이고 어두운 계단을 내려 갔다. 영사실에서 시작된 계단은 푸르스름한 불빛이 새 나오는 회색 철문에 가로막히며 끝났다.

라라는 철문을 조심스럽게 잡아당겼다. 잔뜩 녹을 머금은 철제문이 아주 가는 쇳소리를 내며 열리고 눈부신 은막이 휘황하게 펼쳐졌다. 고개가 자연히 뒤로 젖혀질 정도의 대형화면에는 회색빛 하늘 아래 전투기 한 대가 시커먼 연기를 내뿜으며 끝없이 지상으로 추락하고 있었다.

그녀는 자신이 은막 뒤에 서 있음을 깨달았다. 그리고 그녀의 발치에서 두 남자가 어두컴컴한 바닥에 뒤엉켜 있었다. 그들의 동작은 마치 고장 난 영사기에서 흘러나온 분절된 프레임의 슬로모션처럼 부자연스러웠다.

갑자기 강한 빛에 반짝이는 총구의 끝부분이 솟구치는가 싶더니 이내 날이 잔뜩 선 칼의 빗면이 번쩍였다. 그리고 잠시 후 총이 바닥으로 굴렀다.

"처음부터 네놈이 의심스러웠어. 진작에 처치했어야 했는데!"

은막 건너에서 관객들이 내뱉는 탄식 소리에 히노키의 날카로운 음성이 섞였다. 화면에서 간헐적으로 반사되는 빛에 바닥에서 버둥거리는 사내들의 윤곽이 드러났다.

흉측한 뺨의 흉터가 콘트라스트 강한 화면의 빛에 번득이더니 히노키는 총을 집어 바닥에 쓰러진 조슈아를 향해 겨누었다. 스크린에서는 거대한 무기고와 탄약창이 굉음을 내며 폭발하고 있었다. 그리고 탕! 탕! 영화의 폭음에 겹쳐진 채 두 발의 총성이 극장 안을 울렸다.

그 순간, 바닥에 쓰러져 있던 조슈아의 얼굴 옆으로 히노키의 얼굴이 쿵 하고 떨어졌다. 라라가 쓰러진 히노키에게 다가서며 다시 방아쇠를 당겼다.

은막에서는 화염에 휩싸인 독일군의 무기고가 연쇄적으로 폭발하고 있었다.

은막을 사이에 두고 저편의 관객들이 열광하는 소리가 울려 퍼졌다. 라라는 휘청이는 조슈아를 부축하며 계단을 올랐다. 영화는 마지막 클라이막스를 향해 치닫고 있었다.

외투 밖으로 드러난 조슈아의 하얀 셔츠 소매가 빨갛게 물들었다. 라라는 최대한 조슈아에게 밀착한 채 그의 허리를 단단하게 감싸 안고 극장을 나섰다.

거칠게 질주하는 마차 안에서 라라는 조슈아의 상처에서 흘러나오는 피를 힘껏 틀어막았다. 라라의 하얀 레이스 장갑이 빨갛게 물들었다.

마차가 덜컹거릴 때마다 조슈아는 욕설을 내뱉으며 자신의 상처를 지혈하는 라라의 손에 자신의 손을 올려 하중을 더했다.

조슈아가 이를 악물고 나지막이 물었다.

"도대체, 왜 나를 살려준 겁니까?"

라라는 스치는 가스등의 불빛에 비친 조슈아의 얼굴을 쳐다보았다. 그의 얼굴은 창으로 스며드는 불빛에 의해 밝아졌다 어두워졌다를 반복하고 있었다.

"그런 당신은 그날 왜 다나카와 나를 쏘지 않았나요? 기회가 있었잖아요."

덜컹거리는 마차 안에서 조슈아는 쓰라린 상처에 신음할 뿐 그녀의 질문에 답하지 않았다. 마차 내부를 덮은 커버의 틈새로 파고드는 바람이 차가웠다.

"당신은 도대체 왜?"

조슈아의 상처를 틀어막던 라라의 손이 힘없이 스르르 풀렸다.

"내가 다나카의 여자라고 생각했나요? 상하이에 있는 조선인들은 모두 그렇게 생각하겠죠. 하지만 제가 극장에 당신을 오도록 유인한 건 순전히 안공근 동지의 지시였습니다. 그러니까 전…."

조슈아는 복부에 가해진 상처의 통증을 잊은 채 점차 흐릿해지는 라라의 얼굴을 쳐다보았다.

"안공근 동지는 아직도 당신을 다나카의 밀정이라 생각하고 저에게…."

라라가 말을 더듬자 조슈아는 라라의 손을 가져가 자신의 복부에 댔다.

"꼭 눌러주시오."

라라가 조용히 순응하자 조슈아는 힘이 잔뜩 빠진, 그러나 단호한 어조로 말을 이었다.

"누가 뭐래도 그놈 목숨은 내 겁니다."

마부는 채찍질을 가했다. 조슈아는 창백한 얼굴로 자신의 머리를 그녀의 어깨에 힘없이 떨구었다.

오동의 숨소리

"안 돼, 오지 마! 돌아가!"

소년은 이제 막 파랗게 싹이 난 보리밭 사이를 젖 먹던 힘을 다해 달렸다.

맞은편에선 예닐곱 명의 아이들이 막 교회 길로 접어드는 농로를 향해 걸어왔다.

소년은 반대편에서 걸어오는 아이들을 향해 사력을 다해 손을 휘휘 내저었다.

하지만 동네 아이들은 소년의 절규에는 아랑곳없이 거리를 좁혀왔다.

잠시 후 아이들 무리 중 족히 머리 하나쯤은 껑충한 한 아이의 눈이 휘둥그레졌다.

"교회가 불탄다! 교회가 불타오른다!"

소년은 고개를 돌려 달려온 길을 돌아보았다. 푸른 보리밭 너머 교회의 첨탑이 마치 태양의 흑점처럼 검붉게 타오르고 있었다.

"아버지! 아버지!"

소년이 절규하듯 외치며 방향을 바꾸어 교회를 향해 내달렸다. 그러자 걸어오던 아이들도 구경거리라도 만난 듯 소년의 꽁무니를 쫓았다.

'퓨웅~ 쉥'

동시에 풀피리 소리와 뒤섞인 듯한 총성이 소년의 목덜미께에서 바람을 가르며 전해졌다. 사력을 다해 질주하던 소년의 바로 옆에서 머리 하나 껑충한 아이가 총성과 동시에 앞으로 고꾸라졌다.

여기저기서 총성과 함께 잡풀이 튀어 오르고 땅이 파였다. 총탄 세례가 쏟아지고 달려오던 아이들이 낙엽이 지듯 푸른 보리밭 위로 맥을 못 추고 쓰러졌다. 들녘 여기저기 짝 잃은 검정 고무신이 보리 잎새 사이에 박혀 뒹굴었다.

검은 연기에 그을린 예배당 위로 하얀 뭉게구름이 유유히 흐르고, 연초록빛 잡풀들은 붉은 핏빛으로 물들었다. 교회는 화마 속에서 형해를 드러낸 채 위태롭게 버티어 서 있었고 검게 그을린 벽면을 따라 아직 사그라지지 않은 불꽃이 일렁였다.

맨 앞에서 질주하던 소년은 들판 한가운데 서 있는 커다란 오동나무 곁에 쓰러진 채 밤새 일어나지 못했다. 소년의 얼굴은 백지장처럼 창백했고, 소년의 맥은 금방이라도 멈춰버릴 듯 아주 희미한 진동만을 나무 둥치에 전했다. 소년이 늘 타고 놀던 오동나무는 뿌리의 작은 잔털까지, 있는 힘을 다해 물기를 빨았다. 그러고는 밤새 잘고 길게 호흡하며, 마치 심폐소생술을 하듯이 소년의 숨결에 가닿았다.

은은한 분 내음이 싱그런 미풍에 실려 코끝에 걸리고, 보드라운 머릿결이 뺨을 간질이자, 조슈아의 눈썹이 살짝 흔들렸다.

"조슈아."

가늘게 머금은 숨소리가 입김에 실려 조슈아의 목덜미에 닿자 조슈아가 천천히 눈을 떴다. 낯선 포스터와 군데군데 찢어진 벽지, 그리고 한 귀퉁이의 화장대가 그의 시야에 들어왔다. 낯설지만 어딘지 모르게 포근한 방 안의 허공을 응시하며 그는 그저 조각조각 부유하는 기억의 파편들을 붙잡고 있었다.

라라의 눈빛은 오래전 소년이 기대어 바라보던 나무처럼 흔들림 없는 강인함과 홀로 살아남은 자의 죄책감을 보듬어주는 따뜻함을 지니고 있었다.

조슈아는 가만히 눈을 감았다. 이상한 일이었다. 조슈아가 태어나던 해에 심었다던 그 나무는 들판 한가운데 그대로 서 있었다. 햇빛에 나뭇잎이 빛나고,

바람이 나뭇잎을 훑고 지나갔다.

그는 두 팔을 벌려 나무를 끌어안듯 그녀를 안았다. 그리고 그녀의 심장에서 흘러나오는 옅은 숨소리를 들었다. 그녀가 왜 그를 받아들인 것인지 알 수 없었다. 그들은 따뜻함이 감도는 그 공간을 말없이 함께 채웠다.

커튼 사이로 쏟아지는 아침 햇살이 눈부셨다. 조슈아는 아직 아물지 않은 상처에 손을 대고는 신음하며 눈을 비볐다. 그는 전날 밤에 일어난 모든 일이 꿈이라 생각했다. 하지만 복부의 상처는 쓰라렸고, 놀랍게도 곁에서 라라가 그를 바라보고 있었다.

"다나카를 해치우려 했다면, 당신보다는 우리 쪽에서 먼저 제거했을 거예요. 하지만…."

조슈아가 물끄러미 베개에서 고개를 들어 그녀를 바라보았다. 라라가 손을 뻗어 조슈아의 머리카락을 매만지며 말을 이어나갔다.

"상하이에서 벌어지는 모든 일의 중심에는 항상 다나카 류세이가 있고, 조직에서는 그들이 꾸미는 일을 가까이에서 알아내기 위해 저를 다나카에게 접근시킨 거예요. 다나카의 정보가 가치가 있는 한 우리는 그를 제거할 수 없어요. 특히 최근에는 다나카 주변에서 심상치 않은 일들이 발생하고 있고요."

"그 심상치 않은 일이란 게 뭡니까?"

대답 없이 조슈아를 바라보던 라라가 망설이며 입을 열었다.

"제가 알아낸 건… 최근 우쏭항에서 상하이-난징 선의 종착역인 칭후아핀 항과 웨이사이드 항까지 일본인들 소유의 민간 화물차량들까지 동원되어 해군육전대 안으로 물자를 실어 나르고 있어요. 동시에 다나카 류세이의 출입도 잦아지고 있고요."

"그렇다면 내가 그 '심상치 않은 일'을 알아낸 후 그를 없애면 되겠군요."

라라의 눈빛이 심각해졌다. 그녀는 다시 조슈아의 머리카락을 부드럽게 쓰다듬었다.

"당신이 다치는 것을 원하지 않아요, 조슈아."

라라의 말이 끝나자 조슈아가 가만히 그녀를 감싸 안았다.

12

쇼와 7년 5월 23일 월요일

-

W에게 - 1932년 4월 5일

-

비밀 탄약창

에밀리

쇼와 7년 5월 23일 월요일

"오자키 선배, 이 사진은 저희 부서에서 익명의 상하이 거류민이 보관하고 있던 걸 어렵사리 입수한 겁니다. 다카스기 신사쿠가 1862년 5월 상하이를 방문했는데, 그때 지금의 우창소학교 자리에서 촬영한 것이라 하더군요."

맞은편 원탁에 앉아 현상된 35밀리 필름을 파일 문서에 담아 정리하고 있던 요시모토가 끼어들었다.

나는 '우창소학교 개교 50주년 기념사업회'라는 제목의 기사를 읽고 있던 참이었다. 기사에는 사무라이 복장을 한 사내가 일본도를 허리춤에 두르고 넓은 습지를 배경으로 당당하게 서 있는 사진 한 장이 게재되어 있었다.

나는 사진 촬영 정보에 대한 요시모토의 이야기를 들으며 본문을 읽어 내려 갔다.

상하이 최초의 일본학교 '우창소학교' 개보수공사를 위한 모금 운동이 상하이 거류민들의 열화와 같은 성원 속에 무난히 그 목표를 달성했다. 메이지유신을 이끌었던 다카스기 신사쿠의 정신을 바탕으로 거류민들이 '신유학교'를 이 자리에 설립한 지 어언 50년이 흘렀다. '신유학교'는 1907년 일본 재외국민 특례법 제정에 따라 상하이 거류민단 산하 공립학교로 통합되면서 지금의 '우창소학교'로 개명되었고….

우창소학교의 연혁을 따라가던 기사는 신사쿠가 상하이를 방문하고 썼다는 일기 ≪유청오록≫의 구절을 인용하며 끝을 맺었다.

막부를 타도하지 못한다면 우리 일본도 상하이의 중국인처럼 서구 열강에 의해 개나 고양이 같은 짐승 취급을 당하는 운명의 나락에 떨어지고 말 것이다. 나는 이제 이전의 자아를 버리고, 내 몸과 마음을 다 바쳐 메이지 천황을 충혼으로 모시고 시대에 뒤떨어진 낡은 제도와 구세력을 타파할 구체적인 방편을 세울 것이다.

에이도 시마노가 상하이에 왔을 때 새로 지은 홍커우중등학교 체육관 시설을 두고 굳이 낡고 오래된 우창소학교 체육관에서 대규모 군중 궐기대회를 개최한 이유를, 나는 이제야 어렴풋이 알 것 같았다.
하지만 홍커우 공원 폭발 사건 이후 행방이 묘연한 두 인물, 다나카 류세이와 조슈아 칼린이 공교롭게도 천장절 폭파 사건이 발생한 바로 그 시각에 우창소학교 근방에서 사라진 이유에 대해서는 아직도 오리무중이었다.
불현듯 나는 그들이 사라진 것으로 추정되는 우창소학교를 직접 찾아가 어떤 단서나 증언을 확보하지 않은 우를 범했다는 사실을 깨달았다. 내가 이런 잘못을 쉽게 인지하지 못한 이유는 그동안 이들과 엮인 인물들에 대한 탐문에 온 정신을 집중하고 있었던 까닭도 있었지만, 기자의 일거수일투족을 보고해야 하는 지국의 보고체계와 이번 사건에 관한 본사의 달갑지 않은 시선도 한 몫했다. 물론 그날 이후 우창소학교는 전면 폐쇄된 채 아예 접근이 허락되지 않았다는 변명거리도 있었다.

나는 필름을 파일 용지에 끼우고 있는 요시모토를 불렀다.

"요시모토, 아무래도 오늘 내가 직접 우창소학교에 가서 확인해봐야겠어."

요시모토는 작업을 멈추지 않은 채 심드렁하게 대답했다.

"선배, 고노 지국장이 알면 펄펄 뛸 텐데요."

"그래서 자네의 도움이 필요해. 오늘 유니온 프레스는 자네만 다녀와야 할 거야. 아 물론, 그렇다고 자네한테 기사까지 써달라는 건 아닐세. 쇼타하루의 브리핑은 전 분량 녹취가 필요해. 그리고…."

내가 말끝을 흐리자 요시모토는 고개를 쳐들고 의아한 표정으로 나를 바라보았다. 나는 그런 요시모토를 향해 눈을 찡긋거렸다.

"오늘은 무엇보다 자네의 기지가 필요하네."

우창소학교 정문은 굳게 닫힌 채 '시즈미 건설'에서 설치한 '공사 중'이라는 팻말만이 덩그러니 걸려 있었다.

학교 수위는 내가 기자증을 내밀자 다소 의아한 표정으로 철제 쪽문을 열어주었다.

"이곳은 취재가 전면 금지된 곳인데 쇼타하루 공보관이 직접 전화를 걸어주셨으니…."

앞서 나는 요시모토에게 유니온 프레스로 들어가 쇼타하루가 기자 브리핑을 하는 동안 카메라만 설치해두고 그의 사무실로 들어가 우창소학교 수위실에 취재 허가에 관한 전화를 해달라고 부탁했고, 요시모토는 다소 과장되기는 했지만 특유의 간드러진 쇼타하루의 목소리를 그대로 재현한 것이다.

"한번 둘러보십시오."

매부리코에 짙은 눈썹을 한 고지식한 인상의 수위는 주의사항만 일방적으로 일러주고는 경비실로 들어갔다.

학교 안으로 들어서자 운동장 너머로 경적을 울리며 다가오는 기차 소리가 들렸다. 나는 소리 나는 방향으로 걸어가기 시작했다. 하지만, 몇 걸음 떼자마자 이곳의 풍광이 예전 같지 않음을 알아차렸다. 그것은 익숙하면서도 또 익숙하지 않은 풍경이었다.

우창소학교 근방은 철길을 거니는 것을 좋아하는 주민들에게 일종의 숨겨진 명소였다. 나도 가끔 스트레스로 인해 머리가 지끈거릴 때면 어김없이 이곳을 찾아 하염없이 철길을 거닐곤 했었다. 한동안 찾지 않아서 단번에 알아보지는 못했지만 철길 초입에 서 있던 체육관 건물이 송두리째 사라지고 없었다.

나는 부리나케 경비실로 되돌아가 수위에게 어찌 된 영문인지 물었다.

"저 자리에 있던 체육관은 어떻게 된 겁니까?"

"붕괴 위험 때문에 군인들이 서둘러 철거했다고 합니다."

수위의 대답 중 '서둘러'라는 단어에서 왠지 기분이 석연치 않았다.

"혹시 철거 현장을 직접 목격하셨나요?"

"아니요, 경비 업무를 인계받을 때 그렇게 전달만 받았습니다."

나는 운동장 언저리 목련 나무 그늘을 따라 걸었다. 텅 빈 운동장에는 적요만 감돌았다. 찢어진 그물망 뒤로 주인 잃은 새장과 문짝이 떨어져 나간 토끼장이 보였다.

이곳에서 사라져버린 것이 다나카 류세이와 조슈아 칼린만이 아니라는 사실에 마음속에 작은 동요가 일었다.

'혹시 이들을 영원히 잠재울 목적으로, 체육관 자체를 없애버린 것은 아닐까?'

나는 목련 나무 둥치에 기댄 채 가만히 하늘을 올려다보며 사색에 잠겼다. 푸른 나무 이파리 사이에 찢어진 코이노보리 연 조각이 실타래가 엉켜 나풀거리고 있었다.

W에게

4월 2일. 장제쓰의 정보대가 국제 코민테른이 지원하는 중국 반제전선 비밀 무선 기지국을 급습했다. 기밀 자료가 압수되고 조직원 및 현장에 있던 전파 기술자가 연행되었다. 기술자의 신원은 M.R 기지국에서 지원을 나갔던 스위스인 레토 젤버거로 파악되었다. 내부 정보에 의하면 장제스 정보대에 반제전선 기지국 위치를 제공한 출처는 다나카 류세이가 지휘하는 일광 기지국이다. 다나카 류세이가 정보 제공 대가로 무엇을 교환했는지 확인이 시급하다.

4월 3일. 1차대전 당시 독일 루덴도르프 장군의 보좌관이었던 막스 바우어 대령과 전쟁 전략가 한스 폰 제트 장군이 베이징을 거쳐 상하이에 도착, 4월 12일 난징의 국민당 정보참모 주자화, 궈태채와 함께 회동했다. 중국군 내에 '독일 군사 고문단 창설'에 대해 협의한 것으로 알려졌다.

별첨 : 〈독일 군사 고문단 창설 협약조항〉

1932년 4월 5일
Otto

비밀 탄약창

"조금만 옆으로 찔렸어도 생명이 위태로울 뻔했어요."

루이가 소독약이 질펀하게 묻은 솜을 조슈아의 좌측 늑골에 갖다 대자 자상에서 하얀 거품이 일었다. 침상 난간에 비스듬히 앉아 있던 소년 콰이는 차마 못 보겠다는 듯이 한 손으로 눈을 가리면서 지혈한 흔적이 묻은 붕대를 움켜쥐었다.

"미스터 칼린, 도대체 요즈음 무슨 일이 벌어지고 있는 거죠? 그리고 칼린 씨를 부축하고 온 여자 분은 누구죠?"

조슈아는 이를 악물고 신음하면서, 손을 뻗어 콰이의 머리를 말없이 쓰다듬었다. 루이는 돌돌 말린 압박붕대를 풀어 복부에 칭칭 감으며 잔뜩 근심 어린 눈으로 조슈아를 내려다보았다.

"칼린 씨, 어떤 이유로 그 여성 분과 엮였는지는 모르지만, 그 여성과 같이 있으면 위험해질 것 같아요."

"충고 고마워요, 루이."

조슈아는 아직 가시지 않은 통증에 얼굴을 일그러뜨리며 짧게 대답했다.

"오늘 육전대 배달은 제가 가겠습니다. 아무리 벤슨 사장의 부탁이라고 해도 이런 몸으로 거동한다는 것은 불가능해요."

매니저 루이의 호의에 조슈아는 바로 오늘이 벤슨이 마지막으로 부탁한 배달일임을 기억해냈다.

"루이, 다시 한번 고맙지만, 이 일은 벤슨 사장의 간곡한 요청입니다. 제가 반드시 가야 할 이유가 있어요."

조슈아는 홍커우의 해군육전대 사령부로 차를 몰았다. 양편에 아름드리나무가 빽빽이 늘어선 차도를 달려 검문소에 다다르자 호루라기 소리가 요란했다. 조슈아는 앞서가던 트럭의 꽁무니에 바짝 따라붙으며 트럭을 세웠다.

잠시 후, 장총을 든 군인 한 명이 조슈아의 트럭 앞으로 다가왔다. 조슈아가 한 손을 든 채 재빨리 룸미러 뒤에 꽂아둔 출입증을 건넸다. 군인이 통행증을 살펴보더니, 바리케이드 근방에서 서성이던 동료를 호출했다. 동료는 곧장 트럭 뒤로 다가가 짐칸의 장막을 걷고, 미제 통조림이 가득 든 상자들을 확인했다. 군인들은 자기들끼리 몇 마디 이야기를 나누더니 조슈아의 출입증을 돌려주었다. 평소보다 검문이 까다로웠다.

"포크 앤 빈 삼백 캔, 미트로프 삼백 캔, 하인즈 빈 삼백오십 캔, 그리고 프리미엄 잼 다섯 박스."

해군육전대 식당의 주방장이 주문 장부를 넘기며 물품을 확인했다. 주문장 수령인 난에 사인을 하던 주방장이 조슈아에게 거듭 당부했다.

"다른 통조림 배달도 반드시 일정을 지켜야 하지만, 장교식당에 들어가는 프리미엄 잼은 무슨 일이 있더라도 배달 일정을 지켜야 합니다."

"걱정하지 마십시오."

조슈아는 해군육전대 장교와 사병들의 끼니를 책임지고 있는 주방장을 향해 강한 긍정의 표시로 웃으며 손으로 경례를 붙이고는, 막사 뒤에 세워둔 트럭으로 다가가 럭키 스트라이크 담배 두 보루를 챙겨 주방장에게 건넸다.

"주방장님, 도대체 왜 민간 트럭들이 저렇게 쉴 새 없이 부대에 드나드는 거죠? 조만간 벤슨 공사도 여러 군납 업체들과 납품을 놓고 경쟁해야 하는 거 아닙니까?"

주방장은 조슈아가 건넨 담배를 챙기면서, 시답지 않다는 표정으로 답했다.

"그럴 리가 있겠소? 하긴, 양제푸 공단의 화물차들까지 동났다고, 뭐 볼멘소리가 들리기는 합디다만."

조슈아는 트럭의 짐칸에 올라 장막을 치다가 언덕 너머 숲길까지 정차한 화물차의 행렬을 제치고 달려오는 검은색 닷선 승용차 한 대를 목격했다. 그러자 조슈아는 해군육전대에 많은 민간 트럭이 동원되고 다나카 류세이의 출입이 잦아지고 있다던 라라의 말이 떠올랐다.

조슈아는 짐칸에서 뛰어내려 그새 취사장으로 사라진 주방장에게 다가가 트럭 엔진에 문제가 생겨 움직이지를 않는다고 둘러대고는 트럭의 보닛을 열어놓은 채 식당 막사 뒤편에 주차했다.

그러고는 곧장 가파른 취사장 뒤편 언덕으로 올라가기 시작했다. 잰걸음으로 둔덕을 지나 숲속으로 접어들자 자신의 위치를 가늠하기 힘들 만큼 산림이 우거졌다. 습기 가득한 흙길을 따라 몇 걸음을 옮기자 희미하게나마 군인들의 인기척이 감지되었고, 수풀 더미로 위장한 출입구 안으로 사라지는 트럭들이 보였다. 조슈아는 잔뜩 숨을 죽이고는 재빨리 출입구에서 가장 가까운 나무 둥치 뒤로 다가가 몸을 숨겼다.

잠시 후, 조슈아는 후미에 정차하고 있던 군용 트럭의 장막 안으로 뛰어올랐다. 짐칸에 적재된 컨테이너들 틈 사이에 간신히 몸을 숨긴 그는 트럭 밖에서 들리는 소리에 정신을 집중했다.

나뭇가지들이 파르르 흔들리는가 싶더니 자신을 실은 트럭이 좁고 긴 터널 속으로 들어섰다. 얼마나 지났을까? 터널을 달리던 트럭이 갑자기 덜컹거리며 멈췄다.

조슈아는 장막을 살짝 열고 밖을 내다보았다. 눈앞에 펼쳐진 공간은 그의 시선이 다 쫓아갈 수 없을 만큼 넓고 어두웠다.

곳곳에 크고 작은 나무 컨테이너들이 쌓여 있고, 군인들이 부산하게 움직이는 것이 보였다. 천천히 서행하던 트럭이 멈추자, 조슈아는 재빨리 장막 밖으로 뛰어내려 나무 컨테이너들 틈에 몸을 숨기고 주위를 살폈다.

그가 숨어 있는 장소에서 조금 떨어진 곳에서 클립보드를 든 군인 두 명이 무엇인가를 열심히 적으며 대화하고 있었다.

"7 9 크로스 5 7 엠케이 투."

"7 7 크로스 5 8 에스 알."

군인들은 컨테이너에 찍힌 번호를 점검했다.

갑자기 '삐이이이' 하는 소리와 함께 벽에 붙어 있는 붉은 빔이 돌아가기 시작했다. 그리고 보니 조슈아의 한쪽 발이 바닥에 깔린 전선을 밟고 있었다. 천천히 돌아가던 붉은색 빔이 빠르게 돌기 시작하면서 비상벨이 요란하게 울렸다.

작업 중이던 일본군 두 명이 조슈아가 몸을 숨긴 방향으로 총을 겨누며 다가왔다. 조슈아는 허리춤에 차고 있던 권총을 빼어 들고 몸을 낮췄다. 주위를 살피며 다가오던 군인들은 조슈아가 숨어 있는 곳을 그대로 지나쳤다. 조슈아의 등줄기를 따라 끈적한 땀방울이 흘러내렸다.

8.0, 8.6, 10.9, 11.9, 57, 75··· 조슈아는 나무 컨테이너에 새겨진 붉은색 숫자들을 하나하나 확인했다.

'도대체 이것들이 다 뭘까?'

혼잣말을 되뇌던 조슈아의 머릿속에 문득 이 컨테이너 안에 각종 폭탄과 탄약과 탄창이 들어 있을 거라는 생각이 스쳤다. 그는 이런 일련번호가 새겨진 폭탄 상자들을 실은 미국 우편선을 탄 적이 있었다.

지하 공간에 빨려 들어가듯 조슈아는 안쪽으로 들어갔다. 한참을 걸어가자 탄약을 실은 컨테이너도, 군인들도 주위에서 사라졌다.

그때 멀리서 자동차가 달려오는 소리가 들렸다.

조슈아는 숨을 곳을 찾아보았지만 당장 그럴 만한 곳이 보이지 않았다.

눈앞에 보이는 공간은 끝이 보이지 않는 검은 입을 벌리고 있었다. 저 어둠 속에 무엇이 버티고 있는지 알 수 없었지만, 그는 어둠의 입속으로 내처 달렸다. 끝없이 이어지는 지하 공간을 달리며 그는 문득 꿈을 꾸는 것이 아닌가 생각했다.

얼마나 죽을힘을 다해 달렸던지 온몸이 땀에 흠뻑 젖었다. 한참을 달리자 지하 공간의 막다른 곳에 다다랐다. 그 어디에도 몸을 숨길 곳은 없었다.

조슈아는 벽 구석에 몸을 웅크린 채 숨을 죽이고 앉았다. 차에서 내린 사내들이 플래시를 비추며 조슈아가 앉아 있는 곳으로 다가왔다. 터질 것 같은 심장 박동이 조슈아의 귀에 크게 울렸다. 그 어디로 도망갈 곳도, 몸을 숨길 수도 없었다. 플래시를 비추며 다가온 사내들은 조슈아가 웅크리고 있는 곳에서 몇 미터 떨어진 곳에 멈추더니 천장을 비추며 자기들끼리 알 수 없는 대화를 나눴다.

그들의 대화 중에 드문드문 영어 단어가 들렸다. 그중 조슈아가 알아들을 수 있는 말은 '모르타르, 30그램 퍼 제곱미터, 0.28그램 퍼 제곱미터, …' 정도였다.

신중하게 대화를 이어가던 두 사내가 다시 승용차를 타고 사라지자 주위는 이내 칠흑 같은 어둠에 휩싸였다. 축축한 조슈아의 등줄기를 타고 벽에서 쿵쿵 울림이 느껴졌다.

조슈아는 컴컴한 벽과 천장을 올려다보았다. 천장과 벽이 만나는 지점에서 실낱같이 가느다란 빛이 새 나오고, 벽을 따라 철제 사다리가 걸쳐 있었다. 그러고 보니 조금 전 그 사내들도 플래시로 천장을 비췄었다. 어쩌면 이 공간에 또 다른 출구가 있을지도 모른다는 생각이 스쳤다.

조슈아는 사다리에 올라타려고 뛰어보았지만 손이 닿지 않았다. 재킷과 바지를 벗어 밧줄처럼 묶은 다음 사다리에 걸친 후에야 이를 붙잡고 간신히 사다리에 올라설 수 있었다.

사다리 끝에 이르자 천장을 따라 둥그런 맨홀 뚜껑 같은 것이 만져졌다. 조슈아는 다시 밧줄처럼 묶은 옷을 끌어 올려 등과 어깨에 대고 있는 힘을 다해 맨홀을 밀어 올렸다. 뚜껑은 낡은 쇳소리를 내며 조금씩 움직이기 시작했다.

조슈아는 벌어진 틈으로 밖을 내다보았다. 창고처럼 보이는 공간에는 바닥과 선반 여기저기에 운동기구들이 있었다. 뜀틀과 선반 바구니에 담긴 배구공, 손때 묻은 탁구 라켓 같은 체육 기구들이 전혀 낯설지 않았다. 조슈아는 옷가지를 들고 밖으로 올라왔다. 저 어둠으로 되돌아가는 것보다는 이곳이 훨씬 안전해 보였다.

주섬주섬 옷가지를 챙겨 입고 창고 문에 달린 뿌연 유리창으로 밖을 내다보던 조슈아는 그대로 움츠러들었다. 창고 앞에는 도복을 입고 죽도를 든 낭인들이 늘어서 있고, 강당처럼 거대한 공간에는 수많은 사람들이 북적이고 있었다.

조슈아는 숨 막힐 듯한 현기증을 느끼며 살짝 문을 열었다.

둥둥둥! 강당에 울려 퍼지는 북소리가 조슈아의 심장을 사정없이 두드렸다. 체육관 천장에는 만국기와 일장기가 물결치고, 무대 위에는 '전승, 동아 공영 신질서 발대식'이라고 쓰인 현수막이 걸려 있었다.

화려한 마쓰리 가운을 걸친 사내가 일장기가 그려진 거대한 북을 두드리자 강당을 가득 메운 남자들이 북소리에 맞추어 깃발을 흔들며 우렁차게 기합을 내질렀다.

"깐빠레! 니뽄! 깐빠레! 니뽄!"

조슈아는 고개를 푹 숙인 채 강당 출입문을 향해 빠르게 걸어갔다. 그는 사방에서 둥둥 울리는 북소리가 이 공간을 가득 메우고 있는 사람들의 심장을 울리는 고동 소리와 혼연일체가 되어가고 있음을 직감했다.

그들의 창자 깊이 숨어 있던 두려움과 공포가 함성으로 터져 올랐다.

"동아 공영 만세! 만세! 만만세!"

"천황 폐하 만세! 만세! 만만세!"

북소리와 함성이 어우러진 군중대회의 광적인 열기가 점차 고조되었다.

조슈아의 등골을 타고 서늘한 기운이 흘러내렸다. 그는 정신을 집중하며 흩어져 있던 공간의 파편들을 꿰맞추기 시작했다.

해군육전대 본부와 검은 닷선 차량, 그리고 숲속을 오가던 수많은 화물차. 어둠 속으로 한없이 침잠할 것 같은 거대한 지하 공간, 그리고 그 공간의 막다른 곳에 위태롭게 걸쳐 있는 사다리. 그리고 난데없이 나타난 체육관과 그 안에서 환호하는 낭인들의 집회.

조슈아는 자신이 지나온 지하 공간은 해군육전대의 언덕 아래를 뚫어 터널로 연결한 거대한 비밀 탄약고였고, 그 위가 바로 우창소학교의 체육관과 연결되어 있음을 깨달았다.

에밀리

조슈아는 선착장에 트럭을 세워놓고 담배를 물었다.

시애틀로 떠나는 골든 하베스트 호가 누런 물살을 가르며 황푸 부두를 빠져 나갔다. 조슈아는 항구를 떠나는 배를 보고도 더는 마음이 동하지 않았다.

악취와 비린내가 진동하던 선착장은 오랜만에 목재에서 뿜어 나오는 나무 향으로 가득했다. 필리핀에서 온 나왕, 싱가포르에서 온 담브리앙과 미라보, 압록강에서 온 케돌, 태국에서 온 화류 등 다양한 목재들이 선착장에 산더미 처럼 쌓여 있었다.

목재 더미 사이로 검은색 포드 승용차 한 대가 들어와 정차했다. 영사관의 헬렌 양과 검은 중절모를 쓴 초로의 미국인이 차에서 내렸다. 희끗희끗한 머 리에 파란 눈의 남자는 예순은 훨씬 넘어 보였다. 남자는 중절모를 벗어 들고 조슈아에게 자신을 존 앱트라고 소개하며 악수를 건넸다.

세 사람이 탄 트럭이 복잡한 선착장을 벗어난 직후 존 앱트가 마른기침을 하 며 말문을 열었다.

"에밀리 소식을 듣자마자 시애틀로 가서 일본행 여객선을 탔습니다. 보름 만에 요코하마에 도착해서 거기서 상하이로 오는 첫 배를 타고 왔죠."

그러자 헬렌 양이 상황 설명을 도왔다.

"앱트 씨가 상하이에 도착하자마자 우리 영사관으로 찾아오셨어요."

앱트가 대화를 이어나갔다.

"헬렌 양이 도와주어서 어제 적십자사를 찾아갔습니다. 그날, 2월 28일 오후 2시경에 조슈아 칼린 씨가 에밀리가 구한 아이들을 파오샨 구호소로 인계한 것으로 기록되어 있더군요. 칼린 씨가 바로 에밀리를 마지막으로 본 사람이라고….”

존 앱트는 에밀리의 마지막 모습에 대해 무슨 말이라도 해주기를 바라는 듯 보였다.

하지만 조슈아는 어떻게 말문을 열어야 할지 머뭇거리다 그의 시선을 피하고 말았다. 사실 미국영사관에서 전화로 부탁해 왔을 때, 그는 존 앱트를 안내하는 일이 선뜻 내키지 않았다.

폐허 사이로 난 길을 따라 조금씩 그 모습을 드러내기 시작하는 전쟁의 상흔처럼, 존 앱트의 눈빛도 메마르고 황망했다.

“왼쪽에 보이는 저곳이 하루에 수십만 명의 승객들이 타고 내리던 상하이 북부역이에요.”

미네소타의 작은 도시에서 왔다는 앱트는 헬렌의 말이 믿기지 않는 듯 무너진 잔해를 망연히 바라보았다.

“하루에 말인가요?”

존 앱트는 뭔가가 생각난 듯 떨리는 손으로 주머니에서 수첩을 꺼냈다.

“그러고 보니 에밀리가 마지막으로 보낸 엽서에 상하이 북부역의 사진이….”

수첩 안에는 엽서와 오래된 사진 한 장이 끼워져 있었다. 잉크가 번진 엽서의 앞면에는 웅장했던 북부역사의 모습이 담겨 있었다.

“아, 이건 간호사 가관식 날 사진이랍니다.”

존 앱트가 헬렌에게 건넨 사진에는 하얀 간호사 캡을 쓴 에밀리 앱트가 촛불을 든 채 미소짓고 있었다.

철로 구간으로 들어서자 트럭이 심하게 쿨렁거려 나란히 앉은 세 사람의 어깨가 흔들리며 부딪혔다.

"여기서부터는 조계지 경찰의 치안을 벗어난 지역입니다. 아직 정전 협상이 진행 중이라⋯."

조슈아의 말이 끝나기가 무섭게 하얀 광목천에 먹물로 쓴 '피난민 재활협회'라는 커다란 글씨를 붙인 트럭 한 대가 길을 막았다. 짧게 자른 머리에 하얀 셔츠를 입은 남자 대여섯이 트럭을 향해 다가왔다.

조슈아가 한 손으로 살며시 허리춤의 권총을 잡았다. 재활협회 어깨띠를 두른 남자들이 트럭 앞으로 다가와 창문을 내리라고 손짓하며 소리쳤다.

"원 맨 투엔띠 위안, 원 카 포띠 위안, 올라! 한드라 위안."

조슈아가 헬렌과 존 앱트를 안심시켰다.

"별거 아니네요. 통행세를 내라네요."

조슈아는 얼른 지폐를 건네고는 재빨리 차창을 올렸다.

존 앱트는 딸이 어떤 곳에서 죽었는지 이제야 실감이 나는 듯 고개를 떨구고 깊은 한숨을 토해냈다.

한참을 달려도 폐허만 펼쳐질 뿐 어디가 어딘지 도무지 방향을 가늠할 수 없었다. 골목골목 빼곡하게 들어서 있던 주택과 공장의 모습은 간데없고 무너진 건물의 잔해만 남아 있었다.

사방으로 불어대는 먼지바람을 거스르며 자기 몸보다 큰 이불 보따리를 진 가장을 선두로 솥단지 가득 궁색한 살림살이를 동여맨 가족들이 집을 찾아 돌아오는 모습이 드문드문 보였다.

"내 딸 에밀리는 왜 스스로 이런 곳에 왔을까요?"

한참을 창밖만 바라보던 존 앱트가 입을 떼며 중얼거렸다. 헬렌이 가만히 존 앱트의 손을 잡았다.

주인 잃은 개들이 서너 마리씩 떼를 지어 어슬렁거리며 돌아다니고, 무너진 건물 더미 위에서 회색 먼지를 뒤집어쓴 채 놀던 아이들이 조슈아의 트럭을 향해 손을 흔들었다.

트럭이 수로 위에 임시로 복구된 다리를 넘어갔다. 아마도 폭탄이 떨어진, 그전에 공장이 있던 곳이 이 부근인 것 같았다. 원통형의 은빛으로 번쩍거리던 화학 공장의 기이한 구조물은 간 곳 없고, 무너진 벽과 허리가 잘린 굴뚝만 시커멓게 그을린 채 남아 있었다. 차에서 내린 조슈아가 주위를 둘러보았다.

"아마 이쯤이었던 것으로 기억하는데… 일단 내리실까요?"

존 앱트가 손수건으로 입을 가리며 연신 기침을 했다. 공기에는 아직도 폭탄의 증기에서 발산된 산과 화약 약품이 섞인 매운 연기가 남아 있었다.

공장이 있었던 자리에 생긴 깊은 구덩이는 마치 거대한 분화구 같았다. 구덩이 주위로 형체를 알 수 없이 녹아내린 쇳덩어리들과 타다 남은 자전거 바큇살, 트럭의 문짝들이 어지러이 나뒹굴고, 구덩이 안에는 검게 그을린 시체들이 동산처럼 쌓여 있었다. 시체 썩는 냄새와 화약 냄새 그리고 약품 냄새가 섞여 숨쉬기도 힘들었다.

검은 먼지를 온몸에 뒤집어쓴 인부들이 들것에 실어 온 시체를 거대한 구덩이에 던져 넣었다. 앞장서 걸어가던 조슈아가 걸음을 멈추며 뒤돌아보았다.

헬렌은 결국 구토를 참지 못하고 손수건으로 입을 가리며 트럭 쪽으로 달려가고, 얼굴이 백지장처럼 하얗게 질린 앱트는 휘청거리며 다가왔다.

조슈아가 존 앱트의 손을 움켜잡았다.

"앱트 씨, 아무것도 없습니다. 돌아가시죠."

앱트는 조슈아의 손을 뿌리치고 구덩이 쪽으로 가까이 다가갔다.

불안하게 서 있는 그의 뒷모습이 소리 없이 흔들렸다. 한 발짝만 앞으로 내디디면 저 구덩이 속으로 사라져버릴 것만 같았다.

조슈아가 조용히 앱트의 옆으로 다가가 그의 손을 잡았다. 눈앞에 펼쳐진 깊은 구덩이에는 차마 인간의 언어로 표현하기 힘든 끔찍한 형태의 검게 탄 시체들이 산처럼 쌓여 있었다. 부들부들 떨리는 앱트의 손을 통해 그의 절망과 슬픔이 고스란히 전달되었다.

마치 이 지상으로 하강하길 거부하듯 푸른 하늘 위에서 천천히 낙하하던 두 대의 폭탄. 추락한 천사 같은 폭탄을 감싸며 은빛으로 구겨지던 공장의 지붕. 지옥에서 울려오는 듯 고막을 터뜨릴 것처럼 터져 나오던 거대한 폭발음. 하얀 구름을 이고 하늘 높이 올라가던 거대한 불기둥. 순식간에 다시 아래로 퍼져 내리며 전속력으로 달려오던 불길. 핸들을 꽉 부여잡은 조슈아의 두 손이 떨렸다. 트럭 짐칸에 있던 아이들은 비명조차 지르지 않았다.

돌아오는 내내 헬렌은 치밀어 오르는 구토를 참지 못하고 연신 구역질을 하고, 앱트는 고개를 숙인 채 미동도 없었다.

헬렌은 핼쑥해진 얼굴로 미안해하며 경마장 앞에 있는 자신의 아파트로 돌아갔다. 말없이 앉아 있던 앱트가 입을 열었다.

"아무도 없는 호텔에 혼자 있을 자신이 없네요."

조슈아가 호응하듯 물었다.

"어디 가서 술이라도 한잔하시겠습니까?"

"아닙니다. 가까운 곳에 교회가 있으면 그리로 데려다주시면 감사하겠습니다."

조슈아는 아스토 호텔로 가지 않고 경마장 맞은편 티베트가로 트럭을 몰았고, 얼마 안 가서 무어 메모리얼 교회당 앞에 도착했다.

"저… 이것 좀 전해주시겠습니까?

차에서 내리기 전, 존 엡트가 봉투를 내밀었다.

"에밀리 시신이라도 거두려고 가져왔던 건데… 아이들을 위해 사용해주셨으면 합니다."

다행히 평일인데도 예배당 문은 열려 있었다. 예배당 안에는 아무도 없었고, 제단 위 십자가 아래 촛불들만이 희미하게 주위를 밝히고 있었다.

엡트는 자리에 앉더니 고개를 숙이며 마주 잡은 손에 얼굴을 묻었다. 한 인간이 감당하기에는 그가 진 짐이 너무 버거워 보였다.

예수도 골고다의 언덕을 올라갈 때 자신의 형틀이 될 나무를 시몬이라는 사람에게 대신 지우지 않았던가? 조슈아는 물끄러미 십자가에 달린 예수의 형상을 바라보았다.

"엘리 엘리 라마 사박다니! 하나님 하나님이여, 어찌하여 나를 버리시나이까?"

가시면류관을 쓴 예수의 반쯤 벌어진 입이 외치는 절규를 뒤로한 채 조슈아는 조용히 예배당 문을 닫고 나왔다.

피할 수만 있다면 피하고 싶었던 하루가 그렇게 지나가고 있었다.

부두를 따라 노란 가스등이 하나둘 불을 밝히고, 조슈아는 아이리시 펍 '더블린'의 육중한 통나무 문을 밀고 들어갔다. 실내에는 뿌연 담배 연기가 가득했다.

조슈아가 바에 걸터앉기 무섭게 바텐더 잭이 다가왔다.

"헤이, 조슈아! 지난 경기에 터치다운을 두 번이나 했다면서?"

"그러고도 해병대 팀에 깨졌어."

"시원한 비미쉬 맥주 한잔할래?"

"아니, 보드카나 한 잔 줘!"

양팔에 문신이 가득한 잭이 차갑게 얼린 보드카 잔을 그의 앞에 놓았다.

"어제 새로 들어온 폴란드산 보드카! 러시아 놈들이 알면 난리가 날 거야."

마치 깊고 어두운 갱도에서 석탄 가루를 잔뜩 마시고 나온 광부가 독한 술로 속을 씻어내듯이 조슈아는 단숨에 잔을 비웠다.

"한 잔 더, 더블로."

"헤이 마이 프랜드, 슬로우 슬로우. 54도짜리야."

세일러복을 입은 한 떼의 영국 해군들이 아가씨를 한 명씩 끼고 왁자지껄 바에 들어와 카운터를 치며 잭을 불렀다.

조슈아는 잭이 건넨 잔을 단숨에 들이켰다. 트림이 올라오며 지독한 악취가 입술로 스며 나왔다.

대지를 적시던 피비린내에는 생명의 기운이라도 남아 있다지만, 오늘 차페이에서 보았던 부패한 시신 더미에는 파리 한 마리 날아들지 않았다.

조슈아가 계속 빈 잔을 흔들자 잭은 마지못해 잔을 채우고는 뒷주머니에서 담배를 꺼내 불을 붙여 건넸다.

"한 잔 더 하기 전에 먼저 이거나 한 대 피워. 보드카와 담배. 노름꾼들의 저녁이잖아."

조슈아는 담배를 받아 한 모금 깊숙이 빨았다. 빈속에 들이부은 보드카와 독한 담배 연기가 섞여 온몸에 취기가 훅하고 올랐다.

"존 앱트 씨!"

조슈아는 자기도 모르게 몇 시간 전에 거대한 시체 구덩이 앞에 흔들리며 서 있었던 노신사의 이름을 불렀다. 그러고는 건배라도 하듯 이 악몽 같은 세상에 홀로 남겨진 자들을 위해 잔을 들어 올렸다.

"차오!"

조슈아는 찰랑거리는 보드카를 천천히 들이켰다.

몸이 나른해지고 취기가 돌았다. 가슴속 저 깊은 곳에 눌러놓았던 빗장이 풀리며 잊고 싶었던, 잊어야만 하는 얼굴들이 떠올랐다. 아주 멀리 이 지구를 몇 바퀴나 돌아왔지만, 그는 여전히 해 질 녘 보리밭에 누워 있던 그 열 살배기 소년일 뿐이었다.

어두운 들판에 별들이 떠올랐다. 소년은 자신이 살아 있는 건지 죽은 건지 알 수 없었다. 이 모든 것이 꿈인지도 몰랐다. 밤하늘에는 은하수가 흐르고 별들이 빛났다.

소년은 반짝이는 별들을 보며 생각했다. 이 꿈에서 깨어나면 친구들과 따뜻한 종달새 알을 주우러 갈 거라고.

13

쇼와 7년 5월 24일 화요일

–

W에게 - 1932년 4월 12일

–

송하사숙

광시만물상

붉은 장미

쇼와 7년 5월 24일 화요일

"떠나기 전에 오자키 기자를 뵙다니 다행이군요."

진지룽의 말보다도 나는 냄새가 진동하는 작업장 안의 낡은 목조 건물에 이렇게 기품 있는 다실이 있다는 사실이 놀라웠다.

그동안 진지룽을 만나기 위해 여러 차례 시도했지만 만남이 이루어지지 않았었다. 그런데 얼마 전 '차페이 시민 재건위원회' 해산식을 취재하러 갔다가 우연히 그를 만나 인사를 나눴다. 그는 곧 만주로 떠나게 되었다며, 누추하지만 '만주용마'에 꼭 한번 들러달라고 정중하게 초대했다.

다실로 들어서자 만주족 전통 복장의 진지룽이 나를 맞이했다. 다관에 따른 찻물이 식기를 기다리며 형식적인 인사와 겉도는 말들이 이어졌다. 내가 먼저 물었다.

"만주로 옮긴다고 들었습니다. 언제 떠나십니까?"

"오늘내일하고 있습니다. 저야 돌아가는 대로 사령관님을 도와서 안국군 재

275

건에 힘써야지요."

"저도 안국군 관련 기사는 접했습니다."

"말이 군대지 아직 자경단 수준이지요."

1932년 5월 23일 월요일자 로이터 통신에 '안국군 총사령관 진비후이 소장'의 사진이 대문짝만 하게 실렸다. 드넓은 만주 벌판을 배경으로 관동군 장교복에 제모를 쓴 진비후이가 안국군이라 불리는 속칭 '열하 자경단'을 사열하는 모습이었다.

이어진 면에는 황녀 차림의 진비후이가 완룽 황후와 정원을 산책하는 사진과 함께 새로 건립된 만주국 황실의 소소한 일상에 관한 기사가 실려 있었다. 만주국 수립에 관한 국제기구 산하 리튼 조사단의 일정을 목전에 두고 민심을 호도하기에 딱 좋은, 한 편의 잘 꾸며진 드라마였다.

나는 진지룽이 건네준 차를 한 모금 홀짝였다.

"차 맛이 좋군요."

"속이 갑갑하고 입안에 쓴 물이 고이는 날에는 특히 차 맛이 강하게 다가오지요."

차를 한 모금 마시더니 진지룽이 입을 뗐다.

"다나카 소장께서 저희에게 많은 은덕을 베푸셨지요."

진지룽이 사람 속을 꿰뚫어 보는 여우 같은 노인네라는 세간의 평은 틀린 말이 아니었다. 정통한 소식통에 의하면 상하이 전쟁이 일어나기 직전인 1월 초와 중순에 걸쳐 다나카 소장과 진지룽이 이 다실에서 여러 차례 만났다고 했다.

나는 그의 눈치를 살피며 조심스레 말문을 열었다.

"두 번째 잔이 돌기 전에 찾아온 용무를 먼저 알리는 것이 다도의 예라 들었습니다. 이미 소문을 들으셨겠지만 저는 지금 천장절에 사라진 다나카 소장에 관한 취재를 하고 있습니다. 어르신께서는 혹 다나카 소장님 밑에서 일했던 조슈아 칼린을 아십니까?"

질문에 대한 대답 대신 진지룽은 조용히 차를 내렸다. 마침내 진지룽이 내 앞에 두 번째 찻잔을 내려놓고는, 탁자 위에 사진 한 장을 올려놓았다.

사진에는 태극기를 배경으로 두 사내가 악수를 하고 있었다.

먼저 청색 장삼을 차려입고 밤색 파이프를 문 사나이에게 눈길이 갔다. 사진 속의 그는 매우 자신만만해 보였다.

그의 손을 굳게 잡은 남자는 얼굴빛이 붉은 청년이었는데, 하얀색 셔츠에 멜빵을 한 모습이 인상적이었다.

"바로 조슈아 칼린이 한인애국단 안공근을 만나 찍은 사진이요."

나는 천장절 사건의 배후로 알려진 한인애국단과 조슈아 칼린이 한배를 타고 있다는 증거를 눈앞에 두고 천천히 차를 마셨다. 그동안 가슴을 꽉 막고 있던 무언가가 조금씩 뚫리는 것 같았다.

나는 진지룽에게 양해를 구하고 가방에서 수첩을 꺼냈다.

"조슈아 칼린이 '한인애국단'의 요원이었나요?"

또다시 진지룽은 대답 대신 말없이 차를 내렸다.

나는 조급한 마음에 그의 표정을 살피며 질문을 이어갔다.

"다나카 류세이 소장의 실종 사건은 천장절 사건을 일으킨 한인애국단의 소행이라는 말씀이신가요? 그렇다면 왜 정보대에서 한사코 이 사건을 숨기려 하는지가 설명되지 않습니다."

"답은 이미 나와 있지 않습니까? 질문을 바꾸면 대답을 쉽게 얻을 수 있을 것 같소. '다나카 소장의 실종을 은폐함으로써 가장 큰 이득을 볼 자가 누구인가?'라는 질문으로 말이오."

나는 노인이 건넨 마지막 찻잔을 받았다. 혓바닥을 감도는 차 맛은 쓰기도 하고 달기도 하고, 물처럼 밋밋하기도 했다.

진지룽은 무슨 생각을 하는지 물끄러미 창밖을 내다보다가 문득 한마디를 내뱉었다.

"이제 와 되돌아보면 조슈아 칼린의 절박함을 누구도 간파하지 못했던 것이 가장 큰 화근이었소이다."

번드를 지나 에드워드가로 접어들자 조슈아의 일기에서 심심찮게 등장했던 펍의 간판이 보였다.

실내는 눅눅한 공기와는 상관없이 발 디딜 틈도 없이 붐볐다. 나는 선원들과 수병들 사이를 비집고 들어가 바에 걸터앉았다.

민소매 티셔츠 아래로 불끈 솟은 근육에 문신을 새긴 바텐더가 다가오자 나는 조슈아의 일기장에서 읽은 대로 바 테이블을 탁탁 치며 말했다.

"차가운 비미쉬에 스코르다야 한 접시 따끈하게 튀겨주쇼."

빈 잔을 들고 가는 바텐더의 등에 대고 후렴처럼 덧붙였다.

"아몬드 소스에는 마늘 냄새 물씬 나게."

바텐더가 고개를 갸웃하며 돌아보았다.

"재밌네요. 내 친구 중에 선생과 아주 똑같은 입맛을 가진 친구가 있었지요."

나는 어깨를 으쓱하며 바텐더가 가져온 잔을 들었다.

W에게

4월 10일. 중국군 고위 장성들의 모임 장소로 사용되던 센트럴 호텔(중앙 반
접: 22 티베트로) 카지노에서 암약하던 일본군 특무대 정보부 소속 필드 에이
전트 3명이 상하이 정보국으로 연행되었다.

4월 11일. 상하이 경찰청은 차페이 시민유지회 간부 증자경을 연행 조사 중이
라고 발표했다(일본 정보국 관련 설). 증자경은 45세로 상하이상공회의소 부
의장이며 아편 수입상으로 홍커우 부두에 창고 15개를 소유한 포르투갈 시민
권자이다.

4월 11일. 상하이 중앙경찰서(S. M. P) 수사과 경정 탄시아오링(40세, 만주 용강부
족 출신)이 일본영사관 특무대의 간첩으로 암약한 것이 발각되어 체포되었다.

4월 11일. 차페이 시민유지회 정보부는 경찰 요원의 수를 110명으로 확충하고,
일본 육군정보대와 함께 점령지에 잠입한 불온분자 색출을 위한 대대적인 수색
에 들어갔다.

※영사관 정보부 내선 H가 도쿄로 긴급 소환된 것으로 확인되었다. 안전 수칙
SR2 가동을 긴급히 요청한다.

1932년 4월 12일
Otto

송하사숙

물결 무늬를 이루며 바위를 감싸고 돌아가는 하얀 조약돌 위로 은은하게 달빛이 내리고, 살짝 열린 격자문 너머 다다미방에서는 술잔이 오갔다. 긴 술상을 사이에 두고 한편에는 다나카 류세이와 스승 에이도 시마노가 앉고, 맞은편에는 거류민단장 가와바타 사다지와 경성 조지아 백화점의 소유주 야마모토 젠로쿠가 앉았다.

그들은 오늘 오후 우창소학교 체육관에서 거행된 '전승, 동아 공영 신질서 발대식'에 동원된 군중들을 상대로 열변을 토한 에이도 시마노를 앞다투어 칭송하고 있었다.

창호 문을 사이에 두고 코발트색 드레스를 차려입은 라라가 방문이 열리기를 기다리며 두 명의 샤미센 연주자들과 앉아 있었다.

"요시다 쇼인 선생님의 유교 정신에 근거한 충효 사상과 시대를 열어가는 부국강병론이 이토 히로부미 공작을 통해 메이지 유신으로 꽃을 피우고, 다시 그 제자이신 에이도 선생님을 통해 대동아 사상으로 발전되었다면, 선생께서 오늘 말씀하신 것처럼 이러한 사상을 현실에서 실현해내는 것이 다음 세대인 다나카 소장이 할 일 아니겠습니까?"

야마모토는 에이도 칭송을 다나카에게 옮겨가며 이렇게 말했다.

"맞는 말이오."

에이도는 야마모토의 아첨에 동의한다는 듯이 고개를 끄덕이며 다나카를 바라보았다. 다나카를 향한 에이도의 눈빛에 제자에 대한 깊은 애정이 드러났다.

"이상을 구현하기 위해서 사내대장부는 다른 무엇보다도 자신의 몸부터 돌봐야 하네. 대동아 공영의 이상을 실현하기 위해 최전선에 서 있는 자네가 목숨을 부지하지 못한다면 그것은 시작부터 좌초되는 것이야."

스승의 말에 왼팔에 부목을 댄 다나카 류세이는 송구스럽다는 듯이 머리를 떨구었다.

거류민단장 가와바타가 에이도의 빈 잔을 채우면서 거들었다.

"총격범에 대한 단서는 잡았는가? 자네가 아끼는 심복이 용의자를 쫓다가 아직 돌아오지 못했다고 들었네."

다나카는 새삼스레 자신을 위해 최선을 다하던 히노키의 부재를 느끼면서 오른손으로 잔을 들어 홀짝였다.

"모든 정보를 가동해 수사망을 좁히고 있습니다."

에이도는 못마땅하다는 듯이 한 손으로 턱을 쓰다듬었다.

"항상 등잔 밑이 어두운 법일세. 대의를 달성하기 전에 항상 주위를 살피게."

다나카는 결연한 손동작으로 잔을 탁자에 내려놓고 에이도를 향해 머리를 조아렸다.

"스승님의 말씀 항상 가슴에 새기겠습니다."

창호지 너머로 들려오는 이야기 속에 총격범과 심복 히노키에 대한 언급이 나오자 라라는 가슴을 쓸어내렸다.

이윽고, 미닫이문이 열리고 샤미센 반주가 시작되었다. 라라는 서늘한 마음을 가다듬고 노래를 시작했다.

시베리아 찬바람이 지구상에 떨치니

거리는 죽은 듯 실상은 살았도다.

버려지는 땅에서 들썩들썩하면서

양춘가절 기다리면서 나오기를 힘쓰네.

샤미센 타는 소리에 맞추어 애절한 라라의 목소리가 일본 요정 '후지산' 별채 안마당으로 낭랑하게 울려 퍼지자 '전승, 동아 공영 신질서 발대식'을 자축하기 위해 모인 네 사람의 얼굴에도 서서히 화색이 돌기 시작했다.

다나카의 스승 에이도는 라라의 매혹적인 목소리에 한껏 감화되어 두 뺨에 홍조를 띤 채 두 눈을 지그시 감고 있었다. 그런 모습을 눈여겨보던 야마모토 회장이 기회를 포착했다는 듯이 입을 열었다.

"마쓰이 스마코나 이애리수의 목소리보다 더 호소력이 있습니다."

그러자 가와바타 민단장도 한마디 덧붙였다.

"라라 양은 상하이 음악원에서 성악을 공부했는데 재즈도 잘 부릅니다. 상하이 조계의 각국 영사관에서 인기가 대단합니다."

라라는 다나카가 요청한 에이도 시마노의 애창곡을 연이어 부르며 동시에 최대한 정신을 집중해 네 사내들의 대화에 귀 기울였다.

또각또각, 돌계단을 내려가는 소리가 등불을 밝힌 정원을 울렸다. 에이도는 아름답고 재능 있는 라라와의 대화가 흥겨운 듯 연신 웃음을 터트리고 있었고, 야마모토는 취기가 잔뜩 오른 에이도를 곁에서 부축했다. 무슨 중요한 일이라도 있는 듯 가와바타 민단장은 정원을 훌쩍 지나 벌써 대문을 나서고 있었다.

담장을 따라 심어놓은 대나무가 바람에 서걱거렸다. 흥에 취한 에이도가 노래를 흥얼거렸다.

송하산 정기 받아 세운 이곳에,

꾸준히 쌓아온 빛나는 성업,

민족의 동량 우리 제군들,

지덕을 밝히고 품격을 높여,

송하의 푸른 솔, 푸른 솔이여!

그 향기, 그 맹세 영원하리라.

스승 에이도의 노랫소리가 아스라이 들리고, 다나카의 눈에는 라라의 모습
이 휘황한 달처럼 가득했다.

자동차가 가든 브리지를 넘어서자 화려한 번드의 불빛이 번쩍였다. 다나카
의 입에서 에이도 가 부르던 노랫가락이 흘러나왔다.

비바람을 맞으며 눈보라를 견디며,

일념으로 이어온 세월이여.

오늘도 송하 동산에 우뚝 서서,

떠오르는 태양을 흠모하노라.

평소 흐트러짐이 없었던 다나카의 그런 모습을 보며 라라가 말했다.

"소장님께서 이렇게 기분 좋아하시는 건 처음 봐요."

"에이도 선생님은 내게 스승이기도 하지만 아버지 같은 분이시지. 오늘 스
승님이 당신의 노래를 어찌나 좋아하시던지…."

"당신이 그렇게 소중히 여기시는 분이 좋아하셨다니 저도 영광입니다."

흔들리는 자동차 안에서 라라의 손이 살짝 다나카의 다리를 스치자 다나카는
라라의 손을 와락 움켜잡았다. 차가 코튼클럽 앞에 멈추었다. 다나카가 주머니
에서 조그만 상자를 꺼냈다. 상자 안에는 은빛 진주 목걸이가 들어 있었다.

"당신의 하얗고 긴 목에 진주가 잘 어울릴 거라고 늘 생각했었소."

다나카는 상자 속 붉은 우단 위에 놓인 진주 목걸이를 꺼내 라라의 목을 감싸 안으며 목걸이를 걸었다.

"이 드레스 위에 아주 잘 어울리겠어."

라라가 다나카 쪽으로 몸을 기울이며 살짝 고개를 숙였다.

그때였다. 그녀의 무릎 위에 있던 손지갑이 바닥으로 떨어지면서 그 안에서 또르르 하고 은제 담뱃갑이 굴러 나왔다.

다나카는 아무 생각 없이 허리를 숙여 자신의 발 앞으로 굴러온 담뱃갑을 집어 들었다. 순간 그의 얼굴이 묘하게 일그러졌다. 그러나 이내 다나카는 표정을 다잡고 입 주위에 쓴웃음을 머금은 채 담뱃갑을 천천히 흔들며 라라에게 건넸다.

다나카는 라라의 표정에 드러난 긴장을 놓치지 않았다. 코발트블루 드레스 위에 드러난 그녀의 하얀 목에 자신이 걸어준 진주 목걸이가 반짝였다.

네온사인의 붉고 푸른 불빛이 다나카의 얼굴에 어른거렸다. 정보국의 수장으로서 다나카는 은제 담뱃갑의 용도가 무엇을 의미하고 어떤 용도로 사용되는지 직감했다. 다나카는 그녀의 흔들리던 눈빛을 떠올리며 쓰디쓴 입맛을 다셨다.

순간 그가 고문실에서 수없이 보았던 눈빛들이 떠올랐다. 목전에 다가온 폭력 앞에서 인간들의 고유성은 사라지고 그 자리에 번개처럼 번쩍이던, 마치 원죄의 불안으로 번득이는 듯하던 그 한결같은 눈빛들. 하지만 용암이 터지듯 비명이 솟구치기 시작하면 어느새 그 눈빛들은 빛을 잃고 각자 자신이 살아온 방식으로, 자신만의 고통스러운 얼굴을 빚어냈다.

그의 귓가에 수많은 조센징이 내지르던 비명이 들렸다.

"빠가야로! 빠가야로! 빠가야로!"

다나카는 잔인하고 깊은 고독을 느꼈다. 그의 몸에 싸늘하고 차가운 기운이 서서히 차올랐다.

광시 만물상

땅거미가 깔리고 어둑어둑한 왕핑가를 따라 가로등이 하나둘 불을 밝혔다. 다나카는 인쇄소 골목 맞은편의 한 골목 어귀에 기대서서 라라가 가끔 들른다는 잡화점을 먼발치에서 바라보았다. 그곳은 흰 페인트로 덧칠을 한 널따란 목제 간판에 대충 빨간색으로 '광시 만물상'이라고 적혀 있었다.

잠시 후, 삐걱대는 문이 열리고 정수리에 머리숱이 없는 꾀죄죄한 중국 남자가 죽통을 들고 나왔다.

"저 사내가 바로 하링이라는 잡화점 주인입니다. 왕핑가에 자리 잡은 지 오래된, 이 거리의 토박이로 알려져 있습니다."

운전수 기타로가 들뜬 어조로 말했다.

하링은 어딘지 모르게 한쪽 다리가 불편해 보였고, 꼼꼼히 가게 문을 걸어 잠그는 모양새가 옹색한 잡화점 주인으로는 제격이었다.

보고에 의하면 라라는 이틀 전 코튼클럽의 택시걸 소녀와 함께 러시아 마켓을 쏘다녔고, 어제는 왕핑가에서 헌책을 뒤적이다 여배우의 포스터를 한 장 구매하고 저 구닥다리 잡화점에 잠시 들른 것이 전부였다.

떠들썩한 러시아인들의 웅성거림이 사라지고 인쇄기의 작동이 멈춰선 거리에는 고요만이 감돌았다.

광시 만물상 주인 하링은 주황색 녹이 잔뜩 낀 낡은 자전거 손잡이를 쥐고 앞뒤로 몇 번 움직이더니 그대로 안장에 올랐다. 페달을 밟을 때마다 나는, 알루미늄 죽통이 철제에 닿아 달그락거리는 소리가 점차 멀어졌다.

다나카와 그의 심복이자 기사인 기타로는 하링이 사라진 차도를 가로질러 잡화점으로 성큼성큼 다가갔다. 기타로는 낡은 여닫이문에 어울리지 않게 굳게 잠긴 자물쇠를 난감하게 쳐다보다가 점퍼 안쪽에 챙겨 온 손전등과 뾰족한 핀을 이용해 자물쇠를 따기 시작했다. 누추한 가게의 외양과는 달리 문은 꽤 견고했고, 강골 기타로가 쩔쩔맬 정도로 자물쇠는 정교했다. 시간은 예상보다 많이 지체되었다.

기타로가 작업하는 동안 다나카는 주위를 경계하면서 자신의 심증에 대한 구체적인 근거에 대하여 숙고하기 시작했다. 그녀를 사랑했던 그의 마음은 어느새 은제 담뱃값으로 인해 증오와 저주로 바뀌었다. 하지만 막상 라라의 접선책으로 지목된 초라한 중국 남자를 목격하자 그녀에 대한 의심이 기우일 수도 있지 않겠냐는 희망이 고개를 들었다. 사실 그러기를 진심으로 바랐다.

다나카는 라라의 문제에 관해서 미행에서 잠입까지 거의 모든 일을 극비리에 부치고 자신과 수하만을 대동하고 나섰다. 그는 진실을 알고 싶었다.

다나카는 지참한 손전등을 비추며 가게 진열장은 물론 서랍 구석구석까지 살피기 시작했다. 가게 안을 샅샅이 뒤지던 그가 가게 초입의 벽과 맞닿은 유리 진열장 앞에서 멈췄다.

진열대 앞에 허리를 숙이고 있는 힘껏 숨을 내뱉자 유리 표면에 내려앉은 뽀얀 먼지들이 일 순간 흩어졌다. 진열장 안에는 옥으로 만든 만년필, 상아로 만든 담배 파이프, 색다른 장식의 담뱃갑들이 가지런히 놓여 있었다.

그리고 마치 보호색으로 자신을 보호하는 카멜레온처럼 알루미늄 진열대의 틀과 같은 색깔의 철제 담뱃값 하나가 진열장 깊은 구석에 놓여 있었다.

다나카는 겉 유리를 살짝 들어 올려 조심스레 담뱃갑을 끄집어내고 외관 장식을 자세히 살펴보았다. 그러고는 그것을 호주머니에 챙겨 넣었다.

기타로는 다나카를 등진 채 맞은편 벽면에 고정된 기괴한 동물 박제들과 액자 속에 핀으로 고정된 나비들의 표본들을 살펴보고 있었다.

다나카의 시선이 한구석에 쌓여 있는 오래된 박스에 멈췄다. 상자가 쌓여 있는 곳으로 다가가 상자 몇 개를 손으로 빼내자 쌓여 있던 빈 박스가 우르르 무너지며 합판으로 마무리한 좁은 벽이 드러났다.

다나카는 합판 벽을 손으로 힘껏 밀었다. 벽 안에는 사람 하나 겨우 드나들 수 있을 정도로 비좁은 공간에 덩그러니 사다리가 놓여 있었다. 다나카는 몸을 웅크리고 안으로 들어갔다. 손전등을 입에 물고 사다리를 성큼 올라가 위로 난 천장을 두드리자 허술한 나무 합판 소리가 통통 울렸다.

다나카는 사다리 끝으로 발을 디디고 어깨로 힘껏 천장을 밀쳤다. 감전된 듯 날카로운 통증이 다친 오른쪽 어깻죽지를 타고 온몸으로 퍼졌다. 합판이 다 밀쳐 올라간 것도 아니었는데 안쪽에서 붉은빛이 새나왔다.

아무것도 발견하고 싶지 않았던 그의 바람을 배신하듯 층과 층 그리고 벽과 벽 사이에 내밀한 공간이 나타났다. 붉은 암전등은 이곳이 암실임을 실증했고, 그에 걸맞게 기다란 작업대가 좁은 공간의 반 이상을 차지하고 있었다. 그 위에는 각종 핀셋, 눈에 끼우는 확대경, 인화 용액 등이 어지럽게 널려 있었다.

구부정하게 어깨를 구부리고 작업대 위를 자세히 살피던 다나카는 독일제 스파이용 특수 사진기를 발견했다. 그는 아래층 진열대에서 챙겨 왔던 담뱃갑을 조심스럽게 꺼내 특수 사진기를 네모난 담뱃갑 안에 밀어 넣어보았다. 한 치의 틈도 없이 맞아떨어졌다. 가만히 손에 잡히는 담뱃갑의 무게를 가늠해보았다. 라라의 핸드백에서 떨어졌던 그 은제 담뱃갑의 무게감과 똑같았다.

천천히 숨을 고르는 다나카의 이마에 파란 힘줄이 드러났다.

손전등으로 줄에 걸려 있는, 아직 채 마르지 않은 사진을 비추자 다나카의 자필 서명이 선명한 서류들이 차례로 그 모습을 드러냈다. 인화 용액이 담긴 넓은 통 속에는 확대된 사진 한 장이 둥둥 떠다니고 있었다.

다나카는 가게 한가운데에 삐걱거리는 낡은 의자를 끌어다 놓고 앉았다.

이즈모호 폭파 사건에서부터 시작된 수사의 전말은 어처구니없게도 다나카 자신의 목을 조여 왔다. 대의를 달성하기 전에 먼저 자신의 주위를 살피라던 스승 에이도의 말이 다시금 귓전에 울렸다.

스티브 람은 사라졌고 최기수는 검거 직전 병원 진료실에서 목숨을 끊었다. 부관 하세가와의 보고에 의하면 벤슨공사의 포드 원 트럭은 2월 28일 적십자 사 차량들과 함께 차페이 공단에 남아 있던 미성년 노동자들을 구출하는 일에 투입되었던 것으로 밝혀졌다.

당일 조슈아 칼린도 적십자사 봉사대원으로 차량 운전을 한 것으로 기록되었다. 푸단 대학의 광시루 실험실에 적십자사 위장 차량이 다녀간 시각에 조슈아 칼린이 에드워드가의 펍에서 맥주를 마셨다는 목격자 진술도 확보했다.

만주 노인 진지룽의 정보는 반은 맞고 반은 틀렸다.

다나카는 라라의 조력자인 광시 만물상 주인 하링이 돌아오기만을 기다렸다.

때가 가득 낀 가게 유리문 너머로 알루미늄 죽통이 차갑게 번쩍이면서 문에 걸린 쇠붙이를 걷어내는 소리가 들렸다. 죽통을 든 하링이 어두운 가게 안으로 들어서자 문 옆에 숨죽이고 서 있던 기타로가 일본도를 꺼내 하링의 목을 겨누었다. 툭 하고 죽통이 떨어졌고, 김이 모락모락 피어나는 죽이 바닥으로 흘러내렸다.

"누… 누구시오?"

기타로는 일본도를 하링의 목에 바짝 들이댔다.

"당신을 기다리고 있었소."

다나카 류세이가 자리에서 일어나며 벽면의 스위치를 올렸다. 천장에 매달린 노란 전구에 불이 들어왔다. 하링은 한눈에 다나카 류세이를 알아보았다. 하링 앞으로 다가서는 다나카의 입안에 침이 고였다.

그 순간이었다. 하링은 일본도로 그의 목을 받치고 있던 기타로의 손목을 두 손으로 잡아채고 자신의 몸을 뒤틀면서 칼날을 당겼다. 하링의 목에서 피가 분수처럼 솟구쳤다. 동시에 하링이 털썩 무릎을 꿇는가 싶더니 앞으로 고꾸라졌다.

바닥에 쏟아진 미지근한 죽에서 나는 달착지근한 냄새와 따뜻한 피 냄새가 다나카의 코끝으로 스며들었다.

다나카가 구두 끝으로 바닥에 엎어진 하링의 턱을 옆으로 밀었다. 죽과 피가 범벅인 된 하링의 얼굴에 엷은 미소가 감돌았다.

붉은 장미

"박 동지, 떠날 때는 그 어떤 흔적도 남겨서는 안 되오."

안공근의 마지막 당부는 씁쓸한 여운을 남겼다. 물론 그녀의 안전뿐 아니라 새로운 작전에 돌입한 동지들의 생명이 걸린 문제이기도 했다.

"다나카가 클럽으로 찾아오면 어떻게 하죠?"

"그자가 절대 눈치 채게 해서는 안 되오. 은신할 때까지는 약간의 시간이 있으니 자연스럽게 행동하십시오."

히노키의 죽음과 이후의 정황을 보고받은 한인애국단 지휘부는 더는 다나카의 정보 라인을 유지할 수 없다고 판단했고, 극비리에 잠입시킨 라라의 철수를 결정했다. 이에 따른 조치의 일환으로 안공근은 우선 라라의 위조 신분증과 가짜 여권을 만들어 러시아 블라디보스토크로 피신시키기로 하고, 그에 앞서 그녀가 완벽히 몸을 의탁할 수 있는 은신처를 찾기로 했다.

이 모든 계획은 중국인 조력자이자 이번 작전의 설계자인 하링이 주도했다.

하링은 손님으로 가장하고 들어온 라라의 손에 영화 포스터를 쥐어 주며 말했다.

"18-31 루 코넬리. 집주인은 서경주 동지의 지인이었소. 어디로 가시든 건투를 비오."

'서경주'라는 이름 석 자가 거론되자 라라는 스산한 감정에 휩싸였다. 참으로 오랜만에 듣는 이름이었다.

그의 죽음 이후 그녀의 삶도 요동쳤다. 위험은 얼마나 우리의 가까이에서 어슬렁거리는가? 라라는 서랍 속에 숨겨둔 콜트 피스톨을 꺼냈다. 결국 이 총으로 처음 사람을 죽였다. 이사부 히노키. 그녀가 조금만 늦었어도 조슈아 칼린은 살지 못했을 것이다.

라라는 총을 허벅지에 두른 벨트에 끼우고 스타킹을 올렸다. 막상 지령은 떨어졌지만 그녀는 어떻게 해야 할지 혼란스러웠다. 한 가지 바람이 있다면 은신처로 옮기기 전 조슈아 칼린을 꼭 한 번 만나고 싶었다.

노크도 없이 분장실 문이 열렸다. 소냐였다. 웅성거리는 사람들의 소음과 관악기의 내지르는 듯한 소리가 귓전을 울렸다.

"담배 한 대만 피우고 가려고. 부기 댄스 손님들이 플로어까지 꽉 찼어."

소냐 같은 택시걸에게 오늘 같은 빅밴드 공연 날은 대목이었다.

"소냐, 혹시 다나카가 클럽에 왔어?"

라라의 질문에 소냐는 대답 없이 고개를 가로저었다.

다나카는 빅밴드 재즈 공연을 관악기의 향연이라 부르며 무척 좋아했었다. 바쁜 와중에도 빅밴드의 연주가 있는 날에는 짬을 내어 클럽에 들르곤 했다.

다나카는 차창을 내리며 담배를 피워 물었다. 사내의 피 냄새가 아직도 코끝을 맴돌았다.

하링은 곧바로 홍커우 병원으로 이송되었다. 많은 양의 피를 흘렸음에도 사내의 맥박은 끊어지지 않았다. 만약 그가 의식을 회복하지 못한다면 다나카에게 남아 있는 것은 라라뿐이었다. 시간을 지체할 여유가 없었다.

길 건너 노란 가스등 불빛이 코튼클럽 앞에 내걸린 '빅밴드 댄스 나이트' 포스터를 비췄다. 클럽 입구는 댄스 나이트를 즐기려는 젊은이들로 북적거렸다.

어설프게 양복을 차려입고 클럽 주위를 서성이는 낭인들도 보였다.

클럽 매니저 유락콰이가 다나카가 탑승한 검은색 닷선 차량의 뒷문을 열며 깍듯하게 인사를 건넸다.

"헬로우, 미스터 다나카. 하마터면 라라의 무대를 놓칠 뻔하셨습니다."

클럽 안은 16인조 빅밴드의 신나는 연주에 맞춰 춤을 추는 사람들의 흥겨움으로 들썩였다. 오늘 밤은 쉬지 않고 떠들어대기 위해 모여드는 기자들보다 춤을 추기 위해 모여든 젊은이들이 대부분이었다.

무대 왼편 다나카의 자리는 어김없이 비어 있었다. 다나카가 비공식적이지만 이미 공석이 되어버린 자신의 자리에 앉을 즈음에는 터질 듯이 내지르던 관악기들의 소리가 잦아들고 마지막 트럼본 소리가 허공으로 흩어지고 있었다.

"이 잔은 윌리엄 씨께서 드리는 겁니다."

웨이터가 다나카가 즐기던 코냑을 테이블에 올려놓았다.

객석을 돌며 단골손님들과 인사를 나누던 윌리엄 사장이 다나카를 향해 눈인사를 보냈다. 다나카가 천천히 잔을 돌렸다. 진한 코냑 향에 피 냄새가 조금씩 가셨다.

애절한 기타 전주에 이어 노래가 시작되었다.

사랑하는 그대여! 이미 늦어버렸어요.
내 가슴은 그대를 그리며 울고 있어요.
그대가 오기만을 기다리며…,
하지만 이미 늦어버렸어요.

홀에서 박수가 터져 나왔다. 라라였다. 마음 깊은 곳까지 파고드는 그녀의 목소리는 아물지 못한 상처를 일깨웠다.

다나카는 왜 검증도 되지 않은 여자에게 그렇게 어이없이 곁을 내어주었던 것일까? 복잡한 그의 내면을 다 이해하는 것 같은 바로 저 목소리 때문이었는지도 모른다.

다나카가 그녀를 향해 술잔을 들어 올렸다. 이것이 가수 라라에게 보내는 마지막 인사가 될 것이었다. 그녀의 검은색 드레스 위로 그가 걸어주었던 은빛 진주 목걸이가 반짝였다.

다나카는 단숨에 술잔을 비웠다. 목구멍을 타고 훅 하고 열이 올랐다. 가슴에 품었던 아련하고 아름다웠던 것들, 사랑이라 이름 붙였던 것들이 그 끝을 알 수 없는 증오가 되어 그의 가슴을 찔렀다.

매니저 유락콰이가 다나카를 시중드는 웨이터 곁으로 다가왔다. 그는 언제나처럼 웨이터 대신에 손수 빈 잔을 치우고 새 잔을 테이블에 세팅했다. 다나카를 예우하는 매니저의 얼굴은 밖에서 맞이하던 모습과는 달리 경색되었고, 붉은 장미가 미색 양복 상의에 꽂혀 있었다.

왕쮀린 기자의 죽음 이후 클럽 주위에서 비상 상황이 감지되면 붉은 장미를 꼽으라는 윌리엄 사장의 지시는 클럽 내부의 모든 직원을 긴장시켰다. 매니저는 클럽 주위를 에워싸는 한 무리의 일본 낭인들을 목격한 후 심상치 않은 징조를 감지한 것이다.

조금 전 다급하게 클럽으로 들어온 유락콰이가 바에 놓인 화병의 장미를 재킷에 꽂았을 때, 라라는 자신이 바로 저 장미의 주인공이 될 것이라고는 미처 생각지 못했다. 라라는 노래의 템포를 느리게 가져가면서 다나카와 늘 함께 앉던 자리로 눈길을 돌렸다. 순간 무어라 형용할 수 없는 차가운 살의가 가득한 다나카의 눈빛과 마주했다. 그가 앉은 테이블 위에는 평소 즐겨마시던 와인 대신에 독한 위스키가 올려져 있었다.

라라는 절벽 끝에 서 있는 것 같은 아찔한 현기증을 느꼈다. 그녀는 머릿속이 아득해지는 가운데에도 빅밴드의 리더인 트럼펫 연주자 지미에게 약속된 신호를 보냈다.

"멋진 밤입니다! 〈부기우기디가디〉를 마지막으로 오늘 밤 라라의 무대를 마칩니다."

트럼펫이 빠른 템포로 리듬을 타자 이어 피아노와 함께 드럼이 호응했다. 클럽 안은 순식간에 관객들이 내뿜는 열기로 후끈 달궈졌다.

번쩍이는 조명 아래 화려한 깃털 장식을 머리에 단 무희들이 열을 지어 무대 위로 나타나자 분위기는 절정으로 치달았다. 무희들은 경쾌한 스윙풍의 비트에 맞추어 잘 짜인 안무로 라라를 순식간에 에워쌌다. 그러고는 조명의 음양에 맞추어 양손을 허리에 살짝 걸친 채 훤칠한 한쪽 다리를 허공에 쭉쭉 뻗었다.

다나카는 땀과 환희로 치달은 반라의 댄싱 걸들에 이끌려 부기 댄스의 피날레를 만끽하는 연인들을 무표정하게 바라보고 있었다.

그러다가 라라가 노래하고 있는 피아노로 시선을 돌렸다. 라라를 에워싸고 있던 댄싱 걸들이 일렬로 흩어지며 열을 지어 무대를 내려가기 시작했다. 갑자기 다나카의 얼굴이 일그러졌다. 댄싱 걸들이 에워싸고 있던 가수는 라라가 아니었다.

다나카는 피가 역류하는 것을 느꼈다. 그는 핏발 선 눈으로 허리춤의 권총을 뽑아 클럽의 높은 천장을 향해 방아쇠를 당겼다. 그와 동시에 그의 부관 하세가와의 총도 허공을 향해 불을 뿜었다.

클럽 안은 이내 아수라장이 되었다. 혼비백산한 관객들은 저마다 출입구를 향해 달려 나갔고, 무대 위는 몸을 웅크리고 숨을 곳을 찾는 밴드의 멤버들과 무희들의 비명으로 아비규환이었다. 총탄을 맞은 천장 조명에서 발화한 불꽃이 사방으로 튀었다.

"분장실입니다!"

수행원 중 한 명이 다나카를 향해 소리쳤다. 분장실 안쪽으로 난 작은 통풍창 너머로 검은 드레스를 입은 라라가 후미진 골목을 따라 도망치고 있었다.

살아남기 위해 필사적으로 달려가는 라라를 보자 다나카는 이상하게 침착해졌다. 그는 다친 팔을 버팀목 삼아 리볼버의 총신을 받치고, 가늠쇠에 초점을 맞추어 내달리는 라라를 향해 총구를 조준했다.

"탕 탕 탕!"

다나카의 총구에서 연속으로 세 발이 격발되었고, 돌림노래처럼 다시 세 발, 그리고 뒤이어 세 발이 더 메아리쳤다.

화려한 번드의 빌딩 숲 뒤로 난 협로가 미로처럼 이어졌다. 옆구리를 움켜쥔 라라가 비틀거리며 어둠 속을 향해 손을 휘저었다. 여기저기 호루라기 소리가 흩어지고, 바닥을 때리는 군홧발 소리가 그녀를 따라왔다. 라라의 등줄기를 타고 불에 덴 것 같은 통증이 올라왔다.

그녀의 발걸음이 점점 느려졌다.

라라는 담벼락에 기댄 채 어두운 골목을 바라보았다. 옆구리는 피에 흠뻑 젖었고, 점점 가까이 다가오는 군홧발 소리가 숨통을 조여 왔다. 갈 곳이 없었다.

"찾았다! 여자를 찾았다!"

어디선가 그녀를 쫓는 낭인들의 고함이 들렸다.

라라는 한 손에 콜트 피스톨을 든 채 가슴에 숨겨둔 하얀 알약을 꺼냈다. 선택의 여지가 없었다. 하지만 그녀의 심장은 죽음을 거부하듯 천둥처럼 고동쳤다.

그녀가 알약을 입으로 밀어 넣으려는 순간, 골목 막다른 곳에서 철문이 열리며 환한 빛이 쏟아져 나왔다. 하얀 앞치마를 두른 중국인이 쓰레기통을 들고 밖으로 나오다 골목 입구에서 달려오는 일본 낭인들을 보고는 기겁하고 안으로 들어갔다. 라라는 알약을 내던지며 필사적으로 철문 안으로 뛰어들었다. 하얀 타일이 깔린 레스토랑의 주방 바닥에는, 그녀가 지나간 동선을 따라 붉은 핏자국이 선명했다.

전쟁이 끝난 황푸 강에는 고급 여객선들이 불을 밝혔다. 오케스트라의 음악 소리가 달빛이 잠긴 물결 위로 흐르고, 한껏 차려입은 신사와 숙녀를 여객선으로 실어 나르는 작은 배들이 바쁘게 오갔다.

인력거 한 대가 환하게 불을 밝힌 부두 선착장을 지나 어두컴컴한 야적장에서 멈췄다. 한 손에 총을 든 채 옆구리를 움켜쥐고 신음하던 라라가 눈을 떴다.

"손님, 야적장에 다 왔습니다."

라라는 자신이 이곳으로 가자고 말했다는 사실조차 기억나지 않았다. 인력거꾼이 불안한 눈길로 그녀를 쳐다보았다. 그러고 보니 그녀는 손에 든 총 한 자루 외에 돈 한 푼 쥐고 있지 않았다. 라라는 인력거꾼에게 목에 걸린 진주 목걸이를 내어주고는 비틀거리며 야적장으로 발을 내디뎠다. 인력거는 도망치듯 장소를 벗어났다.

어두운 야적장 너머로 늘어선 물류 창고와 운송 회사의 사무실들 사이에 불을 밝힌 벤슨 공사가 보였다. 라라는 한 손으로 옆구리를 틀어쥐고 무거운 발걸음을 내디뎠다. 머리가 땅에 닿은 것인지 발이 하늘을 걷는 것인지 분간이 가지 않았다. 눈이 스르르 감기고 아무 소리도 들리지 않았다.

14

쇼와 7년 5월 25일 수요일

-

W에게 - 1932년 4월 18일

-

아빌리온

쇼와 7년 5월 25일 수요일

"그 여자 분이 두 번이나 벤슨 공사를 찾아왔었습니다."

벤슨 공사가 문을 연 이후 줄곧 이곳에서 근무했다는 현지인 매니저 루이가 기억을 더듬듯 눈을 위로 치켜뜨고 말을 이었다.

"한번은 비가 몰아치는 날, 칼에 찔린 조슈아 씨를 부축하고 왔었죠."

나는 매니저의 이야기를 흥미진진하게 경청했다. 그의 제보를 들으며 라라와 조슈아가 어떤 관계였는지 유추할 수 있었다.

"조슈아가 칼에 찔렸었다는 이야기는 처음 듣는군요."

"그리고, 다른 한번은 그 여자 분이 총상을 입은 채 찾아왔어요. 거의 의식이 없는 상태였죠. 조슈아 씨의 다급한 요청에 제가 그레이스 홈의 피치 선교사 님께 연락을 드렸죠."

나는 루이가 전하는 목격담에 완전히 빠져들었다. 그의 구술이 사실이라면, 라라가 총상을 입은 채 벤슨 공사로 찾아온 것이 소문으로만 전해지고 있는 다나카와 그의 수하들이 코튼클럽 일대에서 난동을 부렸던 사건과 관련 깊어 보였다. 타락과 탐욕의 도시 상하이지만, 젊은 남녀가 번갈아가며 칼과 총을 맞고 생명을 건진 것은 드문 경우였다.

"그녀를 처음 보았을 때 누군지 알아보셨나요?"

이 질문에 루이는 빙그레 웃었다.

"당연하죠. 그 여자 분이 코튼클럽의 간판 가수이자 다나카의 여자인 라라라는 걸 알고 있었죠."

루이의 제보가 사실이라면 라라와 조슈아에게 해를 끼칠 사람은 다나카 류세이가 밖에 없었다.

불현듯 진지룽이 일전에 보여주었던 사진이 떠올랐다. 사진 속에서 조슈아 칼린은 안공근과 함께 태극기를 배경으로 서 있었다.

생각이 여기에 미치자 문득 조슈아와 라라가 '조선인'이라는 단어로 묶였다.

만약 치정이 아니라 '조선'과 연관된 어떤 것이 결부되어 있다면 그것은 완전히 다른 문제였다.

내가 생각에 잠겨 있자 루이가 목소리를 높이며 나의 주의를 끌었다.

"기자님, 저는 그날 조슈아 씨가 칼에 찔려 돌아왔을 때 침상에서 그에게 분명히 경고했습니다."

"뭐라고 경고했나요?"

루이는 또박또박 한 문장씩 끊어 대답했다.

"칼린 씨, 어떤 이유로 라라와 엮이셨는지 모르지만, 그 여자는 위험한 여자입니다."

"그랬더니 조슈아의 반응은 어땠나요?"

이번에도 루이는 또박또박 대답했다.

"충고 고마워요, 루이. 라고 말하더군요."

나는 루이와 짧게 악수를 하고 가게를 나서려다 다시 뒤를 돌아보며 물었다.

"그런데 루이, 왜 라라가 위험하다는 거죠?"

"그녀는 정보국의 수장인, 다나카의 마음을 사로잡은 흔치 않은 조선 여자 니까요."

W에게

4월 15일, '만주 청년연맹', '재만 일본인 정치결사', '쇼와 청년회', '홍만자회' 소속 회원들이 상하이에 도착했다(중국인 30명, 일본인 26명, 조선인 11명). 관동군 참모본부의 엔도 사부르와 이노우 도메로로가 동행했다. 이들은 상하이 특무대장 다나카 류세이를 만났고, 그가 현재 진행 중인 작전의 행동대원으로 편성된 것으로 보인다.

4월 17일, 흑룡회 거물들이 대거 상하이에 집결, 홍커우 일식집 '후지산'에서 회동했다. 참석자는 도야마 미치루(흑룡회 막후 지도자), 에이도 시마노(흑룡회 이론가), 아다치 겐조(내무성 대신으로 하마구치 내각의 강경파, 조선 명성황후 시해 사건 주모자), 우치다 야쓰야(남만주 철도 주식회사 사장), 고모토 다이사쿠(전 일본육군 소령 폭파전문가, 현 남만주 철도 주식회사 이사, 텅스텐. 코발트 수출 업체 소유), 이치로 오야마(우익 잡지 ≪일본과 일본인≫ 편집장), 이오누에 닛쇼(일본 우익 테러단체 '혈맹단' 창설자) 아마카스 마사히코(만주국 특무대 창설자, 만주국 인력조달업체 대동 공사 사장, 상하이 전쟁 홍보영화 〈삼용사 결전의 날〉 제작자) 등이다.

별첨 : 위 '만주 청년연맹', '재만 일본인 정치결사', '쇼와 청년회', '홍만자회'의
      각 조직 강령, 회칙, 회원 정보와 활동개요.
      후지산 회동 참석자 신상정보.

1932년 4월 18일
Otto

302

아빌리온

속도를 낸 트럭이 길바닥을 구르는 돌멩이에 쿨렁거렸다. 라라의 복부를 감싼 붕대에서 피가 배어 나오고, 조슈아의 셔츠는 온통 피로 물들었다. 조슈아는 그녀의 혼미한 의식을 잡아두기 위해 반복해서 그녀의 이름을 불렀다.

벤슨의 아파트에 도착하자 피치 선교사의 긴급 연락을 받고 달려온 중년의 의사가 조슈아를 맞이했다. 그러고는 임시로 마련한 부엌 식탁의 하얀 시트 위에 조심스레 라라를 눕혔다.

닥터 저메인이라 불리는 의사가 그녀의 총상을 살펴보았다.

"지금 당장 박힌 탄환을 제거하지 않으면 납에 의한 2차 감염으로 더 위험해질 수 있소."

조슈아는 주저 없이 자신의 왼손에 붕대를 감고는 그녀의 입에 물렸다. 닥터 저메인은 신속하게 왼쪽 옆구리에 댄 붕대를 들춰내고 과산화수소를 들이부었다. 라라의 입에서 짐승의 소리와 같은 울부짖음이 새 나왔다. 그와 함께 조슈아의 손에도 묵직한 통증이 느껴졌다.

닥터는 외과용 리트렉터로 총상 부위를 넓혀 고정했다. 수술용 엄지 포셉으로 근육과 조직을 헤집으며 깊숙이 박힌 총알을 잡아내자 라라의 몸이 심하게 뒤틀렸다.

잠시 후, 라라의 입에서 힘이 빠지는가 싶더니, '팅'하고 쇠구슬 같은 것이 쟁반 위에 떨어졌다. 박사는 총상 부위를 세척한 후 드레싱으로 마무리했다.

"수술은 잘되었습니다. 환자를 곁에서 좀 더 지켜보십시오."

닥터 저메인이 떠난 후 조슈아는 라라의 침상을 지키며 간절히 신을 찾았다.

삶과 죽음의 치열한 긴장을 잠시 내려놓은 라라는 깊은 잠 속으로 빠져들었다.

오래된 아편 냄새가 밴 벤슨의 방은 아무 장식도 없이 구석에 침대 하나만 덩그러니 놓여 있었다. 조슈아는 커튼을 젖히고 닫힌 창문을 조금 열어 환기를 시켰다. 창틈으로 밀려든 바람에 그녀의 미간이 살짝 움직였다.

'그녀는 꿈을 꾸고 있는 걸까?'

조슈아는 땀에 젖은 라라의 머리를 가지런히 해주고 그녀의 손을 잡았다. 라라의 입에 물렸던 왼손에서 알싸함이 전해졌다. 그와 함께 잔잔한 파도 소리처럼 고른 그녀의 숨소리가 마치 자신에게 말을 거는 것 같았다. 하룻밤의 연정일지도 몰랐던 여자는 자신의 손을 잡고 함께 떠나자고 말하고 있었다.

전쟁으로 중단되었던 미국영사관의 민원 업무가 재개되었다. 비자를 받으려는 사람들로 영사관 주위는 혼잡했다. 부영사 집무실로 조슈아를 안내한 헬렌 포스터 양이 링월트 부영사에게 그를 소개했다.

"이분이 일전에 말씀드렸던 '사라 박' 양의 후견인입니다."

큰 키의 미국인 링 월트 부영사가 자리에서 일어나 조슈아에게 악수를 청했다. 그는 일본군의 차페이 공습 때 자식을 잃어버린 중국계 미국 여자와 함께 아이를 찾아 나섰다가 일본 낭인들에게 집단 폭행을 당한 것으로 널리 알려진 인물이었다. 부영사는 신문에 게재되었던 '깨진 안경 너머의 분노에 찬 눈빛'의 사진과는 다르게 실물은 매우 온화한 인상을 지닌 신사였다.

상하이에서 탄압받는 인물들의 미국 망명이 거의 이 부영사의 손에 달렸다는 이야기를 상기하며 조슈아는 라라의 비자 문제로 직접 자신을 만나준 것에 대하여 감사를 표했다.

링월트가 헬렌이 건넨 서류를 훑어보았다. 그는 라라가 상하이 음악원 성악과 2학년을 마치고 휴학 중이라는 사실을 눈여겨보았다.

"코튼클럽에서 라라 양의 노래를 감상한 적이 있습니다. 그녀가 클래식을 전공한 가수라는 걸 간파했지만 아직 학생 신분이라는 것이 의외군요. 정말 탁월한 재능입니다."

링월트가 라라의 비자 지원서에 서명했다.

"라라 양 비자는 제 직권으로 내드리겠습니다. 로트르담의 드렁큰 아이리시가 내가 응원하는 미네소타 대학을 매번 큰 점수 차로 눌렀지만 그러한 점은 고려하지 않겠습니다."

조슈아는 미소 지었고, 헬렌은 큰 소리로 웃었다.

"대신 미국 시민인 칼린 씨가 후견인으로 동행한다는 점만 충분히 숙고했습니다. 두 분의 행운을 빕니다."

조슈아는 할 수 있는 최대의 존경을 표했고, 링월트는 당연히 해주어야 할 것을 한 것뿐이라며 겸손해했다.

"사실 제 꿈도 음악가였습니다. 외교관이 되기 전에 잠시 워싱턴 팍스 극장에서 가수로 무대에 오른 적이 있지요."

"어머! 부영사님께 그런 시절이 있었다는 건 금시초문인데요?"

헬렌이 놀랍다는 듯이 반응했다.

링월트가 멋쩍게 웃으며 굳이 자리에서 일어나 조슈아를 배웅했다.

"참, 존 앱트 씨가 떠나기 전에 감사의 인사를 전하더군요."

조슈아는 뭐라고 대답하지 못한 채 링월트가 내민 손을 굳게 잡았다.

부영사실을 나선 조슈아는 미국 비자를 받으려는 사람들의 줄이 이웃 일본 영사관 건물을 지나 수초우천까지 길게 늘어선 것을 보고는 안도의 한숨을 내쉬었다. 그가 머제스틱호에서 하선하여 상하이 땅을 밟은 이래, 처음으로 모든 일이 순조롭게 진행되었다. 헬렌에 의하면, 부영사가 이렇게까지 적극적으로 조슈아를 도와주게 된 계기는 바로 존 앱트 씨 때문이었다.

조슈아는 불가능할 것 같았던 라라의 미국행 비자를 손에 쥐고 가든 브리지를 넘었다.

상처는 빠르게 회복되었다. 라라는 총상을 입은 옆구리에 붕대를 동여맨 후 블라우스 단추를 잠갔다.

얼굴에 엷게 분을 바르고 거울을 비춰 보며 낯선 이름을 불러보았다.

"사라 박."

미국행 비자에 기재된 그녀의 새 이름이었다.

탁자 위에는 이틀 후인 4월 29일 오후 2시, 상하이에서 출발해 하와이의 호놀룰루를 경유하여 샌프란시스코로 가는 골든드래곤시에라호 이등석 표 두 장이 놓여 있었다.

라라는 여행 가방을 챙기고 있는 조슈아를 살짝 엿보았다.

조슈아는 어느 순간 그녀의 마음 깊은 곳에 들어와 있었다. 고향 바다의 하얀 백사장을 따라 일렁이던 해당화 꽃잎처럼 그녀의 가슴이 흔들렸다.

조슈아는 여행 가방을 침대 옆에 내려놓고 그녀 곁으로 다가왔다. 조슈아의 입김이 라라의 귓가를 스쳤다.

"이 배에 승선하지 못하면 당분간은 상하이를 떠나기 어려울 겁니다. 앞으로 상하이에 남아있는 조선인들의 처지가 매우 어려워질 수 있습니다."

라라는 이틀 후로 다가온 천장절이 바로 한인애국단의 거사일이라는 것을 알고 있었다. 일말의 불안감이 엄습했다.

공교롭게도 조슈아 칼린이 구매한 배표도 바로 천장절 오후에 떠나는 것이었다.

어젯밤 피치 선교사는 두 달 치가 넘는 약과 각종 소독제가 든 상자를 들고 찾아와 라라에게 안공근 동지가 전하는 마지막 지령을 전했다. 조직은 그녀에게 곧바로 상하이를 떠날 것을 권고했다. 이 방을 채우고 있는 안온한 일상과는 달리 상황은 매우 급하게 전개되고 있었다.

조슈아의 눈을 응시하던 라라는 왠지 이 남자에게서 꼭 지난날의 서경주를 보는 듯한 느낌이 들었다. 그녀의 심경을 꿰뚫어 본 듯 라라의 곁에 누운 조슈아가 나지막이 속삭였다.

"무슨 일이 있어도 당신은 꼭 이 배를 타고 떠나겠다고 약속해주십시오. 우린 샌프란시스코에서 시카고행 기차를 타고 대륙을 건너 라크로스라는 작은 도시로 갈 거예요."

이제 곧 시작될 미지의 여정, 망망대해의 긴 밤에 가슴이 뛰고 있는 라라는 이렇게 답했다.

"라크로스는 아름다운 곳인가요?"

"세 개의 강이 만나는 곳이죠. 인디언들에 의하면 세 개의 강이 만나는 곳에는 토네이도가 불지 않는다고 하죠. 그곳은, 겨울은 몹시 춥고 여름은 더워요. 하지만 봄과 가을은 아름답죠. 푸른 목초지가 언덕을 따라 드넓게 펼쳐져 있어 말과 소를 키우기에는 제격이에요. 건초 더미들이 흩어져 있는 언덕에서 흩날리는 눈발을 맞으며 미동도 하지 않고 서 있는 말들을 바라보는 건 말로 표현할 수 없는 감동입니다."

라라는 조슈아의 얘기를 들으며 넘실거리는 강물과 들판을 달리는 말과 풀을 뜯는 소들, 그리고 드넓은 평원에서 불어오는 먼지 바람 등을 떠올렸다.

"미시시피강이 내려다보이는 언덕 위에 숙부님이 사역하시는 교회가 있어요. 우리가 도착할 즈음이면 언덕을 따라 하얀 사과꽃이 필 거예요."

그가 해주는 이야기를 들으면서 라라는 살며시 눈을 감았다. 부서지는 햇살 아래 섬세하고 연약한 초록의 나뭇잎들 사이로 하얀 사과꽃이 바람에 흩날렸다. 조슈아의 숨결 같은 포근한 바람이 그녀의 목덜미를 스치듯 불어왔다.

라라는 해가 뜨기 전, 조용히 세상을 품고 있는 바다처럼 조슈아를 받아들였다. 그와 그녀가, 밤과 어둠이, 달빛과 소음이 그리고 침묵이 하나가 되었다. 순간 그들이 지나온 삶과 죽음, 절망과 기적, 그리고 그들이 꿈꾸는 미래가 하나가 되었다.

조슈아는 그녀의 품속에서 다가오지 않은 내일에 대한 불안과 일생을 짓눌러온 죄의식을 잠시나마 내려놓았다. 사랑은 어쩌면 이 혼탁한 세상에서 두 사람이 함께 천국을 만드는 것인지도 몰랐다.

15

쇼와 7년 5월 27일 금요일

-

W에게 - 1932년 4월 25일

-

수통 폭탄

덫

쇼와 7년 5월 27일 금요일

"아주 끈질기게 귀찮게 하는구먼. 이 북새통에 양키 놈 트럭이 뭐가 그리 중요한지 원."

홍커우 경찰서 정보계 형사 와타루는 두 발을 철제 의자에 올린 채 죽상을 하고 있었다. 주위에는 홍커우공원 폭탄 사건과 관련해 상하이 거주 조선인들에 대한 취조가 한창이었다. 나는 그의 앞에 의자를 끌어다 놓고 앉았다.

"그래도 도난 신고가 들어간 것이니 수사를 하고 있을 것 아닙니까?"

와타루가 의자 위에 걸친 다리를 내리고는 오만상을 찌푸렸다.

"이봐요, 기자 나으리. 저 유치장 안 좀 들여다보시오. 저 벌레들에 대한 심문과 보고서를 작성하느라 몸이 열 개라도 모자라요. 그 와중에 트럭 하나 사라진 게 뭔 대수라고 이 난리요?"

민트색 페인트가 벗겨진 유치장 안에는 형사들의 욕설과 주먹을 받아내며 견뎠을 고달픈 인생들이 초췌한 모습으로 구겨져 있었다. 대부분은 조선인 노역자들이었지만, 개중에는 차페이에서 잡혀 온 중국인 잡범들과 아편쟁이들이 섞여 있었다.

나는 이들을 '벌레'라고 칭한 와타루를 경멸스럽게 바라보았다. 상대방에 대한 존중심이 싹 사라졌다.

"이봐, 좋은 말 할 때 잘 새겨들어."

내가 갑자기 얼굴색을 바꾸며 반말을 하자 홍커우 경찰서 베테랑 형사의 입꼬리가 살짝 비틀렸다.

"당신이 홍커우의 사창가와 그곳을 다스리는 만주족 포주들로부터 보호비 명목으로 얼마나 많은 돈을 주머니 속에 채워 넣었는지 다 알고 있어."

"기자 양반, 누가 그런 잡소리를 하는 거요?"

"잘 들어. 홍커우 경찰서가 만주족 실권자 진지룽과 한통속이라는 증거는 차고 넘쳐."

나는 품에서 낡은 장부를 복사한 사진 한 장을 그의 눈앞에 들이밀었다.

"당신은 만주족 패거리를 믿나 보군. 이 장부의 출처가 어딘지 아나?"

그제야 와타루의 표정이 굳어지며 안색이 변했다.

"이번에 실종된 다나카 소장이 홍커우 경찰서를 내사하고 있었던 것을 아나? 만주용마의 누군가가 이 장부를 다나카 측에 넘겼지. 이 장부에 당신 '와타루 호시노리'란 이름이 빈번하게 등장해."

그는 잠시 손가락을 무릎 위에서 까딱거리다 조서 철을 꺼내 한참 들여다본 후 문서 한 장을 건넸다.

"별 내용은 없소, 오자키 기자."

나는 '차량 도난 신고 경위서 ― 포드 윈 트럭(벤슨 공사)'라고 적힌 문서를 받았다. 문서는 벤슨 스나이더가 직접 자필로 작성한 신고 경위와 형사가 묻는 질문에 벤슨 스나이더가 답변하는 문답식으로 구성되어 있었다.

와타루 말대로 한 장짜리 종이에 적힌 내용은 별게 없었다. 하지만 조서 마지막 부분에서 벤슨이 진술한 흥미로운 문장을 발견했다.

'조슈아 칼린은 해군육전대에 군납을 마친 후 바로 사무실로 오기로 했었습니다. 왜냐면 그날은 내 사업의 마지막 군납일이었고, 무엇보다 당일에 대금을 일시불로 받기로 되어 있었기 때문입니다.'

"흠, 벤슨 스나이더는 그날 트럭을 잃어버림과 동시에 돈까지 날린 셈이군. 이 문장만 읽어보면 조슈아 칼린이 돈을 가지고 튄 파렴치범 아니오, 와타루 형사?"

와타루는 곤혹스러운 표정을 지었다.

"오자키 기자, 내 사정 좀 봐주쇼. 상부에서 당신과 말을 섞지 말라는 지침이 있었소이다. 그리고 정말 난 그 문서 이외에는 아무것도 모릅니다."

그가 말을 마치자 나는 당겼던 의자를 뒤로 밀며 일어났다.

"와타루 형사, 당신들을 내사하던 다나카가 사라진 것이 큰 행운인 줄 아시오."

와타루는 비굴하게 미소를 지으며 굽신대었다. 나는 그에게 안심하라는 듯 피식 웃으며 말을 이었다.

"상하이에 바퀴벌레들은 이곳뿐 아니라 도처에 득실거린다오. 안심하시오, 여기를 기사화할 생각은 추호도 없으니."

W에게

4월 23일, 상하이 번드의 케세이 호텔에서 만주국 경제개발 투자유치 모임이 비공개로 열렸다. 만주국 중앙은행장 호시노 니오키가 주관하고, 상무성 관료 출신 기시 노부스케가 만주국 경제개발 계획과 전망에 대해 기조 발제했다. 내부 소식통에 의하면 대규모 해외 자본이 상하이와 홍콩을 통해 만주 중앙은행으로 유입될 전망이다.

*참석자 명단 : 아이카와 요세스케(일본 닛산 기업 대표), 우치다 야스다(남만주 철도주식회사 총재), 벤코 코다먀(요코하마 뱅크 상하이 지점장), 벤더 레이 그레이(HSBC 홍콩 지점장), 윌리엄 허버드(HSBC 상하이 지점장), 벤 더 헤이건 (스위스 Re 그룹 아시아 대표), 로터스 윌슨(포드 자동차), 에단 와이트(제너럴 모터스), 이안 왓슨(영국 기업 P&O) 등이다.

별첨 : 〈만주국 경제개발 계획과 향후 전망〉 (기시 노부스케 발제 전문)
　　　 위 경제개발 회의 참석자 이력 및 회사 개요

참조) 내선 H의 본국 소환은 정전 협상 과정에서 발생한 상하이 특무대와 중앙정보국 라인 간의 힘겨루기로 추정된다. 일광 기지국에서 포착한 것으로 알려진 국제 코민테른 제7구역 무선 기지국 급습 사건과는 무관한 것으로 확인되었다.

1932년 4월 25일
Otto

314

수통 폭탄

밤새 내린 비로 우쏭천에는 황톳물이 넘실거리고 제방을 따라 늘어선 시장 입구에는 '경축 천장절'이라고 쓰인 현수막이 걸렸다.

"무, 우엉, 신선한 마가 나왔어요!"

손수레에 물건을 싣고 돌아다니는 행상들이 고함을 치며 손님들을 불러 모았다. 좁은 시장 길에도 일장기와 오색기가 나부끼고 축제 분위기가 만연했다.

하지만 우쏭천을 건너는 안공근의 발길은 쇳덩이를 단 듯 무거웠다. 애국단이 준비해온 천장절 작전이 일주일 앞으로 바짝 다가왔지만 이틀 전 클럽에서 일어난 총격 사건은 상하이 전역으로 입소문을 타고 퍼졌고 정보원 하링의 잡화점이 급습당했다. 다행히 박미희 동지는 목숨을 건졌지만 체포된 하링의 생사 여부는 확인되지 않았다. 만약 다나카의 손아귀에 잡힌 그가 살아 있다면 일이 어디까지 번질지 예상할 수 없었다. 그렇다고 공들여왔던 작전을 이제 와 수정할 수는 없는 노릇이었다.

안공근이 채소를 파는 손수레 앞으로 다가가 장사에 열중하고 있는 청년을 바라보았다. 이번 천장절 거사의 중추를 담당하게 될 윤봉길은 그럴듯한 오사카 사투리를 구사하며 시장의 일본인 주부들을 상대하고 있었다.

"정말 신선합니다. 그냥 깎아서 바로 드셔보세요. 아주 꿀맛입니다."

손수레에는 새벽시장에서 떼어 온 야채들이 가득했다.

윤봉길이 무청에 묻은 흙을 털어낸 하얀 무를 신문지에 싸 건넸다. 좌판에 놓인 채소들을 저울질하는 여성들 사이에 멋들어진 중절모에 마호가니 안경을 쓴 안공근이 허리를 굽혀 무 하나를 손으로 꾹꾹 눌렀다.

"바람이 든 무는 요렇게 잘라보면 알 수 있습니다."

윤봉길이 안공근 앞에 놓인 무를 집어 반으로 툭 잘랐다. 안공근은 입가에 잔잔한 미소를 띠며 흥정에 나섰다.

"이 무는 얼마요?"

윤봉길도 입가에 특유의 득의만만한 미소를 띠며 대응했다.

"3전입니다. 아주 싱싱합니다."

안공근이 돌돌 말린 돈을 건네자 윤봉길도 종이에 흰 무를 돌돌 말아 내주었다. 동그랗게 말린 지폐 안에는 다음 약속 장소와 시간이 적힌 쪽지가 들어있었다. 안공근은 무를 받아 들고 골목을 메운 인파를 헤치며 앞으로 나아갔다.

시장 길 노상 주점에서는 일본인 행색의 한 무리가 큰소리로 떠들며 대낮부터 술잔을 부딪치고 있었다. 그들의 대화 중간중간에 조선말이 섞여 들렸다.

천장절을 앞두고 만주에서 암약하던 조선인 일제 부역자들과 밀고자들이 상하이로 몰려들고 있다는 소문이 돌고 있었다.

고요한 습지를 가르며 쾅 하고 폭발음이 진동하고 새들이 퍼덕이며 날아올랐다. 토굴을 덮었던 철판이 튕겨 나가고 불길이 솟구쳤다.

폭파 전문가인 스티브 람이 기폭 지점으로 다가가 파편이 튄 거리를 도보로 측정했다. 폭발력은 그가 예상했던 것보다 강했다. 김구가 다가왔다.

"동지, 폭탄이 너무 강하지 않소?"

"헥소겐 비율을 낮춘 폭탄으로 다시 해봐야겠습니다."

스티브 람이 매캐한 연기에 미간을 찌푸리며 수첩에 기록을 남겼다.

"이번 작전에서는 단 한 명의 외교관과 민간인도 다쳐서는 안 되오."

김구는 이번 거사에서 무엇보다 도덕적 승리가 중요하다는 것을 잘 알고 있었다. 폭발력이 너무 강해 민간에게까지 피해가 간다면 한인애국단은 테러조직이라는 오명과 함께 국제적 비난을 면치 못할 것이고, 이봉창의 동경 의거 때처럼 폭발력이 약하다면 일제의 폭거에 대한 한인애국단의 저항 명분을 살리지 못할 것이었다.

불꽃이 사그라지자 자욱하게 연기가 피어올랐다. 숲에서 중선이 걸어 나오며 수신호를 보냈다.

중선을 앞세우고 숲길로 한참 걸어 들어가자 향차도가 새로 판 토굴에 철판을 대고 있었다. 스티브 람이 토굴 안쪽에 'NTR462'라는 표식을 붙인 수통형 폭탄을 넣고 뇌관에 연결된 선을 밖으로 뽑아냈다. 오랜 시간 호흡을 맞춰온 듯 중선과 향차도가 다시 토굴의 입구를 강철판으로 막았다.

스티브 람이 뇌관에 연결된 선을 잡고 숲길을 따라 약 이십 미터 정도 걸어 나갔다.

"이번 실험은 직접 당기시지요."

스티브 람이 김구에게 뇌관에 연결된 줄을 건넸다. 김구가 단번에 줄을 당겼다. 스티브 람이 시계의 초침을 재며 뇌관을 당긴 순간부터 폭발이 일어난 시간을 가늠했다.

잠시 후 폭음이 진동하며 토굴을 덮고 있던 강철판이 휘어짐과 동시에 파편이 튀어 오르고 검은 연기와 화염이 일었다.

김구는 흩어지는 연기 사이로 천천히 걸어오는 안공근을 발견했다. 그는 만족스러운 목소리로 외쳤다.

"안 동지! 수통 폭탄 실험은 성공이오."

안공근은 김구의 들뜬 모습과는 다르게 얼굴에 근심이 어렸다.

"단장님, 다나카에게 잡힌 하렁의 생사 여부를 아직도 확인하지 못했습니다."

모처럼 활짝 폈던 김구의 얼굴이 일순간 굳었다.

"그렇다면 연철장도, 이 숲도 더는 안전하지 않겠군."

안공근의 곁으로 폭탄의 설계자이자 제작자인 스티브 람이 다가왔다. 그들은 모두 독립운동을 위해 고락을 함께한 오랜 동지였다.

타이창 병기창이 제3 저지선으로 빠져나간 그날, 안공근이 전장을 뚫고 가져온 이 폭약과 뇌관들이 없었다면 스티브 람이 심혈을 기울여 만들어낸 사제 수통 폭탄 '462 칵테일'도 탄생하지 못했을 것이다.

"수통 폭탄은 몇 개가 더 남았소?"

연기가 채 사그라지지 않은 토굴 주위를 서성이던 김구가 스티브 람에게 물었다.

"남은 것은 세 종류로 총 아홉 개이고, 462 칵테일이 두 개 더 있습니다. 주물을 충분히 떠 놓았으니 얼마든지 더 만들 수는 있습니다."

"도시락 폭탄은 총 몇 개 있소?"

"지금 이 상자에만 세 종류, 총 여섯 개가 있습니다."

도시락 폭탄은 만일의 경우를 대비한 자결용으로, 아마톨 가루에 티엔티 혼합 비율만 다르게 만든 것이었다.

"지체할 시간이 없습니다."

안공근이 김구를 향해 결연한 목소리로 재촉했다.

"좋소. 지금 모두 이곳에서 철수하겠소."

누런 강물이 넘실거리는 강둑을 따라 안공근이 구식 포드 승용차를 몰았다.

처음 이곳에 오던 날 무릎을 스치던 여린 억새풀은 어느새 파랗게 자라나 차창을 스쳤다. 자동차 뒷좌석에는 마치 봄날 소풍이라도 다녀오는 듯 수통과 도시락통이 고운 보자기에 싸여 있었다.

차창 너머로 흙탕물이 휘감겨 도는 강둑을 말없이 응시하던 김구가 입을 열었다.

"조슈아 칼린이 우리의 제안을 받아들일 것 같소?"

"피치 선교사님을 통해 만나자는 연락을 넣었습니다."

일본의 정보대 요원들과 낭인들로 겹겹이 에워싸인 행사장에서 폭탄을 성공적으로 투척하기 위해서는 그들의 경계를 흩트릴 계책이 필요했다. 무엇보다 다나카 류세이의 정보대를 감쪽같이 속여 행사장 밖으로 유인해낼 방책이 필요했다. 그리고 그 유인책은 상해의 조선 독립운동가들에게뿐 아니라 중국의 협력 선에도 드러나지 않은 인물이어야 했다.

안공근은 그들의 눈을 따돌릴 인물로 조슈아 칼린을 천거했다.

그것은 다나카 류세이의 일거수일투족을 감시하고 조슈아 칼린의 동태를 파악했던 박미희의 보고에 근거했다. 그녀가 마지막으로 올린 보고서에 의하면, 조선계 미국인 조슈아 칼린은 다나카 류세이를 없애기 위해서라면 악마와도 거래할 준비가 되어 있는 포섭 1순위였다.

사실 한인애국단은 오래전부터 다나카 류세이를 제거할 계획을 세워왔다. 김구의 최종 명령만 떨어졌다면 당장 박미희를 시켜 독살을 명할 수도 있었다.

하지만 김구와 한인애국단에게 더 시급하고 큰 목표는 조선 독립의 당위를 대내외에 널리 알리는 것이었고, 천장절 작전은 바로 그런 목적을 위해 설계되었다. 일본의 권력 핵심부에 있는 정보를 얻기 위해 다나카는 당분간 살려둘 수밖에 없었다.

강둑을 벗어나자 어디가 끝인지 종잡을 수 없는 황톳길이 길게 이어졌다.

안공근은 거사를 앞두고 김구의 얼굴에 드리워진 어두운 그늘을 감지했다.

김구는 처음 조슈아 칼린을 대면하던 날 안공근의 반대에도 불구하고 그를 풀어주었다. 그날 김구는 자신이 한때 김장규 목사와 막역했던 사이라고 조슈아에게 밝히지 못했다. 김구는 오래전 자신이 제암리 교회 앞으로 오동나무 한 그루를 보냈던 것을 상기하며 마음이 흔들렸다. 조슈아 칼린은 바로 존경해 마지않았던 제암리 교회 김장규 목사의 유일한 혈육이었기 때문이다. 그 아이를 사지로 내몰고 싶지는 않았다.

하지만 일제의 탄압은 점점 더 강고해지고, 안중근, 이봉창, 김상옥 등 얼마나 많은 청년들이 조선 독립을 위해 뜨거운 피를 흘리고 산화했던가?

다나카를 유인할 인물로 조슈아 칼린을 추천받은 김구의 마음은 심하게 요동쳤다.

덫

파랗게 떨어진 달빛이 축축한 창고 바닥을 어슴푸레 비췄다.

미루어 짐작건대 바로 이 자리였다. 조슈아는 안공근이 자신의 관자놀이에 총구를 가져다 대던 순간을 기억했다.

약속 시각에 맞추어 밖에서 부스럭거리는 소리가 들렸다. 조슈아는 그럴 필요가 없음에도 반사적으로 손을 상의 안쪽으로 가져가 총을 쥐었다.

잠시 후 안공근이 조심스레 안으로 들어섰다.

"제게 원하는 것이 뭡니까?"

조슈아의 음성에 잔뜩 날이 섰다.

"자네에게 도움을 청하러 왔네."

안공근은 뒷짐을 지고 잠시 뜸을 들였다.

"우리는 무엇보다 자네가 다나카의 목을 노리고 있다는 것을 잘 알고 있네."

조슈아의 오른 눈 밑이 파르르 흔들리고 얼굴에 싸늘함이 감돌았지만, 안공근은 말을 계속 이었다.

"자네와 함께 타이창 병기창에서 가져온 폭약과 뇌관으로 성능이 괜찮은 폭탄을 제작했네."

조슈아는 어렵사리 입을 뗐다.

"당신들이 폭탄을 제작한 것과 다나카에 대한 저의 원한이 무슨 관련이 있다는 겁니까?"

"우리는 상하이에서 일본 놈들의 간담을 서늘하게 할 거사를 계획 중이네. 하지만 성공을 위해서는 무엇보다 다나카를 먼저 처치해야 하지."

"다나카는 내 손에 없어질 운명이기는 합니다만, 제가 도대체 어떤 도움을 줄 수 있다는 겁니까?"

"우리의 거사 날짜에 자네가 그를 유인해 제거해주기 바라네. 반드시 거사 당일이어야 하네. 그에 대한 지원은 아끼지 않을 것일세."

안공근이 말을 마치자 조슈아의 눈이 번뜩였다.

"저를 이곳에 끌고 와 죽이려 했던 사람이 당신들입니다. 저를 믿는 이유가 뭡니까?"

"모든 것은 김구 주석님의 전적인 믿음과 판단이네."

조슈아는 그날 바로 이 자리에서 자신의 결박을 손수 풀어주던 김구의 모습을 떠올렸다.

"저는 그분을 잘 모릅니다. 그런데 왜….”

조슈아가 말을 채 끝맺기도 전에 안공근이 주머니에서 나무로 만든 팔찌를 꺼냈다.

"김구 주석님께서 이 나무 십자가 팔찌를 자네에게 전하라고 하셨네."

조슈아는 안공근에게 건네 받은 손때 묻은 팔찌를 살포시 쥐었다. 웬일인지 촉감이 낯설지 않았다. 아니, 그것이 무엇인지 알 수 있을 것 같았다.

"1910년 겨울 황해도 신천에서 서간도에 무관학교를 설립하기 위한 자금을 모집하던 주석님께서 옥고를 치르기 바로 전 자네 선친으로부터 받으신 거라고 하네."

"아!"

조슈아의 입에서 짧은 탄식이 새 나왔다.

잠시 흐르던 침묵 끝에 조슈아가 입을 뗐다.

"아버지는 시간이 날 때마다 나무를 깎아 십자가 팔찌를 만들곤 하셨습니다. 바로 그분이셨군요. 아버지가 늘 이야기하시던…오동나무를 보내신 선인이."

요동치던 조슈아의 마음이 조금씩 가라앉았다.

만약 아버지가 살아 계셨다면 어떤 상황에서도 그를 믿으셨을 것이다. 아버지의 부재는 그의 삶 전반에 깊이 드리워 있는 인간에 대한 믿음의 부재로 귀결되고 있는지도 몰랐다.

"그 일을 맡겠습니다."

조슈아의 답에 안공근은 준비해 온 권총 한 정을 건넸다. 정교한 조각을 새긴 자동권총의 총신 위로 달빛이 차갑게 빛났다.

"주석님께서는 이것도 함께 전하라고 하셨네. 조선의 영웅 안중근이 이토 히로부미를 죽인 신화와 같은 총일세."

단종된 것으로 알려진 브라우닝 M1900이었다. 대량 생산된 브라우닝 M1910과는 손에 잡히는 느낌이 확실히 달랐다. 탄창에는 이미 일곱 발의 총알이 장전되었다.

"거사가 언제인지는 모르겠으나, 다나카를 유인해야 한다면 저에게 방법이 있습니다."

우거진 숲 뒤로 상하이 난징 간 철로선이 종착역인 우쏭항을 향해 뻗어 있었다. 일본군의 공습으로 선로 곳곳이 파괴되었고 쿤산 철교가 아직 복구되지 못한 탓에 기차는 다니지 않았다.

조슈아와 안공근은 선로 건너편을 바라보았다. 잡초가 우거진 덤불을 끼고 학교 담벼락이 군데군데 무너진 채 서 있었다. 기찻길 방향으로 지붕이 돔 모양인 체육관이 있고, 넓은 운동장을 끼고 기역 자로 본관 건물이 보였다. 담을 따라 아름드리나무들이 달빛에 그림자를 드리웠다.

일본군 초병들이 체육관 강당 뒤로 돌아 나오며 기찻길 쪽으로 플래시를 비췄다. 안공근과 조슈아는 선로 뒤로 몸을 바짝 낮췄다.

두 보초병의 잡담이 가까이 들렸다.

"잠도 안 재우고 야간 보초까지 서라니…."

"그러게 말야. 이런 학교에 뭐가 있다고 이 난리 법석인지…."

담벼락을 등지고 멀어지는 보초병들의 그림자가 운동장으로 길게 늘어졌다.

멀리서 군용 트럭 한 대가 헤드라이트를 비추며 학교 정문 쪽으로 다가오고 있었다. 조슈아가 낮고 빠르게 말했다.

"지금입니다."

조슈아를 따라 안공근이 철로를 넘어 시커멓게 팬 쐐기풀 더미를 향해 달렸다. 곳곳에 포탄 조각들이 나뒹굴었다.

학교 정문 앞에 멈춘 트럭에서 교대할 군인들이 내리고 올랐다. 그 틈을 노려 두 사내가 동시에 담을 넘은 것이다. 목련꽃 잎이 우수수 떨어지며 발에 밟혔다.

조슈아가 먼저 강당 뒤쪽으로 다가갔고 이어 안공근이 주위를 경계하며 따라갔다. 체육관 창문은 손을 뻗어야 겨우 닿을 만큼 높았다. 목련 나무 가지가 건물의 창을 스치는 곳에 반쯤 깨진 유리창이 보였다. 조슈아가 나무를 타고 올라가 깨진 유리 사이로 손을 넣어 창문을 열었다.

낭인들과 일본 거류민 우익단체 회원들의 함성으로 가득하던 강당은 적요 속에 그 텅 빈 모습을 드러냈다. 이층 난간으로 푸르스름한 달빛이 떨어지고 난간 아래 체육관 창고 문이 보였다.

창고 안은 갖가지 운동기구들이 먼지를 뒤집어쓴 채 가득 들어차 있었다. 조슈아가 조심스럽게 뜀틀을 밀어내고 겹겹이 쌓여 있는 매트리스를 걷어냈다. 그러자 녹슨 쇠판이 드러났다.

조슈아가 가장자리를 손끝으로 만지며 말했다.

"바닥에 지렛대를 끼워야겠습니다."

조슈아가 쪽마루를 뜯어내고 역도 봉을 틈새에 끼웠다. 한참을 씨름한 끝에 쇠판을 들어 올리자 음침한 입구가 드러났다.

조슈아가 먼저 철제 사다리를 타고 내려가고 안공근이 뒤를 따랐다. 한 치 앞도 보이지 않았다.

"여기가 바로 그 비밀 탄약창이오?"

"맞습니다. 저기 멀리 불빛이 보이는 곳이 해군기지로 연결되는 출구입니다."

안공근은 끝없이 펼쳐진 거대한 지하 공간을 따라 멀리서 명멸하는 희미한 불빛을 바라보았다. 조슈아가 코를 킁킁거리며 벽과 바닥을 만졌다.

"방습 공사가 끝난 지 그리 오래되지 않았습니다."

두 사람은 어둠 속으로 나아갔다. 얼마 지나지 않아 탄약으로 가득한 구간들이 조금씩 그 실체를 드러냈다. 비어 있던 공간까지 새로운 탄약으로 가득 채워져 있었다.

안공근은 애써 태연한 척 중얼거렸다.

"거사를 벌이기 전에 시간을 끌 만한 장소로는 제격이로군."

조슈아는 안공근이 말하는 거사가 아직 무엇인지 몰랐다. 그는 바로 이곳에 다나카 류세이를 잡을 덫을 놓을 꿈을 꾸고 있었다. 계획대로만 된다면 다나카의 시신은 죽어서도 영원히 빛을 보지 못하게 될 것이다.

16

쇼와 7년 5월 28일 토요일

-

W에게 - 1932년 4월 27일

-

태극기 앞에서
하얀 염소

쇼와 7년 5월 28일 토요일

"지난 4월이었지요. 조슈아가 어디서 구했는지 저 흰 염소들을 트럭에 싣고 왔어요."

인터뷰 요청에 피치 선교사는 토요일 오찬에 맞추어 시간을 내주었다.

그레이스 홈의 오월은 아름다웠다. 밭에는 하얀 감자꽃이 흐드러지게 피었고, 아이들은 하얀 염소들을 몰고 들판으로 나왔다. 나는 피치 선교사와 함께 햇살이 쏟아지는 밭고랑을 따라 걸었다.

피치 선교사는 상대방이 질문하기 전에 먼저 이야기를 풀어놓는 타입이었다. 그렇다고 상대방을 무시한다는 느낌을 주지는 않았다.

오히려 그의 화법에는 따뜻함과 자상함이 배어 있었고, 심각함을 다소 누그러뜨리는 묘한 힘을 지니고 있었다.

"앵글로 누비란이라는 개량종인데 조슈아 말로는 그의 양부 칼린 선교사가 고향 마을에 가져왔던 염소와 같은 종이라더군요."

피치 목사는 너른 들판에 염소들을 방목한 채 뛰어노는 아이들을 바라보았다.

"겨우 네 마리의 염소지만 젖이 얼마나 많이 나오던지, 덕분에 아이들이 저렇게 밝고 활기차답니다."

"그의 고향이라면 조선을 말하는 겁니까?"

"어린 조슈아를 미국으로 데려갔던 칼린 선교사는 조선의 경기도 일대 감리교회에서 사역하셨지요."

파란 이파리가 무성한 감자밭에서 처녀들이 감자꽃을 바구니에 따고 있었다. 채마밭 고랑을 따라 발걸음을 옮기면서 피치 선교사가 첨언했다.

"공교롭게도 조슈아와 함께 행방이 묘연한 다나카 류세이도 그 당시 조선 특무대로 배속받아 경기도 일대에서 첫 임관을 시작했다고 들었소."

피치 선교사의 입을 통해 먼저 다나카 류세이라는 이름이 거론되자 나는 흠칫 놀라 그 자리에 멈췄다. 그가 나의 마음속을 꿰뚫고 있는 것처럼 느껴졌다.

'이분은 어디까지 알고 있는 걸까?'

나는 애써 태연한 척 다시 발걸음을 옮기며 대화를 이어갔다.

"다나카가 조선에서 근무했다는 사실은 오늘 처음 들었습니다. 목사님은 혹시 우창소학교에서 무슨 일이 일어났는지 아십니까?"

그의 짙은 푸른 눈이 바람에 일렁이는 수면처럼 흔들렸다.

"알고 있소만…."

피치 목사는 말을 흐리고는 고개를 숙여 흐드러지게 피어난 감자꽃을 가만히 들여다보았다.

"이상하군요. 그 사건을 알고 있는 사람은 거의 없어요. 누가 목사님께 그 사건에 대해 이야기했는지 궁금하군요."

피치 목사는 나의 말에는 개의치 않고 소담하게 피어오른 감자꽃의 꽃잎을

꺾으며 말했다.

"오자키 기자, 안타깝지만 이 고운 꽃들을 제때 따주어야 감자 넝쿨이 굵고 튼실하게 잘 자라는 법이오"

W에게

4월 26일, 정전협정서 작성을 위한 중국, 일본, 연합국 대표 회담이 영국영사관에서 열렸다. 참석자는 중국 대표 구보타 이치 일본 대표 시게마츠 마모로, 영국 대표 마일즈 램스 경, 프랑스 대표 보데(M. Bodet), 이탈리아 대표 지오노 (G. Giano)

4월 26일, 만주 관동군은 만주-러시아 국경지역 소련 군대의 움직임을 관찰하고, 1922년 일본과의 전투를 승리로 이끌었던 강경파 장군 바실리 블류헤드 휘하의 특수 극동 부대 (Special Red Banner Far East Army: OKDVA)가 탱크와 폭격기를 대동하고 만주 접경 지역으로 이동한 것으로 확인했다고 외무성에 보고했다.

4월 27일, 일본 육군성은 소련과의 정보전을 담당할 책임자로 다나카 류세이를 선정하고, 정전협정이 마무리되는 5월 초로 예정된 인사이동에서 상하이영사관 무관 다나카 류세이를 만주 제국 신징영사관 무관으로 발령해줄 것을 외무성에 요청했다.

별첨 : 〈관동군 만투 국경 보고서〉
　　　〈일본 외무성 인사발령 공문〉

1932년 4월 27일
Otto

태극기 앞에서

《아사히 신문》1면에는 하루 앞으로 다가온 천황의 생일을 앞두고 제복을 입은 히로히토 천황의 사진이 전면을 장식했다. 안공근은 홍커우 공원 벤치에 앉아 신문을 펼쳐 쥐고 주위를 둘러보았다.

공원 연못에서는 짝짓기에 목마른 수 개구리가 목청을 높였고 흰 세일러복을 입은 일본 소학교 어린이들이 그에 질세라 있는 힘껏 구령을 붙이며 열을 맞추어 걸어갔다.

아름드리나무 아래로 회색 정장을 말쑥하게 차려입은 사나이가 보였다. 안공근은 그 사내에게서 시선을 떼지 않으면서 주위에 얼마나 많은 사복 군경들이 그 회색 정장의 사내를 주시하는지를 헤아렸다.

사내는 그런 낌새를 아는지 모르는지, 안공근이 앉아 있는 벤치에서 두 발치쯤 떨어진 나무둥치에 기댄 채 팔짱을 끼고 있는 남자에게 다가가 담배를 구하기 시작했다. 남자는 손사래를 쳤고 회색 정장의 사내는 입맛을 다시면서 지척에 있는 안공근의 자리로 다가왔다. 안공근은 마치 계산된 행동처럼 주머니를 뒤적여 담배를 꺼내 물었다.

그의 눈앞에는 회색 양복을 입은 윤봉길이 어느새 성큼 다가와 서 있었다.

"주위에 개나리가 만발했군요. 담배 하나 얻을 수 있겠습니까?"

안공근이 왼손을 튕기니 연초 한 개비가 담뱃갑에서 머리를 내밀었다.

"공원 안팎으로 개나리가 한창이구려. 불 좀 빌립시다."

윤봉길이 한 손으로 바람막이를 만들고는 성냥을 당겼다. 안공근의 날숨에서 뿜어져 나온 긴 연기가 허공으로 흩어졌다.

윤봉길은 안공근이 건넨 담배를 입에 물고는 공원을 빠져나갔다.

담배를 만 종이에는 마지막으로 김구 주석을 대면할 시간과 장소가 적혀 있었다.

천장절 행사가 열릴 드넓은 공원 잔디밭에는 공병대 군인들이 연단을 설치하고 있었다. 안공근은 잘 손질된 잔디밭을 걸으며 연단 쪽으로 나아갔다. 공병대원들이 연단 양쪽 가장자리에 높이가 6미터는 족히 되어 보이는 국기 게양대를 세워 올리고 있었다.

단상을 에워싼 접근 금지선 뒤로 시민들이 모여들었다.

"세상에! 저분이 바로 시라카와 장군님이셔!"

"시라카와 장군님이 아니었으면 아직도 중국 놈들과 전쟁을 하고 있을지도 몰라."

"아무렴! 전쟁에 졌을지도 모르지."

안공근이 구경꾼들의 웅성거리는 소리에 걸음을 멈추고 뒤를 돌아보았다. 기마병들을 대동한 시라카와 요시노리가 말을 타고 연단 쪽으로 다가오고 있었다. 공병대원들도 일손을 멈추고 큰 소리로 거수했다.

공원에 삼삼오오 앉아 있던 일인들이 하나둘 자리에서 일어나 장군을 향해 예를 갖추었다. 그는 절도 있는 손동작으로 공병대원들과 시민들의 경례에 일일이 답례했다. 안공근도 마치 일본인인 것처럼 시라카와에게 짧게 묵례하고 그를 올려다보았다. 짧은 순간, 안공근과 시라카와의 눈이 마주쳤다. 공근은 속으로 중얼거렸다.

"내가 당신에게 보내는 묵례는 존경이 아닌, 내일이면 사자가 될 당신에 대한 연민이오."

시라카와는 무심한 듯 말머리를 돌려 연단으로 나아갔다.

시라카와가 설 연단은 기마병의 머리보다 조금 더 높아서, 2.5미터는 족히 넘어 보였다. 너비는 5미터 정도로, 20명이 두 줄로 서면 무대가 꽉 찰 것 같았다. 단상 앞쪽은 내외 귀빈들, 국내외 기자들이 차지하고, 관병식에 참여한 군인들이 그 뒤로 열을 지어 설 예정이었다.

공근은 머릿속으로 모든 상황을 정리하고 또 점검했다. 그는 아주 느리게 혼잣말로 "한 치의 오차도 없어야 한다."를 최면처럼 되뇌면서 연단 뒤쪽을 주시했다.

어느 틈엔가 구경꾼들 사이에 윤봉길이 나타나 자리를 잡고 있었다. 단상에서 가장 가까이 접근할 수 있으면서도 동시에 시야를 확보할 수 있는 절묘한 지점이었다. 둘의 눈이 마주쳤다. 내일 윤봉길이 서 있을 바로 그 자리였다.

윤봉길은 내일 연단 뒤, 인파들 틈에 섞여 천장절 행사 2부가 시작되기만을 기다릴 것이다. 마침내 그 순간이 오면 단숨에 단상 쪽으로 달려가 폭탄을 날릴 것이다. 모든 일은 순식간에 발생할 것이다.

잔디밭 위로 짧은 그림자를 남기며 시라카와 요시노리의 모습이 서서히 멀어졌다.

대형 여객선들 사이로 짐배들이 분주히 오가고, 부두를 따라 만국기가 물결쳤다. 안공근은 조계지 출입증을 받으려는 사람들이 늘어선 세관 앞을 지나 선착장으로 걸었다. 휴전협정이 목전으로 다가오자 마침내 항만노조도 파업을 철회하고 선적 작업에 가세하면서 부두는 부쩍 활기를 띠었다.

번드에는 출항을 앞둔 골든드래건시에라호가 깃발을 펄럭이며 거대한 선체를 드러냈다. 활짝 내려진 갑문에서 나무 컨테이너에 인장을 찍고 있는 조슈아 칼린의 모습이 보였다.

강 상류에서 내려온 짐배들이 골든드래곤시에라호 갑문으로 배를 바짝 댔다. 약속대로 짐배 중 하나에는 중선이 승선해 있었다.

안공근은 출항 때면 어김없이 나타나는 세관 감시관이라도 되는 양 안경을 고쳐 쓰며 짐배에서 내려 갑판으로 올라섰다. 어두컴컴한 선적실 안으로 들어서자 조슈아 칼린이 중선이 건넨 나무 상자를 어깨에 둘러메고 선적실을 막 나서고 있었다. 안공근이 몸을 통로에 붙여 조슈아가 지나가도록 한 후에 다시 그 뒤를 따랐다.

선적실을 벗어난 조슈아는 좁은 계단을 올라 미로 같은 복도를 한 바퀴 돌고는 천장이 낮은 어느 선실 앞에 멈췄다.

"기관실 선원들이 쓰는 방입니다. 이곳은 안전합니다."

조슈아가 메고 온 나무상자를 벙커 위에 놓았다. 이어 안공근이 상자 안에서 마대 자루로 싼 가죽 가방 두 개를 꺼냈다.

"새벽에 벤슨 공사 주위를 감시하는 낭인들이 철수하면 트럭으로 이것들을 옮기겠습니다."

안공근이 잠금장치를 풀자 찰카닥하고 가방이 열렸다.

"폭탄 다발 여섯 개, 배터리가 두 개씩 들었소."

"이런 사제 폭탄은 처음 보는군요."

"50미터짜리가 두 개, 나머지는 30미터, 20미터씩이요. 같은 강도의 폭탄에 전선 길이만 다르게 뽑았소."

안공근이 꼼꼼하게 폭탄을 살피는 조슈아에게 설명했다.

"뇌관에서 나온 선의 길이만 가늠해도 놈들은 우리가 지하 탄약고의 구조를 파악하고 있다고 생각할 거요."

조슈아가 폭탄이 든 가방을 벙커 아래 깊숙이 밀어 넣었다. 그리고 난 후 둘은 잠시 숨을 고르고 자신들이 미리 짜놓은 계획을 재점검하기 시작했다.

천장절 거사는, 오전 6시경 조슈아가 해군육전대에 납품할 프리미엄 잼을 벤슨 공사의 트럭에 적재하는 것으로 시작될 것이다. 그날 벤슨 공사는 마지막 분량의 프리미엄 잼을 납품하기로 되어 있었다. 물론 스티브 람이 제작한 폭탄 가방은 일반 잼 상자 안에 위장하여 실을 것이다. 아무리 경비가 삼엄하다고 한들 윗선에서 뒤를 봐주는 벤슨의 트럭을 샅샅이 조사하는 것은 불가능했다. 나중에 안 사실이지만 다나카의 정보대가 '통조림에 독을 탔다'라는 죄명으로 벤슨과 조슈아를 잡아들였다는 소식을 접한 시오자와 부제독은 다나카를 직접 호출해 강하게 질책했고, 이후 압수해 간 물품들은 모두 벤슨 공사로 원상 복구되었다.

해군육전대에 도착해 싣고 간 군납용 잼 상자들을 인계한 후 조슈아는 평소 친분이 있는 육전대 취사장에게 부탁해 군용 전화로 천장절 오전 한인애국단이 우창소학교 탄약창으로 잠입한 후 탄약창 전체를 폭파할 계획을 세웠다는 거짓 정보를 다나카에게 전할 것이다.

물론 다나카 류세이는 이 정보의 가치에 대하여 고민을 하겠지만 끝내는 철석같이 믿을 수밖에 없을 것이다. 우창소학교 지하 탄약창의 존재는 외부로 유출되어서는 안 되는 극도의 보안 사항이었기 때문이다.

"다나카와 정보부 정예 요원들을 오전 9시경부터 11시 30분까지 학교 주변과 지하 탄약창에 완전히 묶어두시오."

안공근이 목소리에 힘을 주며 강조했다. 그러자 조슈아의 입가에 살짝 미소가 어렸다. 알 수 없는 그의 웃음이 왠지 공근을 불안하게 했다.

"우리 동지들이 아이소 신사에서부터 마츠리 행렬에 섞여 함께 행진할 거요. 행렬이 우창 로를 따라 소학교 운동장으로 들어가는 시간은 11시경이 될 것이오."

"마츠리 행렬에 참여하는 사람들은 어느 정도나 됩니까?"

"아이들까지 합하면 적어도 삼백 명은 될 거라 예상하오. 행렬이 학교 후문에 도착할 즈음 홍커우 공원에서 터지는 폭탄 소리를 신호로 마츠리 행렬에 섞여 있던 우리 요원들이 십여 발의 연막탄을 동시에 터뜨릴 거요."

"그렇다면 천장절 거사가 이루어지는 시간은 11시 30분경이 되겠군요."

안공근이 고개를 한 번 끄덕이고는 비장하게 말했다.

"트럭 주변에서 연막탄이 터지고 우리 대원들이 소란을 벌이는 틈을 타 다나카 류세이를 처리할 기회를 잡으시오."

"제게 주어진 시간이 얼마나 됩니까?"

"연막탄이 터지고 2, 3분 정도 시야가 완전히 흐려질 거요."

"그 정도면 충분히 긴 시간입니다."

"체육관 옆 식물원에서 우리 동지가 마츠리 전통 복장과 가면을 가지고 기다리고 있을 거요. 동지는 행렬과 합류해서 학교 운동장을 조용히 빠져나가시오."

공근의 말이 끝나갈 즈음 거대한 엔진 돌아가는 소리가 귀청을 울리고, 선실 바닥에서 감지되는 진동은 차츰 발바닥을 타고 올라와 온몸으로 퍼져나갔다.

하얀 염소

3분. 조슈아에게 주어진 시간은 연막탄이 터지고 난 직후 바로 그 3분이었다. 이 짧은 시간을 얻기 위해 그는 전 생애를 이끌고 이곳에 왔다.

중갑판 선미에 서서 조슈아는 안공근을 태운 짐배가 선착장으로 다가가는 것을 지켜보았다. 처음 이 도시에 도착한 그 순간부터 지금까지, 그가 만났던 사람들의 얼굴이 떠올랐다.

안공근. 그는 빈틈없이 움직였고 매사에 철두철미했다. 하지만 도무지 그 속을 읽을 수 없는 인물이었다.

라라. 본명 박미희. 다나카의 정부로 알려져 많은 손가락질을 감내해야만 했던 밀정. 이제 곧 사라 박으로 불릴 여자. 그녀의 몸짓, 눈빛, 향기, 그리고 숨소리 같은 그녀의 모든 것들이 사무치게 그리웠다.

담담하게 자신에게 주어진 운명을 맞으리란 기대는 그녀를 생각하자 견딜수 없는 소용돌이로 변해버렸다.

코튼클럽에 들어서자 이미 연락을 받고 와 있던 헬렌이 그를 발견하고 손을 흔들었다. 차페이의 참상을 함께 목도한 이후부터 그녀는 조슈아를 살갑게 대했다. 조슈아는 재킷 안주머니에서 봉투를 하나 꺼내 헬렌에게 건넸다.

"내일 배가 출항하기 직전에 이걸 라라에게 꼭 전해주세요."

"당신도 같이 떠나는 거 아닌가요?"

"혹시 저에게 무슨 일이 생길 수도 있고… 사람 일은 알 수 없는 거니까요."

헬렌이 의아한 표정을 지으며 흰색 봉투를 받아 손에 쥐었다. 그녀는 조슈아가 '사라 박' 앞으로 체이스 은행 계좌를 개설했고, 그가 가진 모든 것을 그 계좌에 넣었다는 사실을 알고 있었다.

조슈아는 애써 미소 지으며 당부했다.

"호텔도 사라 박으로 예약했습니다. 제가 다음 배편으로 곧 따라갈 거라고 그녀를 안심시켜주십시오. 그녀는 무슨 일이 있어도 내일 떠나야만 합니다. 제발 무사히 배를 탈 수 있게 꼭 도와주십시오."

헬렌이 자리에서 일어나며 조슈아의 어깨를 감쌌다.

"당신과 라라의 앞날에 행운이 함께하기를⋯."

조슈아는 가지고 떠날 짐들을 상하이에 올 때 가지고 왔던 더플백에 대충 채웠다. 이제 침대 머리맡에 놓인 낡은 가죽 장정 성경책과 칼린 선교사의 회고록만 넣으면 끝이었다. 칼린 선교사의 회고록, '생명의 서'를 집어 든 조슈아의 손끝이 떨렸다.

"사랑하는 아들아! 지금도 내 가슴에는 그날의 불꽃이 꺼지지 않고 타오르고 있다."

회고록 첫 장에는 칼린 목사가 흘려 쓴 글씨가 희미하게 남아 있었다.

책의 군데군데 그가 선교사로 근무했던 북만주와 조선의 모습을 담은 사진이 있었다. 그 속에 제암리 사진도 있었다.

조슈아가 알던 세상이 무너지기 전 그때 그 시간이 선교사의 카메라 렌즈 속에 고스란히 담겼다. 떨리는 그의 손끝을 타고 불에 탄 마을의 연기가, 그리고 비명이 전해졌다. 책장을 넘기던 조슈아의 눈빛이 흔들렸다.

바짓단을 걷어 올리고 고무신에 밀짚모자를 쓴 아버지가 칼린 선교사와 함께 제암리 교회당 앞에 서 있는 사진이었다. 두 사람은 염소의 목줄을 움켜잡고 있었는데 두 마리의 염소들은 고집스레 끈을 잡아당기고 있었다.

조슈아는 기억했다. 칼린 선교사가 싣고 온 하얀 염소들의 머리에는 커다란 뿔이 달려 있었다. 한 번도 양을 본 적이 없던 소년은 이 하얀 염소를 양이라고 불렀다. 동무들도 모두 이 송아지만 한 흰 염소를 양이라고 불렀다.

신통하게도 이 흰 염소들에게서 온 동네 아이들이 마시고도 남을 만큼, 그렇게 많은 젖이 나왔다.

조슈아는 아버지를 따라 양에게 먹일 풀을 뜯으러 다니곤 했다. 콧노래를 부르며 쓱쓱 풀을 베던 아버지, 그 하늘과 그 바람은 세월의 간극에도 불구하고 언제나 그의 가슴속에 선명했다. 만약 천국이 있다면 그것은 그 순간 소년의 가슴을 가득 채웠던 그 세상과 닮았을 것이다.

'아버지.' 조슈아의 입술을 타고 신음이 새 나왔다.

손때가 묻은 낡은 가죽 성경에는 임종을 앞둔 칼린 선교사가 읽었던 구절에 붉은 끈이 내려져 있었다.

나의 나 된 것은 하나님의 은혜로 된 것이니, 내게 주신 그의 은혜가 헛되지 아니하여, 내가 모든 사도보다 더 많이 수고하였으나 내가 한 것이 아니요, 오직 나와 함께하신 하나님의 은혜라….

조슈아가 칼린 선교사가 죽음을 앞두고 읽었던 성구에 얼굴을 묻었다. 그는 마지막 순간까지 이 성구를 놓지 못했던 칼린 선교사의 마음을 알 수는 없었다. 이 참혹한 세상에서 그가 붙잡고 놓지 못했던 하나님의 은혜란 과연 무엇이었을까?

만약 조슈아가 이 성구의 의미를 알 수 있었다면 그의 삶도, 이 순간의 선택도 확연히 달랐을 것이다. 칼린 선교사의 유언이나 마찬가지였던 이 구절을 생각하자 그의 마음이 몹시도 부대꼈다. 조슈아가 무릎을 꿇고 아버지 앞에

341

겸허히 고개를 숙였다.

'오, 아버지여, 길을 잃고 헤매던 아들이 이제 집으로 돌아가려 하오니 당신의 굳건한 손길로 내 연약한 손을 잡아주시고 내 머리에 은총의 기름을 부어주소서!'

17

쇼와 7년 5월 30일 월요일

–

W에게 - 1932년 4월 30일

–

천장절

아버지의 이름으로

물새

쇼와 7년 5월 30일 월요일

"두 사람이 함께 미국으로 떠나기로 했었어요."

헬렌이 바의 스툴에 걸터앉아 위스키로 목을 축이며 말했다.

동료 외신기자들 대부분은 아직 만주에서 돌아오지 않았고, 늘 그렇듯 월요일 밤 클럽은 분위기가 가라앉았다.

"두 사람이라면…, 혹시 조슈아 칼린과 라라를 말하는 겁니까?"

헬렌은 짙은 황갈색 위스키 잔을 뚫어지게 쳐다보았다.

"미안해요. 조슈아는 이 사실을 숨기고 싶어 했어요. 미리 말해주지 못해 미안해요."

다소 풀이 죽어 있는 헬렌의 기분을 북돋우려 바텐더에게 위스키 한 잔을 더 주문했고, 헬렌은 이야기를 이어갔다.

"서류에 적힌 라라의 새 이름은 사라 박이었고 조슈아 칼린이 후견인이었어요. 조슈아의 부탁으로 링월트 부영사가 직권으로 미국 비자를 발급해주었는데, 둘은 시에라호 편으로 시애틀로 간다고 했어요."

걸으로 드러난 사실만을 요약한다면 지금까지 드러난 사건의 개요는 비교적 간단했다.

미국 국적의 조선계 청년 조슈아 칼린과 조선에서 근무한 경험이 있는 특무대 소장 다나카 류세이가 홍커우 공원 폭파 사건이 일어난 그 시각에 우창소 학교에서 함께 실종되었다. 다나카의 연인으로 알려진 조선인 출신의 가수 라라는 사건이 일어난 그 시각에 배편으로 미국으로 홀로 떠났다. 공교롭게도 그녀는 다나카가 아닌 조슈아 칼린과 함께 떠나기로 되어 있었다.

"치정이었을까? 결국, 그런 것이었나?"

헬렌을 바라보며 혼잣말하듯 중얼거리는데 누군가 큰 소리로 물었다.

"당신이 오자키요?"

나와 헬렌은 거의 동시에 고개를 들었다. 날카로운 콧날 아래 콧수염을 멋들 어지게 기른 신사 하나가 언제 다가왔는지 내 옆에 서 있었다. 그는 요즘 유행 하는 마호가니 안경을 걸치고 있었다.

"그렇소만…. 혹시 저를 아십니까?"

신사는 자신이 주문한 럼을 바텐더에게 건네받으며 대답했다.

"당신은 잘 모르오. 하지만 당신이 샅샅이 뒤지고 다니는 그 사건에 대해서 들은 것이 좀 있소."

신사는 단숨에 럼주를 비우고는 헬렌을 향해 묵례했다.

"숙녀 분에게 실례합니다만 당신 친구에게 따로 할 얘기가 있습니다."

그러고는 몸을 굽혀 내 귓가에 속삭였다.

"내일 오후 1시. 홍커우 공원 서쪽 벤치로 나오시오. 기다리고 있겠소."

콧수염의 사내는 일방적인 통보만을 남기고 서둘러 클럽을 나섰다.

헬렌이 바텐더 닉에게 방금 클럽을 나간 저 신사가 누구냐고 물어보자 바텐

346

더는 어깨를 으쓱했다.

"글쎄요. 잡지사 기자라고 했던 것 같은데… 그게 전부예요."

불어오는 바람에 후덥지근한 여름의 기운이 묻어 있었다. 폭파 사건으로 폐쇄되었던 홍커우 공원은 다시 문을 열었고, 공원을 찾은 시민들의 표정은 밝았다.

나는 주머니에서 회중시계를 꺼내 시간을 확인했다. 약속 시각까지 여유가 있었다.

드넓은 공원 잔디밭 군데군데 불에 그을린 자국이 눈에 띄었다. 불현듯 천장절 행사장에서의 기억이 새록새록 떠올랐다.

그날 2부 행사가 시작되면서 악단이 〈기미가요〉를 연주했고, 공원에 모인 인사들과 군중들은 점점 굵어지는 비를 맞으며 투덜거렸다.

"하필이면 오늘 같은 날…."

그때였다. 장내가 술렁이는가 싶더니 검은 물체가 곡선을 그리며 연단 위로 날아갔다. 순간, "쾅쾅" 하는 폭음과 함께 지축이 진동했다.

나는 눈앞에 벌어진 불가해한 상황을 이해하려 애쓰면서 양손으로 멍해진 두 귀를 막았다.

폭발이 일어난 연단에는 이미 피투성이가 된 육신들이 나뒹굴고 있었다. 내빈석에 고고하게 앉아 있던 명사들은 혹시 있을지 모를 이차 폭발을 경계하며 사색이 된 채 우왕좌왕하며 생존을 위한 사투를 벌이고 있었다.

나는 이내 정신을 가다듬고 아수라장이 된 공원을 벗어나 소로 쪽으로 무작정 내달렸다.

그날의 기억을 떠올리며 주머니에 아무렇게나 말아 넣은 5월 31일, 오늘 자신문의 사회면을 펼쳐 들었다. 지면의 하단에는 한 달 전 바로 이 자리에서 벌어진 홍커우 공원 폭파 사건의 재판 결과가 논평 없이 단신으로 실렸다.

신문을 말아 쥐고 공원 서쪽 자락에 다다르자 다리를 꼬고 비스듬히 앉아 밤색 파이프를 입에 문 신사가 눈에 들어왔다. 그는 인기척에 자세를 바로잡고 양팔을 뻗어 벤치 상단에 올리며 말했다.

"올 줄 알았소."

깔끔하게 면도를 한 탓인지, 아니면 예리한 은테 안경을 착용한 탓인지, 사내는 어제와는 사뭇 다른 분위기를 풍겼다.

"그거 아시오? 나는 당신네 국가를 증오하는 사람이오."

느닷없는 그의 발언에 나는 당황했다. 사실 군국주의의 극으로 치닫고 있는, 일본이라는 국가와 내각이 나아가는 방향을 나 자신도 좋아하지는 않았다. 민족이라는 개념도 나의 사고 안에서는 모호하고 확연치 않았다.

"나도 내 조국을 그리 자랑스럽게 생각지 않는 사람이오. 하지만 당신한테 그런 말이나 듣자고 여기에 온 것은 아니오."

그는 파안대소하더니 내게 냉기 어린 한마디를 툭 던졌다.

"전쟁은 끝나지 않았소. 이제 시작일 뿐이오."

사내는 나에게 돌돌 말린 신문을 건넸다.

"왜 이걸 나에게 주는 겁니까?"

"당신이 그토록 찾아 헤매던 진실이 지금 그 신문 안에 있소."

갑자기 사내가 벌떡 일어나더니 오른손을 뻗어 나의 어깨에 내려앉은 먼지를 털어냈다.

"누군가 그러더군. 당신네 족속 중에서 그나마 가장 양심적인 지성인은 오자키 호츠미뿐이라고."

그는 이 말을 끝으로 공원을 빠져나갔다. 나는 주위를 둘러보며 인기척이 없는 것을 확인하고는 그가 주고 간 신문을 펼쳤다.

　신문 사이에는 지적도 한 장이 반으로 접혀 있었는데, 우창소학교와 일본군 해군기지를 연결하는 거대한 지하 구조물이 세밀하게 그려져 있었다. 나는 떨리는 손을 진정하고 접힌 나머지 반장을 펼쳤다. 거기에는 지하 구조물의 설계도면과 함께 조감도 그리고 터널과 연결된 지하로가 상세히 그려져 있었다.

　정신을 집중해 내 손안에 들어온 정보가 의미하는 바를 해독했다. 하나는 이 지도가 묘사하고 있는 것은 일본군의 비밀 군사시설임이 분명하다는 것, 그리고 다른 하나는 진지룽이 보여주었던 사진 속의 인물이자, 이 지도를 내게 건네주고 간 밤색 파이프를 입에 문 인물이 바로 안공근이라는 사실이었다.

W에게

4월 28일, 로양에서 열렸던 중국 국난회의(National Emergency Conference : 4월 7일~12일)에 참석했던 159명의 애국단체 대표들은 난징 지도부와 함께 일본과의 정전협상에 찬성하는 내용을 골자로 한 합의문을 발표했다.

황시아오셩 장군과 리청전 장군, 그리고 체키앙과 후난 및 산둥 지방의 장군들이 상하이 모처에서 회동하고 향후 휴전협정에서 난징 지도부의 결정에 따르기로 합의했다.

'상하이 학생 연합회'는 난징 정부와 일본과의 정전협상과 휴전정책에 반대하는 결의 사항을 내걸고 대대적인 반대운동에 들어갔다. 난징 정부는 학생들의 정전 반대 기류가 휴전 협상을 무효로 만들 가능성에 대하여 우려를 표명하는 담화문을 발표했다.

4월 29일 인터내셔널 조계 홍커우에서 상하이 영사관이 주최한 천장절 행사에서 폭탄 테러가 발생했다. 상하이 파견군 사령관 시라카와 요시노리 대장, 제3함대장 노무라 기치사부로 제독, 제9사단장 우에다 겐키치 준장, 시게마스 마모루 주중 공사, 무라이 구라마쓰 상하이 총영사, 가와바타 데이지 상하이 거류민 단장 부상. 용의자 현장에서 체포. 신원은 조선인 테러리스트 윤봉길.

별첨 : 〈중국 국난회의 정전 협상 합의문〉 전문

1932년 4월 30일
Otto

천장절 작전

짙은 구름에 가려 아침 해는 보이지 않았다.

브라우닝 M1900 탄창에 일곱 발의 총알을 차곡차곡 장전했다. 그리고 여벌의 탄창에도 총알을 채웠다.

조슈아는 손목시계의 시침을 확인했다. 바늘은 거의 6시에 다다랐다.

총을 허리춤 깊숙이 찔러 넣고 아래층으로 내려가자 평소보다 이른 기상에 잠이 덜 깬 소년 콰이가 양손으로 눈을 연신 비비고 있었고, 매니저 루이는 하품을 길게 했다.

"그동안 고마웠어, 콰이."

조슈아는 콰이의 머리를 쓰다듬고는 매니저 루이에게 악수를 청했다.

"마지막까지 마무리 잘해주시기 바랍니다."

세 사람은 해군에 납품할 통조림과 잼 상자를 트럭에 차곡차곡 옮겨 실었다.

조슈아는 중간에 시동을 거는 척 트럭으로 다가가 검은 가방 두 개를 조수석 의자 밑에서 꺼내 벤슨 공사 인장이 찍힌 상자의 맨 밑에 깔았다. 그리고 그 위를 통조림으로 가린 뒤 덮개로 봉인하고 짐칸 안쪽에 적재했다.

검문소 바리케이드 앞에서 일본 초병 두 명이 트럭의 운전석으로 다가왔다.

"어이, 오늘이 마지막 지입 일이로군."

조장인 일본군 상좌가 조슈아에게 출입 대장을 건네고는 주위를 서성였다. 조슈아는 영문으로 된 자신의 이름과 출입시간을 기재했다.

이어 조장에게 미리 챙겨 온 초콜릿 바와 건빵을 건넸다. 그는 그것을 받아 들고는 짐칸으로 다가가 장막을 걷었다. 조장은 이내 통과하라고 손짓했다.

식당 입구에서 팔짱을 끼고 있던 취사 총책임자 하네다가 조슈아가 짐을 내리는 것을 지켜보았다.

"벤슨 사장님께서 받아올 물건이 있다고 하셨습니다."

조슈아의 언급에 하네다가 기다렸다는 듯 말했다.

"걱정하지 마시오. 벤슨 사장과의 약속을 단 한 번도 어긴 적이 없소."

식당 안으로 들어간 하네다가 잠시 후 검은색 네모반듯한 가방을 들고 나왔다.

"벤슨 사장이 스스로 군납을 포기하다니 정말 아쉽군. 혹시 그 이유를 아시오?"

"글쎄요. 아마 사장님께서 심신이 많이 지치신 모양입니다. 이제 슬슬 본국으로 귀환하실 준비를 하시나 보죠."

"시오자와 부제독께서 많이 섭섭해하겠군. 벤슨이 미국인임에도 일본 군영에 납품하도록 그렇게 공을 들였는데."

조슈아는 하네다에게도 준비해온 럭키 스트라이크 담배 한 보루를 건넸다.

손목 시계가 오전 7시 10분을 가리켰다. 다나카는 이미 집무실에 도착해 있을 것이었다.

"부탁이 있습니다. 육군 특무대 다나카 류세이 소장께서 특별히 주문한 물품이 있는데, 오전에 이곳에 배달하느라 시간이 지체되었습니다. 취사장 보급소 군용회선으로 특무대에 전화 한 통 해도 되겠습니까?"

하네다는 담배를 받아 들고는 흔쾌히 승낙했다.

"혹시 그분도 프리미엄 잼을 주문하셨소?"

조슈아는 그저 고개만 끄덕였다.

하네다는 장교식당 내부로 조슈아를 안내한 후 해군 직통 회선으로 본영의 교환을 거친 후 특무대 소장 부관 하세가와와 연결했다.

"해군육전대 보급대대 하네다 취사장입니다. 벤슨 공사의 조슈아 칼린이 다나카 류세이 소장과 급히 통화를 원합니다."

조슈아는 하네다에게서 수화기를 넘겨받았다. 수화기 너머로 다나카의 음성이 전해졌다. 조슈아가 전화기를 품 안으로 가져간 후 하네다를 쳐다보자, 하네다 취사장이 비좁은 보급소의 문을 닫고 나갔다.

조슈아는 아주 담담한 어조로 안공근과 계획한 가짜 정보를 다나카에게 전했다.

"안공근 측으로부터 어떤 물건을 트럭에 실어 누군가에게 전달해달라는 요청을 급히 받았습니다."

"흥미로운 얘기군. 그 물건이란 것이 도대체 뭔가?"

"조심히 다뤄야 할 위험한 물건이라고 말한 것으로 보아 폭발물 같습니다."

다나카는 평정심을 잃지 않고 낮은 목소리로 천천히 물었다.

"폭발물이라… 전달받는 자는 누구이고, 접선 시간과 장소는 어디인가?"

"물건을 받으러 나타날 자가 누구인지는 저도 모릅니다. 다만…."

이 대목에서 조슈아는 잠시 숨을 내쉬고는 자신이 할 수 있는 최대한으로 감정을 억제하며 말을 이었다.

"오전 11시 10분. 우창소학교 후문에서 물건을 전하기로 했습니다."

군용 전화기의 수신 상태가 좋지 않았지만 수화기 너머로 이제는 평정심을 잃은 다나카의 떨리는 목소리가 전해졌다.

"자네는 거기 그대로 있게나. 내가 지금 당장 물건을 확인하러 가겠네."

'폭발물이 배달될 장소가 행사장이 아닌 우창소학교라니….'

다나카는 수상하게 생각하며 수화기를 던지듯 내려놓았다.

조슈아가 전한 이 정보의 진위 여부는 확인할 필요도 없었다. '폭발물'과 '우창소학교'가 언급된 것만으로도 당장 긴급조치를 취해야 할 상황이었다.

다나카는 집무실 문을 박차고 나가 부관 하세가와에게 비상 상황임을 주지시키고 천장절 행사장에 배치될 특무대원 중에서 우선 소수 인원을 우창소학교로 집결시키도록 명령했다. 또한 폭탄 해체 전문가 겐조를 해군육전대 보급소로 급하게 호출했다.

조슈아가 가지고 있는 것이 폭발물이 확실하다면 이를 근거로 다나카는 홍커우 공원 경비를 책임질 인원 중 상당수를 우창소학교 후문에 배치하고 외곽 건물의 옥상에 저격수를 잠복시키기로 상부에 보고했다. 그리고 오전 11시 10분을 기점으로 지원 병력을 동원해 우창소학교 주변의 모든 퇴로를 차단함으로써 근방을 이중 삼중 에워싸는 계획을 세웠다.

조슈아는 복도에 서성이던 하네다 취사장과 의례적인 인사를 나누고 트럭의 짐칸에 앉아 잠시 라라를 생각했다.

오전 8시. 다나카의 검은색 닷선 승용차가 쓰촨베이로에 들어섰다. 이른 아침인데도 거리는 천장절 행사에 참석하려는 사람들로 부산했다. 다나카의 승용차는 해군육전대 검문소를 통과해 곧바로 육전대 취사 보급소에 당도했다.

다나카보다 일찍 현장에 도착한 폭탄 전문가 겐조는 이미 조슈아가 가지고 온 검은 가방 두 개를 살펴보고 있었다. 약간의 사투 끝에 가방의 잠금장치가 풀렸다. 겐조 상은 가방을 열지 않은 채 가닥이 엷게 꼬인 두 개의 전선을 다시 하나로 꼬아 틈을 따라 빙그르 돌렸다.

"가방이 열리면 터지는 수가 있습니다."

점검을 마친 겐조는 손수건으로 땀을 훔치며 폭탄이 든 가방을 조심스레 열었다. 가방 안에는 폭탄과 전선이 연결된 묶음이 세 개씩 들어 있고 레버가 달린 독일제 배터리가 장착되어 있었다. 폭탄의 뇌관을 살피는 겐조의 표정이 자못 심각했다.

조슈아 칼린은 폭탄 전문가 겐조 옆에서 상황을 주시했다.

"19로군이 사용했던 강력한 독일제 뇌관입니다. 부착된 장약은 제3의 폭탄이 있다는 전제하에 기폭제로 사용하려는 것 같습니다."

겐조 상이 진땀을 흘려가며 폭탄 묶음을 가방에서 드러냈다. 그는 폭탄에 감겨 있던 전선을 풀고는 얼굴이 굳어졌다.

"이 정도 전선의 길이라면…, 단순히 누군가를 암살하기 위한 용도라기보다는 거의 건물 하나를 날려 보낼 계획인 것 같습니다. 혹시… 가정이지만 놈들이 만약 탄약창 내부 곳곳에 뇌관을 설치했다면 그중 하나만 폭발해도 연쇄작용을 일으켜 지하뿐만 아니라 체육관까지도 날려 보낼 수 있습니다."

다나카의 얼굴이 새하얗게 질렸다.

짧은 순간 다나카는 쉴 새 없이 여러 가지 가능성을 계산했다. 하지만 결론은 분명했다. 우창소학교의 지하 탄약창이 폭파된다면 중국과의 정전협정은 물론이고 영국과 미국, 프랑스 등 조계지의 다른 국가들과의 관계에서도 거의 재앙과 같은 결과를 가져올 것이 명백했다.

겐조가 언급한 것이 설사 과장되었다고 하더라도, 1퍼센트의 가능성조차 제거해두는 것이 중요했다. 당장 지하 탄약창을 면밀하게 조사하는 것이 필요했다. 다나카는 겐조와 조슈아를 대동하고 우창소학교로 직행했다.

거대한 지하 탄약창 내부에는 긴장감이 감돌았다. 군견들의 킁킁거리는 소리 외에는 아무 소리도 들리지 않았다.

노랑 빛깔의 TNT 결정체가 눈송이처럼 유리병 속에 소복이 쌓여 있었다. 겐조 상이 하얀 장갑을 끼고 마스크를 쓴 채 왁스를 입힌 종이 위에 노란 결정체를 조금씩 덜어놓았다. 목줄이 매인 수십 마리의 훈련된 셰퍼드의 콧김에 의해 바닥에 놓인 'Grade A TNT'가 눈송이 날리듯 나풀거리며 날아올랐다.

비밀 지하 탄약창에는 육군과 해군 그리고 일본 전투비행단이 대거 참여했던 '2.28 수륙 양동 작전'의 성과가 고스란히 저장되어 있었다. 일본 육군과 해군 전략 참모들에 의해 대중국 전면전에 대비한, 이론으로만 존재했던 수륙 양동 작전은 1932년 2월 28일 양쯔강 하류의 리우호를 따라 전격적으로 그 모습을 드러냈다.

대중국 전면전이 발발할 경우 상하이와 양쯔강 델타 산업 지역, 그리고 인근 무역항들이 일본의 일차적인 타격 거점이 될 것이었다.

이 지역은 국민당 재원의 젖줄이자 중국 산업의 중추적 역할을 담당했다. 이 작전의 승패를 가늠할 전투비행단의 유류 수급과 대공탄 보급을 양쯔강에 정박한 해군 전함들이 다 떠맡을 수는 없었다.

홍커우 비행장과 비밀 탄약창은 가까운 미래에 다시 발생하게 될 중국과의 대전을 위한 전초기지이자 교두보가 될 것이었다. 따라서 전면전의 때가 올 때까지 이 지하 탄약창이 외부에 드러나서는 안 되었다.

요원들과 셰퍼드를 태운 트럭을 앞세우고 거대한 지하 공간을 달려가던 다나카의 승용차가 대공 포탄이 적재된 구간에 멈추었다.

어두컴컴한 지하 깊숙이 포탄이 적재된 나무 상자들이 구간별로 가득 쌓여 있었다. 훈련된 셰퍼드들이 코를 킁킁거리며 어딘가에 숨겨져 있을지도 모를 시한폭탄을 찾아 포탄이 적재된 나무 상자들 사이를 이 잡듯 뒤지며 나아갔다.

망망대해에 쏟아지는

아침에 따사로운 햇살

세상의 평온함이 이와 같을까.

 홍커우 아이소 신사로 들어서는 대문 위에 천황이 직접 썼다는 하이쿠가 안공근의 눈에 들어왔다.

 이른 아침부터 신사 앞마당에는 천장절을 맞아 신사에 예를 올리려는 사람들로 발 디딜 틈도 없었고, 시내의 주요 도로를 행진할 마츠리 행렬의 참가자들이 속속 도착했다. 마츠리 행렬의 맨 앞쪽에는 색색의 종이로 만든 잉어 모양의 연을 든 사내아이들이 섰고, 그 뒤로 여자들이 소고를 치며 춤을 추었다.

 안공근은 행렬의 네 번째 줄에 자리한 중선이 사천왕 탈을 쓰는 것을 확인하고는 천천히 발걸음을 옮겼다.

 안공근이 홍커우 공원에 이르렀을 때는 이미 시민들이 담장을 돌아 거대한 줄을 이루고 있었다. 입장이 시작되자 정문 앞에 늘어선 줄이 조금씩 움직였다.

 긴 줄의 행렬 뒤편에 서 있던 안공근은 미리 도착해 줄 앞쪽에 서 있는 윤봉길을 주시했다. 예정대로 그는 비단 보자기에 싼 도시락 찬합과 수통을 둘러메고 서 있었다. 그는 더딘 입장에 지루해하며 투정 부리는 한 여자아이에게 장난을 걸고 있었는데, 마치 그 모습이 아이와 한 가족처럼 보였다.

 안공근은 윤봉길이 무사히 검문을 통과해 행사장에 입장한 것을 확인하고는 미리 준비한 카메라 가방과 노란색 프레스 완장을 팔목에 둘렀다. 그는 외신

기자들 틈에 섞여 행사장의 연단 인근으로 직행하는 비상문을 향해 급히 발걸음을 옮겼다. 코튼클럽에서 본 적이 있는 오자키 호츠미와 아그네스 스메들리의 뒤에 바짝 다가섰다.

바리케이드를 겹겹이 설치한 비상문 입구에는 헌병이 초대장이 발부된 기자단 리스트를 토대로 한 명 한 명 신분을 확인하고 행사장 안으로 들여보냈다.

안공근은 일경이 다가서자 목에 두른 사진기를 흔들고는 가방에서 동조 스트로보를 장착하며 중얼댔다.

"방금 오자키 선배가 들어간 것 같은데…."

안공근은 신분증을 일경에게 건넸고, 일경은 안공근이 건넨 기자증에 박힌 사진과 이름, 그리고 리스트에 적힌 이름을 대조했다. 그러고는 뒤편에 서 있는 헌병에게 외쳤다.

"신분 확인. 통과!"

검색대를 통과한 안공근이 시계를 확인했다. 오전 10시. 천장절 제례를 올리고 아이소 신사를 출발했던 마츠리 행렬은 지금쯤 우회로인 리틀도쿄 거리를 지나고 있을 것이고 곧 우창로로 향할 것이다.

계획대로라면 다나카는 조슈아의 거짓 정보를 근거로 홍커우 공원의 경호를 담당하게 될 경비 대원들을 차출해 급히 소학교 후문의 외곽 배치를 서두르고 있을 터였다.

안공근은 연단 앞쪽에 배정된 기자단석에서 사진기의 망원렌즈로 연단 위의 인물들을 한 사람 한 사람 잡았다. 시라카와 요시노리 장군 우측에 노무라 제독이, 좌측에는 우에다 장군이 착석해 있었다. 우에다의 곁으로 무라이 일본 총영사가 눈에 들어왔다. 그는 특무대 소장 다나카 류세이와 함께 상하이 전쟁을 획책하는 호전파로 알려졌다.

총영사 옆으로 가와바타 거류민단장이 있었다. 그리고 에이도 시마노가 수많은 인파에 감개무량한 듯 주위를 둘러보고 안공근이 서 있는 기자단 쪽을 바라보았다.

1910년 2월 9일 뤼순의 법정에서 안중근의 3차 공판이 있던 날, 약관 이십 세의 안공근을 사십 대의 한 남자가 유심히 바라보았다. 방청객에 앉아 있던 그 남자는 바로 이토 히로부미의 제자 에이도 시마노였다.

법정에서, 감옥의 면회실에서, 미조구치 검찰관의 조사실 앞 벤치에서 두 사람은 여러 차례 마주쳤었다. 스승을 잃은 비통함에 빠져 있던 에이도 시마노와 사형 집행을 앞둔 형을 둔 애통한 청년 안공근의 눈빛에는 서로를 향한 알 수 없는 연민과 증오가 서려 있었다.

그로부터 22년이란 세월이 지났고, 에이도 시마노의 시선이 안공근을 무심히 스쳐갔다.

우중충한 하늘에서 빗방울이 떨어지기 시작했다. 안공근은 사진기를 들어 연단 뒤 중앙에서 45도 각도로 비껴 간 자리를 망원렌즈로 잡았다. 렌즈의 초점을 맞추자 흐릿한 잔상이 점차 선명해졌다. 윤봉길이었다. 그는 입을 꾹 다물고 비장하게 서 있었다.

시간은 11시 10분을 가리켰고, 시게미쓰 주중 대사가 천장절의 대미를 장식하는 천황의 메시지를 장황하게 낭독하고 있었다.

서로 맞춘 시계의 시침이 정확하다면 지금 조슈아는 우창소학교 후문 바로 왼쪽 담벼락에 트럭을 세워놓고 검은색 가방을 들고 서 있을 것이다.

그리고 10분 후 붉은 치파오를 입은 중국 여자가 조슈아를 지나치고, 예정대로라면 아이소 신사를 떠난 마츠리 행렬이 우창로에 접한 소학교 후문 인도로 접어드는 시간이기도 했다.

아버지의 이름으로

　다나카는 잠시 안도의 한숨을 내쉬었다. 겐조의 지휘하에 폭발물 처리반의 요원들과 군견들이 지하를 샅샅이 훑었지만 뇌관의 흔적은 발견되지 않았다.

　하지만 완전히 마음을 놓기는 아직 일렀다. 조슈아가 폭탄 가방을 전달할 접선 시간이 다가오고 있었다.

　학교 옥상에는 하세가와가 이끄는 저격수들이 총구를 조슈아가 서 있을 방향으로 겨누었다. 다나카의 지시로 홍커우 경비를 맡았던 특무대원 중 상당수가 이미 우창소학교 근방에 잠입해 있었고, 심복 기타로도 낭인 몇몇을 대동하고 우창로 골목골목에 숨어 있었다.

　시계가 11시 8분을 가리켰다.

　벤슨 공사의 낡은 포드 원 트럭이 서서히 속력을 줄이며 학교 후문 옆 인도턱에 정차했다.

　우창소학교 근방에는 아직 별다른 징후가 감지되지 않았다. 거리는 평상시처럼 평온했고, 이따금 인력거와 마차가 마치 다른 세계에서 출현한 것처럼 느리게 지나갔다.

　잠시 후 회중시계의 초침이 11시 10분을 가리켰다.

　조슈아가 두 개의 검은 가방을 손에 들고 트럭에서 하차했다. 다나카의 망원경이 조슈아를 중심으로 인도의 상하좌우를 살피며 인근 건물의 요소요소를 파고 들었다.

　조슈아가 서 있는 인도 북쪽에서 붉은색 점이 조금씩 움직이는 것이 시선에 들어왔다. 붉은 치파오를 입은 젊은 여자가 유모차를 끌고 서서히 조슈아를 향해 다가오고 있었다. 담벼락에 기대고 있던 조슈아가 고개를 돌려 여자가 있는 방향을 뚫어지게 바라보았다.

"바로 저 여자다."

조슈아의 시선을 따라가던 다나카가 중얼거렸다.

'4미터, 3미터, 2미터.'

저 여자가 조슈아의 가방을 건네받는 순간 건너편에 잠복해 있는 부관 하세가와가 당장 체포에 나설 것이었다. 여자가 미는 유모차가 조슈아에게 다가갔다.

그때였다. 거리의 적막을 깨는 요란한 화태고 소리가 들렸다. 아침 일찍 천장절 제례를 올리고 홍커우 신사를 출발했던 마츠리 행렬이 우회로인 리틀도쿄 거리를 지나 막 우창로로 접어든 것이었다.

유모차를 밀고 다가오던 젊은 중국 여자는 별안간 들려온 북소리에 놀란 듯 조슈아의 바로 곁에서 잠시 발길을 멈추는가 싶더니 그대로 지나쳤다. 다나카는 재빨리 조슈아의 손을 살폈다. 아직 검은색 가방을 들고 있었다.

다나카가 품속에서 시계를 꺼내 확인했다. 조슈아가 말한 접선 시간은 이미 20분이나 지났다.

헤이안 시대 복장을 한 궁사들과 커다란 뿔이 달린 갖가지 동물 형상의 탈을 쓴 인파들이 조슈아가 서 있는 쪽으로 몰려오고 있었다.

'아차' 하는 생각과 함께 다나카의 모골이 송연해졌다. 그는 계단을 단숨에 내려가 조슈아가 서 있는 쪽으로 내달리기 시작했다.

맞은편에서 하세가와가 부하 몇몇과 함께 건물에서 뛰쳐나오고 있었다.

"놈은 마츠리 행렬 속에 있다. 놈은 저 인파 속에 있다. 모두 제 위치에! 다시 제 위치!"

다나카가 그들을 향해 손을 휘저으며 다급하게 소리쳤다.

"둥,둥, 두둥!"

"쾅!"

갑자기 천장절 행사가 열리는 홍커우 공원에서 시커먼 연기가 치솟고, 동시에 마츠리 행렬 속 누군가 연막탄을 터뜨렸다.

튕기듯 뛰쳐나오던 하세가와와 부하들이 마치 시간 속에 갇힌 듯 멈추었다.

연막탄으로 인해 시야가 가려진 우창로는 이내 북소리인지 포탄 소리인지 혹은 마츠리 행렬에 참가한 사람들이 내지른 비명인지 가늠할 수 없을 정도로 소란스러웠다.

다나카는 자욱한 연기 속에서 지옥도에서나 보았음직한 동물 형상의 기이한 가면들이 일정한 대오 없이 여기저기 흩어지는 것을 하릴없이 바라보았다.

우창소학교에 접한 출로에서 기타로가 목을 쥐어짜듯이 소리쳤다.

"폭탄이 터졌습니다. 폭탄이 터졌습니다. 홍커우에서 터졌습니다!"

다나카는 여태껏 경험하지 못한 두려움에 사로잡혔다. 한 치 앞도 구분할 수 없는 희뿌연 연기 속에서 저승사자의 형상이 그를 향해 다가오고 있었다. 잔뜩 찌푸린 하늘에서 빗방울이 떨어지고, 저승사자의 형상은 조금씩 조슈아 칼린의 얼굴로 바뀌었다.

총구를 겨눈 채 다나카에게 다가서던 조슈아는 다나카의 눈동자에 드러난 공포를 목도했다. 그것은 어머니의 탯줄에서 잘려 나가는 아기가 느끼는 원초적인 강렬함을 지니고 있었다. 조슈아의 입가에 차가운 미소가 어렸다.

브라우닝 M1900. 조슈아의 손에 걸린 은빛 총구가 다나카 류세이의 관자놀이를 겨누었다. 다나카는 차가운 금속성의 쇠붙이가 자신의 머리에 닿자 큰 소리로 외쳤다.

"물러서! 쏘지 마!"

그 고함은 조슈아를 향한 것이 아닌, 심복 기타로와 부관 하세가와 그리고 건물 상단에 배치된 저격수들에게 외친 것이었다.

조슈아는 다나카의 목을 조르듯 감싸 안고 머리에 총을 겨눈 채 소학교 운동장으로 함께 뒷걸음쳤다. 다나카는 양손을 든 채 휘청거리며 끌려갔다.

도로 위의 낮게 깔린 연기가 사라지고 어디선가 정오를 알리는 시계 종소리가 들려왔다. 빗방울을 뿌리던 구름이 빠른 속도로 밀려났다.

소년 규철은 아버지 김장규 목사의 손을 꼭 잡고 교회 종탑을 향해 걸어갔다. 두 사람의 등 뒤로 누렁이가 꼬리를 흔들며 기분 좋게 따라오고 있었다. 종탑 앞에는 일인 순사와 조선인 순사보가 장총을 들고 김장규 목사를 기다렸다. 그들 옆에 장교복을 입은 젊은 다나카 류세이가 뒷짐을 진 채 콧노래를 흥얼거렸다. 아버지가 교회 종탑 앞에 멈춰 섰다.

"목사 양반, 종을 좀 쳐주어야겠소."

다나카의 검은 부츠가 규철의 눈앞에 성큼 다가왔다.

아버지의 눈길이 잠시 규철에게 머물더니 교회당을 향했다. 지붕 위의 십자가가 마당으로 길게 그림자를 드리웠고, 그 끝머리에 동생을 업은 어머니가 서 있었다. 그 순간 어린 규철의 눈에 비친 아버지의 표정은 너무나 낯설었다.

"셋을 셀 때까지 종을 치시오. 분명 셋이라고 했소. 하나!"

아버지는 입을 꼭 다물고 고개를 내린 채 거부의 뜻을 표했다.

"둘. 분명 셋이라고 했소, 목사 양반."

다나카가 "셋!"이라고 입을 떼자 일인 순사가 총대로 아버지의 등을 후려쳤다.

아버지는 무릎을 굽히며 앞으로 고꾸라졌다. 규철은 꼭 붙잡고 있던 아버지의 손을 놓치고 말았다.

"폭동이 일어난 그날, 그날처럼 종을 치란 말이야!"

다나카가 아버지의 머리카락을 쥐고는 관자놀이에 총을 댔다.

"어서 종을 쳐!"

그는 살의와 살기가 혼재된 괴물이 된 듯 '철컥!' 하고 방아쇠를 감았다.

규철은 종탑의 난간으로 뛰어 올라갔다. 규철이 난간 끝에 까치발을 하고 서서 손을 뻗자 종에 매달린 줄이 가까스로 손에 닿았다. 그는 있는 힘을 다해 줄을 당겼다.

"댕! 댕! 댕!"

종이 울렸다.

소년은 꼭 잡은 줄을 놓지 않고 몇 번을 더 당겼다.

"댕! 댕! 댕! 댕!"

종소리는 교회 마당을 넘어 보리밭을 가로질렀고, 이어 언덕을 타고 온 마을에 울려 퍼졌다.

어느새 교회 마당에는 일본 순경들과 정미소 주인 사사키가 종소리를 듣고 달려온 마을 사람들과 동무들의 이름을 빠짐없이 확인하고 있었다.

"도대체…, 왜?"

다나카는 믿기지 않는다는 듯 조슈아를 바라보며 중얼거렸다. 굳게 입을 다물고 있던 조슈아가 다나카의 귀에 대고 속삭였다.

"조선 제암리 교회당에서 종을 쳤던 소년, 당신은 그 소년을 기억하시오?"

다나카가 고개를 돌려 조슈아를 바라보았다.

조슈아의 이마에 한 줄기 땀방울이 흘러내리고 방아쇠에 걸린 그의 손가락이 파르르 떨렸다.

"탕!"

허공을 가르는 총성이 운동장에 울려 퍼졌다. 다나카의 머리에서 피가 솟구쳤다.

조슈아는 앞으로 고꾸라지려는 다나카의 뒷덜미를 잡은 채, 그를 방패 삼아 남은 다섯 발의 총알을 대치 중인 병력에 발사했다. 조슈아를 향해 빗발치듯 총알이 쏟아졌다.

"아들아! 사랑하는 내 아들아!"

희미해지는 의식을 뒤로하고 아버지의 목소리가 들렸다.

소년 규철이 종탑 아래 서서 아버지를 굽어보았다. 오후의 햇살 아래 길게 내걸린 그림자가 규철을 향해 천천히 걸어왔다. 규철은 감았던 눈을 치켜뜨고 하늘을 올려다 보았다. 교회당의 종이 그네를 타듯 흔들렸다.

물새

    우쑹항을 벗어난 골든드래곤시에라호가 무적을 울리며 남중국해로 나아갔다. 상하이의 모습이 점이 되는가 싶더니 마침내 시야에서 사라졌다.

    부둣가의 수많은 이별도, 미래에 대한 약속도, 희망도 이제 다 지나간 시간 속에 갇혔다. 갑판 위에 혼자 앉아 있는 라라의 손에는 헬렌이 전해준 조슈아의 편지가 고이 접혀 있었다.

    당신은 어제의 당신이 아니고 나도 어제의 내가 아니오. 삶과 죽음을 오가던 당신의 머리맡에서 당신의 손을 잡고 기도하던 그 순간, 당신이란 존재는 온전히 내게로 왔소.

    오래전 내 아버지가 온전히 내 여린 가슴속으로 들어와 지금까지 함께하고 있었던 것처럼. 죽음은 없소. 이별도 없소.

    당신의 미소 짓는 얼굴에 내 마음이 깃들어 있음을 기억해주시오.

    나는 당신 안에 영원히 살아 있소.

    당신 이름으로 체이스 은행 계좌를 만들어 두었소.

    샌프란시스코에 도착하는 즉시 서류상에 명시해둔 프랭크 포스터 변호사를 찾아가시오. 그는 내 친구였던 테드 실버의 지인이오. 그가 당신이 정착하는 것을 도와줄 것이오. 설사 내가 당신을 다시는 만나지 못하는 상황이 오더라도 꼭 음악 공부를 계속하기를 바라오. 어떤 어려움에 부딪히더라도 부디 하늘이 당신에게 부여한 재능을 가꾸어 나가기를 바라오. 언젠가 당신이 당당한 독립된 여성으로 조국의 땅을 다시 밟을 날을 꿈꾸며 내 삶은 당신 속에서 당신의 굳건한 의지 속에서 영원히 이어질 것이오.

　조슈아 칼린 그리고 대한 사람 김규철

　어디선가 미풍이 불어왔다. 그것은 마치 조슈아의 속삭임처럼, 그녀의 목에 전해지던 그의 입김처럼 살랑거렸다.

　라라가 고개를 들고 하늘을 올려다보았다. 창공에는 철새들이 무리를 지어 날아가고 있었다. 어디서 나타난 물새 한 마리가 주위를 맴돌며 따라왔다.

쇼와 7년 6월 어느 날

-

에필로그

쇼와 7년 6월 어느 날

"어쩔 거야, 오자키?"

우창로에 진입하는 교차로에서 아그네스 스메들리가 팔을 잡아끌었다. 그녀 뒤로 이제 막 수습 딱지를 뗀 요시모토가 우물쭈물 따라오고 있었다.

우리는 우창소학교를 둘러싼 담벼락을 따라 후문에 이르렀고, 나는 요시모토의 사진기를 낚아채고는 홀로 차도로 나갔다.

"그만해. 이런다고 뭐가 달라지겠어?"

아그네스가 뛰어나오며 나의 팔을 잡고 만류했다. 나는 그녀의 손을 뿌리치며 셔터를 눌렀다.

"바로 이곳이야! 여기에 모든 수수께끼가 담겨 있어."

아그네스가 뒤따르던 요시모토에게 안심하라는 손짓을 한 후 오자키의 옆모습을 물끄러미 바라보며 물었다.

"그래. 오자키, 네 말을 전적으로 믿어. 이 사건이 단순히 조슈아와 다나카

그리고 라라만의 이야기가 아니라는 것을 진작에 예감했었지. 그렇더라도 이해가 안 되는 것이 있어…. 이를테면….”

“이를테면 뭐?”

아그네스가 말을 마치자 나는 카메라에서 눈을 떼고 그녀를 물끄러미 바라보았다.

“이를테면… 왜 벤슨 스나이더는 그날 이후 미친 듯이 트럭을 찾아 헤맨 거야? 그 트럭에 도대체 무엇이 있길래?”

나는 잠시 뜸을 들이다 답했다.

“벤슨은 일본군에 통조림을 납품하는 군납업자이기도 했지만, 그 통조림 밑에 아편을 숨겨 들어와 밀매하는 마약 밀매상이었어. 그가 어떤 경로로 일본군에 아편을 유통했고, 그 뒤를 누가 봐주었는지는 오리무중이야. 그 사실이 알려지면 일본 정가와 군부에 피바람이 불겠지.”

아그네스는 기가 막힌다는 듯이 눈을 동그랗게 뜨고 나를 바라보았다.

“조슈아는 그 사실을 알고 있었을까?”

나는 아그네스에게 시선을 거둔 후 렌즈를 옷소매로 닦으며 말했다.

“아마도. 하지만 조슈아가 알았든 몰랐든 그건 이 사건의 본질은 아니야. 다나카에 대한 복수심이 이 사건을 걷잡을 수 없이 키워버렸다는 게 중요하지.”

이때, 뒤편에서 우물쭈물하던 요시모토가 나와 아그네스 사이에 끼어들며 말했다.

“맞아요. 오자키 선배, 그날 아비규환 속에서 다나카에게 다가가는 조슈아의 모습은 정말이지 저승사자 그 자체였어요.”

나와 아그네스가 동시에 둘 사이에 서 있던 요시모토를 바라보았다. 요시모토는 겸연쩍은 표정을 지으며 말을 이어나갔다.

“훙커우 공원에서 폭발음이 들림과 동시에 마츠리 행렬 한가운데서 갑자기 연막탄이 터졌어요. 그리고 주변의 건물 여기저기서 군인들이 뛰쳐나왔지요. 물론 그 난리 통 덕분에 제가 행사장 현장에 갈 수 없었구요. 지금 생각해보면 이 모든 것이 결코 우연이 아니었단 생각이 드는데요."

팔짱을 끼고 있던 아그네스가 눈을 찡긋하며 말을 받았다.

"그래서 요시모토는 역사적 순간을 놓친 거야. 그 광경을 봤어야 했어. 대신에 요시모토 기자로 속인 누군가가 대신 들어가 그 순간을 목격했지. 도대체 누구였을까? 아직도 경찰에서는 찾지 못했지?"

"맞아요. 용의자는 못 찾고 애꿎은 나만 계속 불러내서 참고인 조사를 했죠."

요시모토가 못마땅하다는 듯이 대답했다.

나는 카메라를 요시모토에게 넘겨주고는 담배를 하나 입에 물고 머릿속으로 우창소학교의 지하 탄약창 지도를 건네주던 안공근을 생각해냈다. 하지만, 그의 이름을 발설하고 싶지는 않았다.

인적 드문 거리에 실바람이 일자 인도에 흩어져 있던 흙먼지며 검불들이 엉겼다. 요시모토가 카메라의 초점을 맞춘 채 몇 걸음 움직이자 잠시 숨을 죽이던 아그네스가 내 곁으로 다가서며 물었다.

"그렇다면 다나카는 왜 그 중요한 행사를 내팽개치고 급작스럽게 이곳으로 병력을 이동시킨 거지? 그것보다 중요한 것이 뭐가 있었을까?"

나는 거의 다 태운 담배꽁초를 바닥에 던진 후 그것을 구두코로 짓이기며 대답했다.

"왜냐하면, 절대 세상에 드러나면 안 되는 곳이 여기 지하에 존재하고 있었기 때문이야."

나는 그녀의 의문에 답례하듯 말을 이어갔다.

"이것 때문에 내가 작성했던 보고서 형식의 원고가 당국의 검열로 철저히 삭제되고 부인된 채 파쇄되었어. 일본 정부와 군부는 이곳 지하에 중국산업의 젖줄인 양쯔강 델타지역과 중국의 주요 도시들을 초토화할 군수품을 비축할 수 있는 거대한 비밀 탄약고를 공설 중이었어."

아그네스가 수긍한다는 듯이 고개를 끄덕이며 중얼거렸다.

"근데, 왜 조슈아가 개입된 거지? 그는 다나카와 무슨 원한이 있었던 걸까?"

아그네스의 물음에 나는 잠시 입을 닫고 희뿌연 잿더미가 내려앉은 우창소학교의 담장을 따라 천천히 걸었다.

1932년 4월 29일 오전 11시 40분경, 상하이 훙커우 공원에서 열린 천장절 기념 행사장에서 조선 청년 윤봉길에 의해 전례 없는 폭탄투척 사건이 발생했다.

이 사건은 국제적으로 엄청난 반향을 일으켰으며, 만천하에 한인애국단의 위세와 조선의 독립에 대한 열망을 알리는 계기가 되었다.

그리고 같은 날, 일본 정부에 의해 철저히 은폐된 우창소학교 총격 사건이 있었다.

이 사건의 전말을 표면적으로 정리하면, 미국인 조슈아 칼린이 상하이 주둔 일본 정보국 총괄이자 특무대 소장인 다나카 류세이를 인질로 삼아 대치하던 중, 다나카를 살해하고 다나카의 부관 하세가와 도이하라와 낭인 기타로 유키 그리고 몇몇 일본 사병에게 총상을 입히고 자신도 사살당한 사건이다.

"이쯤이었을까?"

나는 검게 그을린 학교 담벼락 위에 내려앉은 잿더미를 훑으며 혼잣말을 했다.

"뭐가?"

아그네스가 궁금한 듯 내 뒤를 감아 돌며 물었다.

"조슈아가 서 있던 곳 말이야."

아그네스가 가볍게 손을 내 어깨에 얹었다.

"이제 진실을 이야기해줘, 오자키. 조슈아와 다나카는 어떤 악연이 있었던 거야?"

나는 잠시 숨을 고르고 그레이스 홈의 피치 목사가 전해준 비극에 관해 기술했다.

"1919년 4월 15일. 조선 주둔 일본 육군 중위가 군경을 이끌고 만세 운동이 일어났던 수원 제암리 교회당으로 마을 주민을 몰아넣고 학살하는 사건이 발생했어. 영원히 묻힐뻔한 이 사건이 세상 밖으로 드러난 건 우연히 그곳을 지나가던 캐나다인 선교사와 미국인 선교사 토머스 칼린의 노력 때문이었어. 그곳에서 극적으로 생환한 유일한 아이를 칼린 선교사가 입양하게 된 거지."

아그네스가 목소리를 낮게 내리깔았다.

"그랬었군. 당시 생존한 유일한 아이가 조슈아 칼린이었군 그리고 학살 책임자가···."

그때였다. 어느새 먼발치 떨어진 요시모토의 외침이 들려왔다.

"선배, 이곳으로 좀 와보세요. 여기 뭐가 있어요."

"무슨 일이야?"

나와 아그네스는 서둘러 요시모토가 서 있는 곳으로 발걸음을 옮겼다. 요시모토는 한 손으로 카메라를 든 채 손바닥을 펼쳐 무언가를 뚫어지게 쳐다보고 있었다.

"여기 흙더미 속에서 뭔가가 밟혀서 주워보니 팔찌 같은데 안쪽에 뭐가 새겨져 있어요."

나는 요시모토에게서 그것을 건네받았다.

나뭇조각들은 짓이겨지고 동그란 구슬은 떨어져 나가 있었는데 자세히 들여다보면 조그만 십자가 같은 것이 엮어 간신히 그 형체를 유지하고 있었다. 특별한 관심을 가지지 않는다면 그것은 길가에 널려 있는 잔해에 불과했다.

"음… 오동나무 재질의 팔찌 같은데… 가만있어보자, 요시모토 말대로 십자가 뒤편에 희미하게 조선 글씨가 새겨져 있군."

나는 바닥에 주저앉아 돌 하나를 집고 흙바닥 위에 그 글씨 형체를 흉내 내 그려보았다.

'대한 청년 김규철'

에필로그

무더운 여름의 습기가 하루가 다르게 그 무게를 더해갔다.

나는 우창소학교 앞에 잠시 택시를 멈춰 세우게 하고는 아내 에이코를 뒷좌석에 남겨둔 채 학교로 들어갔다. 상하이를 떠나기 전 조금의 시간을 내어 이곳을 둘러보고자 했다.

폐허가 되었던 학교의 운동장에는 언제 그랬냐는 듯이 뛰어노는 아이들로 가득했다. 과거 체육관이 있던 자리에는 실물을 그대로 재현했다는 육탄 삼용사의 동상이 우뚝 서 있었다. 동상이 세워지던 날은 일본 거류민들로 이 학교 운동장이 가득 메워졌었다. 육탄 삼용사를 기리는 최초의 동상이었다. 이를 시초로 일본 전역에 육탄 삼용사를 본뜬 동상들이 하나둘 들어서기 시작했다.

나는 나의 침묵이 만들어낸, 그리고 황민이라 칭하는 사람들이 동조하는 거짓의 세상 앞에 서 있었다. 그런 세상 속에서 내가 할 수 있는 일이라곤 별로 없었고, 심각한 무력감에 빠졌다. 예전이나 지금이나 세상은 별로 나아진 것이 없어 보였다.

나의 유년 및 청소년기는 암울했다. 중학생이 되기 전 온 가족이 아버지의 부임지를 따라 타이베이로 이주하였다. 타이베이 거리에서는 끊임없이 총성이 들려왔고 많은 사람들이 쓰러졌다.

일본의 지배에 저항하다 쓰러진 수많은 주검을 스치며 불어오던 눅눅한 바람에 실린 피비린내를 나는 아직도 기억한다. 그 냄새는 나의 학창시절을 잠식했고 나는 그런 시대의 광기와 폭력에 둔감해 있었다. 그런 세상에서 저항하는 방법은 침묵 아니면 초월이었다.

지금 생각해보면 나의 아버지가 그러했다.

그 시절 《니치니치 심포》 기자였던 아버지는 아무 말 없이 전지 작업에 열중하며 정원을 가꾸었을 뿐이다.

한때, 제국의 유능하고 촉망받던 언론인이었던 아버지는 어느 날 일본군 신병의 돌격 찌르기 훈련 재료가 된 어린 대만 소년 항일 분자의 시신을 목격한 후 회사를 그만두고 가족을 이끌고 고향으로 돌아왔다.

은퇴한 아버지는 온 나라가 침략의 대열 뒤로 줄을 설 때도 말없이 정원만 가꾸셨다. 대학을 졸업한 어느 날 아침, 기자가 되겠다고 아버지께 말씀드리자 아버지는 말없이 방으로 들어가셨다.

수업 시간을 알리는 종소리에 뛰어놀던 아이들은 삽시간에 교실로 몰려가고 학교 운동장은 다시 침묵 속에 잠겼다.

나는 조용히 아버지의 이름을 불렀다.

집요하게 나를 붙잡아 매던 생에 대한 불안과 공포를 놓아버리고 믿음으로 이 세상의 강을 건너가고 싶었다. 나는 뒤돌아서 학교 정문을 향해 걸었다.

한 걸음 한 걸음. 단 한 번뿐인 생이다.

오자키 호츠미의 보고서 ≪W에게≫에 관하여

소설의 화자 중 한 사람인 오자키가 쓴 보고서 'W에게'는 다음과 같은 역사적 사실과 관련이 있다. 제
2차 세계대전 후 연합국은 포츠담 선언 및 항복 문서에 따라서 대일 점령 정책을 추진했고, 일본 요코하
마에 설치된 연합군 최고 사령부의 사령관으로 더글러스 맥아더가 부임했다. 맥아더는 연합군 최고 사
령부를 도쿄의 히비야로 옮겼고, 일본 점령의 실권을 쥐고 있던 그에 의해 일본에서 활약하던 공산주의
자들이 색출, 검거되었는데, 이 과정에서 '리하르트 조르게의 스파이 조직'과 소비에트 연방의 '인터내
셔널 코민테른'과의 관련 사실이 드러났다. 극동사령부 총참모부 제2부의 민간첩보국장 데이비스(T. P.
Davis) 중령에 의해 '리하르트 조르게 관련 보고서'가 작성되었는데, 그 과정에서 리하르트 조르게에게
일본의 극비 정보를 제공한 오자키 호츠미의 보고서가 발견되었다. 《아사히 신문》 기자였던 오자키 호츠
미는 1937년 6월, 총리에 취임한 고노에 후미마로의 정책보좌관이 되었고, 이후 일본의 대외정책과 관
련한 다양한 극비 정보를 조르게에게 제공하였던 것이다. 오자키는 《아사히 신문》 상하이 지국에서 활동
하던 1932년 1월부터 검거 직전인 1941년 10월까지, 수신인은 'W', 발신인은 'Otto'라는 가명으로 보
고서를 작성하여 리하르트 조르게에게 전달했다. 일본 헌병대 정보부에 검거된 리하르트 조르게와 오자
키 호츠미는 1944년 11월 7일 도쿄 이치가야 형무소에서 처형되었다.

작가의 말

2016년 봄. 거의 한 달여에 걸쳐 상하이를 샅샅이 훑었다. 우리의 발길이 주로 닿은 곳은 영국과 미국, 프랑스, 일본으로 상징되는 국제 조계지였다. 지금 생각해보면 그 무엇이 우리를 그곳으로 이끌었는지 모르겠다.

이 소설을 쓰게 된 것은, 홍콩에서 알게 된 한 현지인과 나눈 담소가 그 계기였다. 그로부터 격동과 혼란의 시대를 온전히 감내해야 했던 한 가족의 비통한 역사와 함께 당시 그들이 교류했던 한인들에 대한 생생한 증언을 들었다. 그는 입담 좋은 호인이었는데, 그의 입을 통해 술술 풀려 나오는 이야기들은 약간의 과장이 더해지고 허구가 보태졌을지언정 시간 가는 줄 모르고 듣게 될 정도로 굉장한 흡인력을 지니고 있었다. 급기야 이야기를 듣고 집으로 돌아온 그날을 기점으로, 그의 이야기를 옮겨 적어두고, 당대의 인물, 장소, 시대상을 담은 기록물들을 찾아보기 시작했다.

이 소설 사건의 배경이 되는 제1차 상하이 전쟁에 대한 기록은, 중국과 일본 자료보다는 이 전쟁을 태평양전쟁의 시발점으로 보는 미국 역사학자들의 연구서와 논문을 주로 참조했다. 그렇게 전쟁이 발발한 날로부터 정전협정이 체결되기까지 약 3개월 동안 일본군과 중국군의 전세와 전투의 전개 과정에서부터 중국인 민간 지역의 피해 상황, 국제연맹과 조계지를 중심으로 한 중재 노력, 그리고 중국인들의 격렬했던 반일투쟁에 이르기까지 다양한 기록들을 채집해나갔다. 6개월 이상 매달려 완성한 제1차 상하이 전쟁 일지는 책 한 권 분량으로 묶였고, 이것을 이 소설을 구성하는 사건 전개와 등장인물들의 삶을 재현해 나가는 글쓰기 전 과정의 초석으로 삼았다.

하지만 책상머리에 앉아 그간 모은 구술, 기록, 자료에만 의지하여 이야기를 풀어내다 보니 글에 생기가 돌지 않았다. 1930년대를 잠식했던 어떤 무형의 실체, 이를테면 공기 중에 떠돌 수도 있는 그 시절의 냄새, 그 시대 누군가의 손이 훑고 지나갔을 법한 낡은 건물의 외벽, 그들이 바라보았을 그 시절의 풍광 등을 조금이라도 찾아내어 어떤 식으로든 원고에 입히고 싶었다. 그래서 우리는 시대의 흔적을 좇아 상하이 곳곳을 치열하게 탐험했고, 그곳에서 1930년대와 관련된 것이라면 무엇이든 보고, 듣고, 음미했다. 혹여 바람이 있다면, 이때의 체험이 이 소설에 살짝이라도 배어 있어서 독자들이 눈치챘으면 하는 것이다.

한편, 낯선 타지에서 온갖 고초와 역경을 이겨내며 '대한독립'의 일념을 마음속에 새겼던 이들의 비장함은 이재에 밝고 실익을 따지는 우리 같은 범인(凡人)에겐 경외로 다가왔다. 소설의 얼개는 당대 상하이에 실재했던 인물들을 중심으로 이야기를 구성하고 살을 붙였다. 당시 상하이 전쟁을 취재하기 위해 몰려든 외신기자들 중 이 소설의 화자가 될 만한 인물인 일본인 기자 오자키 호츠미를 찾아내어, 마치 그리스 비극의 무대를 이끌던 오레이터와 코러스들처럼, 그의 친구들이자 당시 촉망받던 젊은 외신기자들을 화자 주변으로 끌어들였다.

이 소설은 역사소설을 표방하고 있기는 하지만 실재와 허구가 혼재되고 사실과 상상이 섞여 완성된 것임을 밝혀둔다. 이러한 접근은, 단순히 하나의 논쟁거리를 생산하는 것이 아닌, 굴곡진 시대를 살아갔던 이들의 거친 육성을 더 가까이에서 듣게 하기 위한 장치로 이해해주었으면 한다.

또한, 소설의 현재를 구성하는 상하이라는 공간 외에도, 주인공의 과거로 이어지는 두 공간인 '조선의 제암리'와 '미국 중서부의 작은 도시 라크로스'에 대한 이미지 또한 우리 각자의 경험에 의존하고 있음을 밝혀둔다.

마지막으로 다섯 권 분량의 방대했던 초고가 두 권으로 집약되고 최종적으로 한 권의 소설로 탄생하는 지난한 여정에서 아낌없는 헌신과 조언으로 필자들을 격려하고 끝까지 함께해준 발행인과 편집자께 고개 숙여 감사의 마음을 전한다.

2020년 3월

강신덕 김성숙